NIGHT WALKER : BEGINS

나이트 워커 1 비긴즈(Begins)

초판 1쇄 인쇄 / 2011년 9월 16일
초판 1쇄 발행 / 2011년 9월 26일

지은이 / 임동욱

발행인 / 오영배
편집팀장 / 신동철
책임편집 / 박민선
편집디자인 / 신경선
펴낸 곳 / (주)삼양출판사 · 드림북스

주소 / 서울특별시 강북구 송천동 322-10호
대표 전화 / 02-980-2112 팩스 / 02-983-0660
편집부 전화 / 02-980-2116 팩스 / 02-983-8201
블로그 / blog.naver.com/dreambookss

등록번호 / 제9-00046호
등록일자 / 1999년 3월 11일

ⓒ 임동욱, 2011

값 8,000원

ISBN 978-89-542-4530-2 (04810) / 978-89-542-4529-6 (세트)

* 지은이와 협의하에 인지는 생략합니다.
* 잘못된 책은 구입한 곳에서 바꾸어 드립니다.

NIGHTWALKER
나이트
워커
1
비긴즈(Begins)
임동욱 현대판타지 장편소설
FANTASY STORY & ADVENTURE
dream
books
드림북스

Contents

작가서문

안녕하세요?

이번에 첫 소설을 내게 된 임동욱이라 합니다. 저는 진짜 지지리도 글을 못 썼나 봅니다. 열아홉 살 때부터 글을 쓰기 시작한 주제에 칠 년이나 지난 지금에야 겨우 데뷔작을 냈으니 말입니다. 누구는 중고생 때 소설을 출판하기도 하는데 그런 분들과 비교하면 전 정말 초라한 수준이군요.

하지만 이건 저를 비하하는 말이 아닙니다. 그 어떤 못난이라 하더라도 노력하면 원하는 것을 이룰 수 있다는 말입니다. 제 꿈은 소설을 출간하는 것이었고, 이렇게 소설을 써서 책으로 냈으니 말입니다. 물론 아직 갈 길이 멉니다. 소설책 하나 냈다고 거들먹거릴 순 없겠죠. 일단 이 자리를 빌려 책이 나오기까지 수고해 주신 임동욱 님께 감사드립니다.

인터넷이 발달하면서부터일까요? 요즘의 청소년들은 더 이상 청소년이 아닙니다. 너무 어른 같죠. 청소년들은 더 이상

꿈을 꾸지 않는 것 같습니다. 그런 흐릿하고 막연한 이상보다는 좀 더 확실하고 현실적인 것을 원합니다. 그래서 슬픕니다.

저는 그들이 좀 더 순수하고 어린아이 같은 모습을 간직했으면 하는 바람이 있습니다. 멋진 자동차, 많은 돈, 값비싼 옷, 외모 같은 것에 영혼을 팔지 않았으면 합니다. 이 세상 모든 젊은이들이 그보다 좀 더 가치 있는 것을 찾아 치열하게 살았으면 합니다. 그런 의미에서 이 소설을 썼습니다.

라고 스물여섯 살 먹은 제가 별로 나이 차도 안 나는 젊은이들에게 칙칙한 소리를 해 봅니다(……). 아, 그래요! 저 애늙은이 같습니다! 별명도 꼰대예요!

하하. 다시 인사드립니다. 안녕하세요? 저는 임동욱입니다. 이 소설의 제목은 나이트 워커입니다. 제 책을 읽는 동안 여러분들의 가슴이 뜨겁게 두근거렸으면 하는 바람입니다. 즐거운 독서되세요. 아, 수업 시간에 몰래 보거나 하지는 마세요.

임동욱

Battle 00

동해

    나는 예나 지금이나 굉장히 조용하고 눈에 띄지 않는 아이였다. 소심하다거나 그런 건 아니지만, 딱히 나서는 것을 좋아하지 않았다. 친구도 그리 많지 않았다. 굳이 드러내는 걸 좋아하지 않았던 이유는 그냥 귀찮았기 때문이다. 또 창피하기도 했고.

    초등학생 때의 일이다. 학교 수업이 끝나고 쉬는 시간이었다. 반 아이들은 저마다 친구들과 어울리며 수다를 떨었고 서로 장난을 치기도 했다. 나는 만화책을 보고 있었다.

지구 영웅 언데드맨.

    대략 절대로 죽지 않는 주인공이 나쁜 악당들에 맞서 싸우는 그런 종류의 만화였다. 다들 시끄러운 와중에 홀로 책 속으로 빠져들려는 찰나 웬 여자애의 날카로운 비명 소리가 귓속을 파고들었다. 무슨 일인가 싶어 고개를 돌려 보니, 몸무게가 60Kg이나 나가는 뚱보 녀석이 한 여자아이의 치마를 잡아 올리고 있었다. 치마 들치기는 보통 짧게 들치고 끝나는 게 정석(?)이다. 그런데 뚱보는 킬킬거리며 치마를 붙잡고서 계속 올리고 있었다.

뚱보는 우리 반뿐만 아니라 전 학년을 통틀어 힘이 가장 셌다. 더구나 덩치도 우람해서 누구도 섣불리 건드리지 못했다. 녀석은 그 점을 이용해 반 아이들을 괴롭히곤 했다.

여자애는 창피함에 어쩔 줄을 몰라 하며 울상을 짓고 있었다. 그 여자애는 귀여운 토끼 그림이 그려진 팬티를 입고 있었는데, 내 눈에는 그 토끼가 울상 짓는 것처럼 보였다. 꼭 토끼가 내게 말을 거는 것만 같았다.

'도, 도와줘!'

그 목소리는 내게만 들렸던 걸까. 반 아이들 중 누구 하나 나서지 않았다. 다들 못 본 척하거나 슬그머니 교실을 빠져나갈 뿐. 누구도 토끼의 애처로운 목소리에 답하지 않았다. 나는 잠시 고개를 돌려 책을 바라봤다.

지구 영웅 언데드맨.

저것은 분명 정의롭지 못한 행동이다. 누군가는 말려야 한다. 그것은 고민할 가치가 없는 당연한 일이었다. 참을 수가 없었던 나는 돼지를 향해 외쳤다.

"그만해!"

그리고 돼지를 향해 냅다 책을 집어던졌다. 책은 일직선으로 날아가 돼지의 미간에 내다 꽂혔다. 돼지는 눈을 뒤집으며 뒤로 그대로 넘어갔다.

스트라이크!

비록 내가 던진 거지만 이 정도로 적중할 줄은 몰랐다. 추행당하던 여자애가 내게로 다가왔다.

"고마워 동해야. 어휴, 저 나쁜 돼지."

그날부로 나는 반의 영웅이 되었다. 돼지는 책에 맞아 정신을 잃은 이후 학교에서 찍소리도 못 하게 되었다. 그 사건이 아마 기점이 되지 않았나 싶다. 정의라니, 이 얼마나 가슴 두근거리는 단어란 말인가.

하지만 세상은 그렇게 순탄하게만 흘러가지 않았다.

Battle 01

누가 더
나쁜 놈일까?

"가자."

이곳은 일출 고등학교의 뒤편.

일반적으로 학교의 뒤편은 쓰레기 분리수거장 외에 별다른 것이 없어서 인적이 드물다. 그 점을 이용해 불량한 학생들이 모여 담배를 피우거나 약한 아이들을 괴롭히기도 하는 실정이다.

특히 일출 고등학교 건물은 본관과 후관으로 나뉘는데 교무실이나 행정실, 학생부실이 전부 본관에 몰려 있고 후관에는 교실과 특별 수업실이 고작이었다. 그래서 학교 뒤편은 특히나 교사들의 눈이 잘 닿지 않았다. 다섯 명가량의 학생들이 우르르 자리를 떠났다. 그 자리에는 엉망이 되어 쓰러진 한 학생만이 남아 있었다. 동해였다.

"……."

동해는 완전히 엉망이 돼 있었다. 여기저기 교복이 찢어지고 더럽혀져 있었다. 흙이 묻고 심지어 누군가의 침도 묻어 있었다. 동해는 두 손으로 얼굴을 가린 채 한참을 일어나지 못했다. 동해는 생각했다.

대체 어디서부터 잘못된 걸까? 초등학생 때였다. 여자애를 괴롭히는 돼지에게 책을 집어던져 물리쳤다. 중학생 시절은 마찬가지로 키가 작은 애를 괴롭히던 녀석과 엉겨 붙어 싸운 결과 승리했다. 그때까지만 해도 동해는 의기양양해 있었다. 약한 친구를 돕고, 그런 약자를 괴롭히는 녀석들을 혼내 준다는 행위가 주는 고취감과 정의감에 취해 있었다.

자신이 옳은 일을 한다고 생각해 왔다. 하지만 고등학교에 올라오면서부터 모든 것이 뒤바뀌었다. 놀랍게도 동해와 싸웠던 녀석들이 전부 같은 학교로 진학한 것이다. 놈들은 서로 연합해서 동해를 압박했다. 애초부터 동해가 그리 싸움을 잘하는 것도 아니었다. 거기다 상대의 숫자까지 많으니 동해가 어떻게 해 볼 수 있는 수준이 아니었다. 동해는 금방 얻어터졌고 기어이 이런 꼴이 되었다. 동해는 왜 아무도 자신을 도와주지 않는지 생각했다.

동해는 초등학생 때부터 중학생 시절까지 괴롭힘 당하는

아이들을 곧잘 도와주곤 했다. 그것이 당연한 일이었기 때문이다. 아무도 나서려 하지 않음에 결국 자신이 나섰다. 그리고 이젠 동해가 폭력과 괴롭힘을 당하는 반대 입장이 되었지만 그 누구도 도와주지 않았다. 완전히 바보가 되어 버린 것이다.

"칫."

동해는 옷을 털며 자리에서 일어났다. 억울한 마음이 끓어올랐다. 바닥에 내팽개쳐진 가방을 어깨에 메고 학교 밖으로 나갔다. 교문에 도착한 동해는 잠시 자리에 멈춰 섰다. 그 자리에서 본 학교 본관에는 다음과 같은 글이 적혀 있었다.

꿈과 희망의 인성 교육.

*   *   *

집으로 돌아온 동해는 거실 한편에 가방을 던지듯 놓았다.

"다녀왔습니다."

동해의 인사에 화답해 주는 이 하나 없었다. 그렇다고 해서 가족이 없는 건 아니었다. 아버지가 계시지만 일을 오후 다섯 시에 나간다. 심지어 집에 돌아오는 시간도 아침 일곱 시여서 거의 늘 엇갈리는 형편이다. 집으로 돌아온 동해는 우선 TV부터 켰다. TV라도 좀 켜져 있어야 사람 사는 냄새가 날 테니까. 봐 주는 이 없는 TV가 시끄럽게 떠드는 동안 동해는 거실 한편의 전신 거울 앞에 섰다.

키는 170 정도, 몸매는 보통, 외모도 보통 어디 하나 특출난 점을 찾아볼 수 없었다.

동해는 크게 한 번 침을 삼키고는 권투 자세를 취해 봤다. 그리곤 허공을 향해 열심히 주먹을 날렸다. 어디서 본 건 있는지 자세는 제법 그럴싸했다.

가드는 견고하게 왼손 잽, 오른손 잽, 자세를 낮춰서 상대방의 공격을 피하고 어퍼컷!

한참을 쉐도우 복싱을 하고 난 동해는 헉헉거리며 자리에 주저앉았다.

"젠장."

억울해서 견딜 수가 없었다. 괜히 눈물이 나오려 했지만 겨우 참을 수 있었다.

다음 날, 아직 수업이 시작하기 전이었다. 평소에도 늘 그랬던 것처럼 그날 역시 교실은 시끌벅적했다. 떠들고 돌아다니고 부산하기 그지없다.

동해는 왁자지껄한 와중에도 홀로 조용히 만화책에 몰입 중이었다. 한 왕따 소년이 교통사고를 당하고 현실이 아닌 판타지 세계에서 새롭게 태어난다는 내용이었다. 재미가 없는 건 아니었지만 동해는 만화책의 내용이 마음에 들지 않았다. 판타지 세계에서 새로 태어난 주인공은 현실 세계를 완전히 잊고서 판타지 세계에 완전하게 융화된다.

이건 현실도피와 마찬가지 아닌가? 아무리 현실이 더럽고 버겁더라도 그것을 외면하고 모르는 척해서는 안 된다고 동해는 그렇게 생각했다.

"뭐 보냐?"

두툼한 손이 나타나 기습적으로 동해의 만화책을 빼앗았다. 누군가 하고 보니 만수였다. 만수는 초등학생 때 동해가 집어던진 교과서 공격에 맞고 쓰러졌던 그 돼지였다. 물론 초등학생 때와 지금의 상황은 완전히 달랐다. 당시 만수는 완전히 기가 죽어서는 찍소리도 못 했지만 지금은 동해가 그 입장이었다.

고등학교에 진학하며 만수는 자신과 성격이 맞는 패거리들을 모았고 그것을 힘의 원천으로 삼았다. 동해가 만수에게 달려들어서 싸울 수도 있겠지만 그랬다간 만수 패거리들이 모여서 곱절로 짓밟을 것이다. 물론 동해가 조용히 있는다고 해서 가만히 내버려 둘 만수도 아니었다. 당시에 당한 기억이 생생한지 아직까지도 동해를 괴롭혔다.

"오우! 이거 그림 마음에 드는데?"

만수는 어디선가 칼을 가지고 오더니 만화책의 일부 그림을 잘라냈다. 그 어이없는 행동에 동해의 눈이 휘둥그레졌다. 동해는 속으로 비명을 질렀다. 저 만화책은 대여점에서 빌린 것도 아니고 용돈을 아껴 가며 겨우 산 만화책이었다. 킬킬거리며 마구 그림을 찢는 만수를 보며 동해는 헛숨을 삼켰다.

"이것 좀 봐. 오우! 쩐다, 쩔어."

만수가 잘라낸 부분은 여성 캐릭터의 등장 씬이었다. 판타지 세계에 등장하는 엘프 캐릭터인데, 만화 캐릭터답게 무척 예쁘고 몸매도 굴곡지다. 만수는 아예 본격적으로 만화책을 뒤지며 여성 캐릭터가 등장하는 장면을 찾아 슥슥 잘라댔다. 견디다 못한 동해가 벌떡 자리에서 일어났다. 그리고 냉큼 만수의 손에서 만화책을 뺏었다.

"뭐하는 짓이야!? 왜 남의 만화책을 함부로 잘라?"

스스로도 놀랄 만큼 큰소리였다. 동해의 일갈에 교실은 일순간 침묵에 휩싸였다.

'아뿔싸.'

동해는 속으로 혀를 차며 만수의 눈치를 살폈다. 갑작스럽게 지른 큰소리 때문인지 만수는 약간 놀란 듯 눈을 동그랗게 뜨고서 경직돼 있었다. 만수는 쩝, 입맛을 다시고는 동해의 책상에 만화책을 내려놓았다.

"미안하다."

전혀 예상치 못한 대사였다. 만수의 입에서 사과가 나오다니……. 만수의 사과에 오히려 동해가 더 당황했다.

"아, 아니. 괜찮아. 큰소리 내서 미안해."

무슨 일로 녀석이 이리도 사근사근한 걸까?

동해는 만수를 의심했다. 애초에 녀석의 입에서 사과가 나온다는 게 믿을 수가 없었다. 어쩌면 이번 건 자기가 너무 심했다고 생각했던 걸까? 어느 정도 수긍을 하며 자리에 앉으려는 찰나 기습적으로 만수의 손바닥이 동해의 뺨을 후렸다. 짝 하는 소리와 함께 동해의 고개가 돌아가며 균형을 잃었다. 마치 실 풀린 인형처럼 동해가 바닥에 쓰러졌다. 그냥 쓰러지는 것도 아니고 몇 개의 책상과 의자를 밀치며 쓰러졌다.

"이 미친 새끼가 갑자기 소리 지르고 지랄이야?"

만수의 발이 동해를 짓밟았다. 굉장히 심해 보였으나 누구도 만수를 말리지 않았다. 아니, 안 하는 것이 아니라 못 하는 거다. 만수는 패거리 네 명과 함께 일출 고등학교를 주름잡는 녀석이다. 만수가 누구를 때리고 짓밟건 말건 신경 쓰지 않았다. 함부로 참견했다간 자신도 똑같은 꼴을 당할 테니, 다들 눈치를 보거나 슬금슬금 자리를 피했다.

"야야! 영어 온다!"

한 아이의 외침에 어수선하게 퍼져 있던 학생들이 곧장 자리를 찾아 앉았다. 실컷 동해를 짓밟던 만수도 쳇 혀를 차며 자신의 자리로 가 앉았다. 동해도 먼지 묻은 교복을 털며 책상을 정돈하고 앉았다. 언제 그랬냐는 듯이 모두들 자리에 앉고 거짓말처럼 교실이 조용해지자 타이밍에 맞추어 교실 앞문으로 교사가 들어왔다.

"오오! 오늘은 어쩐 일로 다들 조용하구만. 아주 보기 좋아."

교사는 흰머리가 희끗희끗한 중년 남성이었다. 그는 주름진 예리한 눈으로 교실을 한 번 죽 훑었다. 그의 눈에 한 학생이 잡혔다. 엉망이 된 동해였다. 교사와 눈이 마주친 동해는 쭈뼛거리며 어쩔 줄을 몰라 했다. 교사는 동해를 꼼꼼히 살폈다. 바닥을 뒹군 듯 더럽혀진 교복, 까치집을 지은 듯 푸석푸석한 머리카락, 발갛게 달아오른 한쪽 뺨은 누가 봐도 얻어맞은 폼이 역력했다.

"실장, 인사."

하지만 교사는 수업을 속행했다. 만수는 소리 안 나게 웃으며 책상 밑으로 침을 뱉었다. 잠시 긴장했던 동해는 허탈하게 한숨을 쉬었다.

'그럼 그렇지.'

만수 패거리는 교사들조차 함부로 건드리지 못한다. 놈들에게는 한 가지 소문이 있는데 패거리 중 하나가 학교 이사장의 아들이라는 게 바로 그 소문이다. 하지만 만수 패거리가 어지간한 잘못을 해도 그냥 넘어가는 것 때문에 소문을 알고 있는 학생들은 어느 정도 기정사실로 받아들이고 있었다.

1교시가 끝나고 쉬는 시간을 알리는 종이 울리기 무섭게 동해는 자리에서 일어났다. 위기를 느끼고는 일부러 자리를 피하려는 것이다. 교실 앞문을 열고 나가려는데 맞은편에 누군가가 동해의 앞을 가로막고 섰다.

"안녕?"

이제 고등학생이면서 키가 190에 달하는 거구 박철광이었다. 철광은 들어오자마자 동해에게 어깨동무하며 그를 다시 교실 안으로 밀어 넣었다. 보아하니 만수에게 볼일이 있어서 들어온 모양이다.

굳이 동해에게 어깨동무를 하며 친근한 척을 하는 이유는 동해가 패거리의 전용 샌드백이자 장난감이기 때문이다. 철광은 사실 동해와 아무런 인연도 없는 사이다. 동해에게 악감정이 있는 건 만수와 7반의 김태수가 고작이다.

"철광아 잘했어. 걔 좀 데리고 와 봐."

"왜, 얘 또 무슨 잘못 했어?"

"그 자식이 만화책 좀 찢었다고 냅다 소리를 지르더라니까?"

만수와 철광의 대화를 들으며 동해는 공포에 떨었다. 이런 식으로 대화가 진행된다면 또 다시 괴롭힘을 당할 것이 분명했다. 반 아이들은 벌써부터 상황을 짐작하고는 알아서 교실 밖으로 나갔다. 동해는 그들이 원망스러웠다. 누구라도 좋으니 자신을 도와줬으면 하는 바람이었다.

하지만 그런 동해의 소망이 우습게도 누구 하나 동해와 눈조차 마주치려 하지 않았다. 동해는 미약하게나마 품었던 희망을 접어야 했다. 만수에게 이야기를 들은 철광은 피식 웃으며 동해를 바라봤다.

"야, 동해야."

"으응."

철광은 손가락으로 자신의 배를 가리키며 말했다.

"여기 한 대만 쳐 봐."

"응?"

"여기 때려 보라고."

철광은 그리 말하며 배에 잔뜩 힘을 주었다. 철광은 운동하는 것을 굉장히 좋아해서 학교에 아령을 가지고 올 정도다. 학교가 끝나면 곧장 헬스장으로 갈 정도의 운동 마니아였다. 운동을 좋아하는 만큼 몸도 근육으로 다부졌다. 동해에게 자신의 배를 내민 것은 아마도 복근을 시험해 보기 위함일 것이다.

"빨리!"

재촉하는 철광의 언성에 동해는 어설프게 주먹질을 했다. 비리비리한 주먹이 철광의 단단한 배에 닿았다. 물 먹은 스펀지를 던져도 그보다는 강하리라. 비리비리한 동해의 펀치에 어이가 없어진 철광은 고개를 저었다.

"그게 아니라. 힘껏 치라고, 힘껏! 이렇게."

그리 말하며 철광은 동해의 배에 주먹을 꽂았다.

"꺽!"

동해는 눈이 뒤집어지며 숨넘어가는 소리를 냈다. 신물이 올라오는 것을 느끼며 동해가 비틀거렸다. 눈물조차 나오려 했다.

"알았지? 이 정도로 세게."

철광은 다시 때려 보라며 배를 내밀었다. 동해는 켁켁거리며 자세를 바로잡았다. 혼란스러운 상황이었다. 진짜 세게 때려도 되는 건가? 정말로 세게 쳤다가 오히려 그거 가지고 뭐라고 하면 어떡하지? 아니, 그렇다고 이렇게 계속 약하게만 때릴 수도 없잖아?

"……."

동해는 마음을 고쳐먹었다.

'그래. 시키는 대로 하자.'

어차피 선택권은 없었다. 동해는 그냥 시키는 대로 최대한 세게 내지르자고 마음먹으며 있는 힘껏 어깨를 당겼다. 최대한으로 당겨졌던 고무줄이 풀리듯 동해가 주먹을 뻗었다.

퍼억!

잘못 때려서 손목을 삐었다.

　　　*　　　*　　　*

수업이 모두 끝나고 동해는 허탈한 표정으로 교문을 통과했다. 동해의 오른 손목에는 양호실에서 감은 붕대가 애처로이 감겨 있었다. 학생들은 두 명 내지는 세 명씩 짝을 지어 하교 중이었다.

"……."

친구가 없는 동해만이 오직 혼자였다. 몇몇 학생들은 귀에 이어폰을 꽂고 있었다. MP3를 들으며 귀가하는 것이다. 동해는 잠시 부러운 듯 그들을 빤히 주시했다.

'칫, MP3 따위 없으면 어때? 난 내가 직접 부른다고.'

동해는 그리 생각하며 집을 향해 걸었다. 다운된 기분을 살리기 위해 작게 노래도 흥얼거렸다. 그러다가 길가를 거니는 사람이 조금 가까워진다 싶으면 금세 노래를 그쳤다. 딱히 노래를 잘하는 것도 아닌데 누군가가 자신의 노래를 듣는다면 창피할 테니까.

툭툭.

하염없이 돌멩이를 걷어차며 걷던 중 동해는 무슨 생각이 들었는지 돌을 힘껏 걷어찼다. 순간적으로 화가 났다. 만수와 철광에 대한 화가 갑자기 끓어오른 것이다. 그래서 돌멩이를 만수라 생각하고 힘껏 걷어찼다.

'아프잖아.'

"……?"

환청이었을까? 멀찌감치 떨어진 돌멩이가 말을 걸어왔다.

'당사자한테는 찍소리도 못하면서 왜 나를 걷어차는 거야? 내가 우습냐? 우스워?'

동해는 귀를 후비며 멀어진 돌멩이에게 다가갔다.

'야, 지금 내가 돌멩이라고 존나 무시하냐? 그러면 뭐해, 어차피 너는 겁쟁이잖아.'

"뭐라고?"

'겁쟁이. 괴롭힘 당할 때마다 다른 누군가가 도와주길 바라지만 아무도 널 도와주지 않아. 거기에 대해서 너는 분노를 느끼잖아. 그런데 굳이 다른 사람이 너를 도와줘야 할 이유가 있어?'

"같은 반이잖아. 그리고 약한 사람이 괴롭힘 당하면 도와줘야 하는 거 아냐?"

'왜? 같은 반인 건 그냥 그렇게 정해진 거지 딱히 도와줘야 할 이유가 되지는 않는다고. 너는 그냥 겁쟁이야. 힘도 없는 주제에 다른 사람에게 책임이나 전가하는 비겁자.'

동해는 으득, 어금니를 깨물며 돌을 짓밟았다. 돌멩이는 제법 단단한지라 운동화로 밟아 봤자 아무 소용이 없었다. 그렇지만 지금 당장 밟아 주지 않으면 화가 안 풀릴 것만 같았다. 그렇게 실컷 돌멩이를 짓밟은 동해는 거친 숨을 씩씩거렸다.

'젠장. 내가 지금 뭐하는 거람.'

애초에 돌이 말을 할 수 있을 리가 없지 않은가. 이게 무슨 판타지도 아니고. 요즘 들어 너무 맞아서 헛것이 보이고 들리는 것 같다고 생각하며 이마를 주물렀다.

"자, 잘못했어!"

동해가 자책하고 있던 이때 그리 멀지 않은 골목길에서 누군가의 외침이 들려왔다. 무슨 소린가 싶어 동해가 힐끔 그곳을 바라봤다. 동해는 소리가 난 쪽으로 살금살금 다가갔다. 그리고 골목 어귀에 찰싹 붙어 슬쩍 고개를 내밀어 봤다.

"응?"

비좁고 습한 골목에는 총 네 명의 학생이 있었다. 그중 하나는 동해와 같은 교복을 입고 있었다. 나머지 셋은 다른 교복을 입고 있었으며, 동해와 같은 교복을 입은 학생을 중앙에 세우고 그를 에워싸고 있었다. 굳이 설명을 듣지 않아도 여러 명에서 한 명을 괴롭히는 상황이란 것을 한눈에 알 수 있었다. 동해는 숨죽이며 상황을 계속 지켜봤다.

"새끼가 그냥 주면 그만이지 왜 개기고 지랄이야? 거 얼마나 된다고."

"......."

동해는 윗입술을 깨물었다. 소위 말하는 삥뜯기였다. 보아하니 세 명에서 돈을 내놓으라며 협박했고 일출고 학생이 저항하다가 당한 모양이었다. 비록 당해내진 못했지만 동해는 그 학생이 대단하다고 느꼈다. 무시무시한 불량 학생 한 명도 아닌 세 명에게 맞서 싸우려 하다니 동해로서는 상상도 못 할 일이었다.

"......!"

순간 동해의 등골에 소름이 파도처럼 일었다. 엉망이 되어 벽에 기대고 있는 소년과 눈이 마주친 것이다. 소년의 눈은 지친 듯 보였지만 아직도 이글이글 불타는 것처럼 보였다. 현재는 힘이 없지만, 체력이 조금만 더 남아 있었다면 당장이라도 놈들에게 달려들 기세였다. 그 학생은 그런 눈동자로 동해를 바라봤다. 미약하게나마 그 눈동자가 말하는 것을 동해는 알아볼 수 있었다.

도와줘.

동해는 꿀꺽 침을 삼키며 굳어 버렸다.

'어떻게 할까. 어떻게 해야 하지? 나서서 싸워야 하나? 112에 신고라도 해야 하나? 어쩌지, 어떡하지?'

순식간에 머릿속으로 여러 가지 생각이 스쳐 갔다. 당황하는 와중에 소년의 명찰이 눈에 띄었다. 박진택.

"아."

동해는 그 이상 소년의 눈동자를 바라볼 수가 없었다. 불량배 중 하나가 동해 쪽을 바라본 것이다. 동해는 뒤도 돌아보지 않고 냅다 도망쳤다. 속으로는 몇 번이고 미안하다고 외쳤다. 어차피 들리지 않을 테지만 그렇게라도 하지 않으면 견딜 수가 없을 것만 같았다.

결국 같은 학교에 다니는 소년의 부탁을 거절한 것이다. 왜냐고? 힘이 없었으니까. 싸울 능력도, 그럴 배짱도 없었으니까. 뒤통수 너머로 소년의 외침이 들려오는 듯했다.

'이 겁쟁이 새끼야!'

그 메아리 같은 목소리가 비수처럼 동해의 가슴을 헤집어

놓았다. 자신을 질책하던 돌멩이의 목소리와 흡사했다. 동해는 귀를 막으며 미친 듯이 쉬지도 않고 집까지 뛰어갔다. 불그스름하게 노을이 익어가는 오후였다.

다음 날 일출 고등학교.

동해는 반쯤 감긴 부스스한 눈을 하고서 자리에 앉았다. 어제 있었던 일 때문에 제대로 잠을 잘 수가 없었다. 이불 속을 뒤척이다 도저히 잠이 안 와서 만화책을 보며 시간을 보냈다. 그 만화책을 열 번 정도 읽으니 새벽 4시였고, 그때서야 간신히 잠들 수 있었다. 그 때문인지 현재에도 만화 속의 대사가 아른거렸다.

그날도 여느 때와 같은 평범한 날이었다. 아직은 수업이 시작되기 전 학생들은 친구들과 열심히 수다를 떨었고, 아직 과제를 안 한 녀석들은 뒤늦게 열심히 과제를 했다. 누구는 귀에 이어폰을 꽂은 채 조용히 음악을 들었고, 또 누구는 휴대용 게임기를 들고서 게임에 몰두했다. 다들 각자 바쁘게 시간을 보내던 중 돌연 교실 앞문이 열리더니 한 학생이 뛰어 들어왔다.

"야야! 빅뉴스! 빅뉴스!"

그 아이의 이름은 정보통이었다. 다른 반이나 다른 학교에서 일어난 일에 대한 정보가 밝은 편인 녀석인데, 자기가 들은 이야기가 있으면 곧장 반 아이들에게 알려 주곤 했다.

"8반 진택이가 죽었대!"

그런데 이번 이야기는 그 누구의 관심도 끌지 못했다. 다짜고짜 누가 죽었다니 믿기지가 않았던 것이다. 당황한 보통은 거기에 한마디를 더 덧붙였다.

"글쎄 어젯밤에 목을 매고 죽어 버렸대."

그때서야 거짓말이 아니라 확신한 반 아이들은 눈을 휘둥그레 뜨고서 호들갑을 떨기 시작했다. 동해는 망치로 뒤통수를 얻어맞은 것 같은 기분을 느꼈다. 진택이라면 분명 어제 집에 가는 길에 보았던 그 학생의 이름이었다. 동해는 책상에 엎드리며 머리를 벅벅 긁었다. 분명 어제 그 아이는 혼자 힘으로는 역부족이니 제발 도와 달라고 도움을 청했다. 말로 한 건 아니었지만 눈빛으로 알 수 있었다.

하지만 동해는 그 자리에서 도망쳤다. 자신이 도와 봤자 같이 얻어맞을 뿐 도움이 될 리 없다고 생각했기 때문이다. 누구 말마따나 비겁한 행동이었다. 차라리 경찰에 신고라도 했다면 적어도 그런 일은 벌어지지 않았을 것이다.

죄책감에 동해가 울먹이는 동안 교실 문이 열리며 누군가가 들어왔다. 만수 패거리 중 하나인 철광이었다. 철광은 곧장 만수가 있는 구석의 창가 자리로 다가갔다.

"만수야, 얘기 들었어?"

만수는 귀에 이어폰을 꽂고서 노래를 흥얼거리는 중이었다.

"응? 뭐라고?"

"진택이 얘기 들었냐고. 걔 어제 죽었대."

"그래? 그게 뭐. 네가 죽였어?"

"아니, 그게 아니라."

철광은 힐끔거리며 잠시 주변을 살폈다. 그러더니 작은 목소리로 소곤소곤 이야기했다.

"진택이 팼던 놈들이 우리 쪽 애들이었거든. 그거 들키면 어떻게 하냐."

"우리 학교 애들이야?"

"아니, 청명고 애들인데."

"그럼 됐잖아. 설마 우리까지 어떻게 되겠어? 신경 쓰지 마."

만수는 동해의 바로 뒷자리였다. 대화를 듣고 싶지 않았지만 자리가 가까운지라 동해의 귀에 그들의 대화가 쏙쏙 들어왔다. 동해는 마른세수를 하며 울컥울컥 차오르는 눈물을 참아야 했다. 만수의 손바닥이 동해의 등짝을 세게 후리며 말했다.

"야, 동해야."

"어, 응."

만수는 동해를 바라보며 이죽거렸다.

"너는 자살하지 마라. 죽으려거든 나한테 연락하고 죽어, 알았지?"

동해는 고개를 끄덕였다. 초창기 시절, 즉 동해가 막 괴롭힘을 당하기 시작한 때는 동해도 몇 번 저항도 하고 맞서 싸우기도 했었다. 그때 만수 패거리에게 흠씬 두들겨 맞다가 대들며 대체 이러는 이유가 뭐냐고, 자신이 뭘 그렇게 잘못했기에 이러는 거냐고 물어본 적이 있었다. 동해의 물음에 만수는 킬킬거리며 이렇게 답했다.

"사람이 사람을 괴롭히는 데 이유가 필요하냐?"

'나쁜 새끼들. 저놈들에게는 양심이라는 게 존재하지 않는 걸까? 죄책감은커녕 약간의 두려움조차 느끼지 않다니……. 저 녀석들이 말로만 듣던 사이코패스 같은 걸까.'

아니, 정작 그 아이가 도움을 청할 때 그것을 외면한 건 동해 자신이지 않은가. 사람을 패고 자살하게끔 만든 사람, 그리고 그 피해자의 도와 달라는 눈빛을 무시한 사람은 다른 누가 아닌 바로 자신이었다.

그렇다면 과연 누가 더 나쁜 놈일까?

Battle 02

아무도 널
지켜 주지
않는다

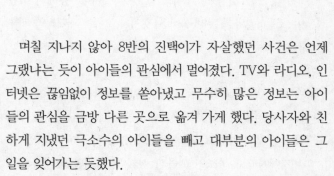

　며칠 지나지 않아 8반의 진택이가 자살했던 사건은 언제 그랬냐는 듯이 아이들의 관심에서 멀어졌다. TV와 라디오, 인터넷은 끊임없이 정보를 쏟아냈고 무수히 많은 정보는 아이들의 관심을 금방 다른 곳으로 옮겨 가게 했다. 당사자와 친하게 지냈던 극소수의 아이들을 빼고 대부분의 아이들은 그일을 잊어가는 듯했다.

　동해는 그 일을 잊지 못하는 극소수의 아이들 중 하나였다. 비록 패거리들의 과제를 대신해 주느라 팔이 빠지도록 펜을 놀리고 있었지만, 머릿속으로는 몇 번이고 진택의 눈빛을 떠올렸다. 분명 구조를 요청하는 눈빛이었지만 동해가 한 번씩 되새길 때마다 그것은 원망의 눈빛으로 바뀌었다.

"......"

진택은 비록 맞아서 쓰러졌지만 저항했다. 그것은 확고한 사실이었다. 당시 진택을 둘러싼 녀석들의 얼굴에 맞은 흔적이 있었고 교복도 지저분했다. 마냥 당하기만 하던 동해와는 달랐다. 진택은 불의와 폭력에 맞서 싸우기를 선택했던 것이다. 다만 그것이 혼자 힘으로는 역부족이었고 누군가의 도움을 필요로 했을 뿐이다.

동해는 매몰차게 도움을 거절했다. 만약 동해가 어떻게라도 나섰다면 결과는 달라졌을지도 모른다. 진택은 집에서 목을 매지 않았을 것이고, 죽지도 않았을 것이다. 동해의 작은 선택이 모든 결과를 뒤바꿔버린 것이다. 만수 패거리의 과제를 대신해 주는 자신의 오른손을 보며 동해는 생각했다.

'내가 지금 뭘 하고 있는 거지?'

수업을 전부 끝마치고 집으로 돌아온 동해는 소파에 앉아 멍하니 TV를 봤다. 살아도 사는 것 같지 않았다. 숨을 쉬어도 쉬는 것 같지 않았고, TV를 봐도 보는 것 같지가 않았다.

아버지에게라도 하소연 해볼까 싶었다. 하지만 동해의 아버지는 야간에 일하는지라 마주칠 기회도 변변치 않았다. 그리고 사실 말한다 하더라도 무엇이 바뀔 것이란 기대도 되지 않았다. 아버지를 원망하는 것은 아니지만 이런 일이 어른들의 도움으로 크게 바뀌리란 기대는 없었다.

만수 패거리가 동해를 괴롭히기 시작한지 얼마 지나지 않아, 동해는 학교 교사들에게 만수 패거리가 자신을 괴롭히고 때리고 심부름시킨다고 일러바친 적이 있었다. 하지만 그로 인해 사태는 더욱 심각해졌다. 해당 교사는 패거리를 불러 경고하는 차원에서 그쳤고, 그날부로 만수 패거리의 괴롭힘은 더욱 심해졌다.

아마 자신의 문제를 어른들이 해결해 주리란 기대를 접기로 한 것이 그때부터였을 것이다. 그렇다고 또래 애들이 도와주길 바라는 것도 욕심이었다. 애초에 자신부터가 그것을 거부한 마당에 타인에게 도움을 바라는 건 모순이니까. 그렇다면 어떻게 해야 할까? 답은 간단했다. 결국 스스로 일어나는 수밖에 없었다. 동해는 어금니를 꽉 깨물고서 밖으로 나갔다.

'그래, 이렇게 당하고만 있을 수는 없어.'

무엇이라도 하자. 운동을 하건 격투기를 배우건 어쨌건 강해지자고, 동해는 그리 마음먹었다. 사복으로 갈아입은 동해는 거리로 나왔다. 하늘에서는 붉게 노을이 지고 있었다.

동해는 인상을 찌푸리며 거리를 걸었다. 동해가 찾는 건 무술이나 격투기를 배울 수 있는 곳이었다. 수강료가 걸리긴 했지만 그렇다고 마냥 두 손 놓고 있을 수는 없었다. 아버지에게 비는 한이 있더라도, 아니면 최소 한 달만이라도 싸움을 배우고 싶었다.

거리에는 의외로 유도니 태권도니 하는 도장들이 많았다.

생각했던 것보다 많아서 어디를 먼저 들러야 할지 고민될 정도였다. 직접 안에 방문하는 것도 걱정이었다. 누가 놀리는 것도 아니건만 막상 문을 열고 들어가려니 창피하다는 생각이 들었다. 부모와 함께 가는 경우라면 모를까, 강해지고 싶다고 도장을 찾는 경우라니 부끄러웠다.

'아니지, 아니야. 마음 독하게 먹자.'

동해는 콧김을 씩씩거리며 태권도장 안으로 들어갔다.

잠시 후.

동해는 허탈한 표정으로 다시 도장 밖으로 나왔다. 이유는 별것 아니었다. 생각보다 수강료가 비쌌던 것이다. 십오만 원이라니…… 원장은 본래 이십만 원인데 학생의 열의를 봐서 십오만 원으로 깎아준다고 말했지만 동해에게는 십오만 원도 적은 금액이 아니었다. 열의가 다 식어 버릴 정도의 액수였다. 애초에 그 정도 금액이 쉽게 나올 수 있었다면 동해가 MP3를 가진 학생을 부러워하지도 않았을 것이다.

"젠장, 딴 데를 알아보자!"

심기일전하는 마음으로 동해는 다음 도장을 찾았다. 도장의 크기, 시설, 사범의 인상 같은 것은 아무래도 좋았다. 더도 말고 덜도 말고 딱 십만 원 이하의 금액이라면 동해는 이것저것 안 따지고 바로 들어갈 심산이었다.

그러나 수강비가 싼 도장은 여간 찾기 쉬운 일이 아니었다.

무의 길이니 심신 수련이니 뭐니 해도 결국은 장삿속인데, 한 달 십만 원 이하로 받아 도장을 꾸리는 건 불가능할 테니 말이다. 어느새 동네에 있는 도장들을 한 바퀴 다 돌아본 동해는 다시 시작 지점으로 돌아와 있었다. 붉게 작열하던 노을은 자취를 감추고 슬슬 어둑어둑해지고 있었다.

"휴우."

전부 허탕이었다. 이대로 집에 갈까 말까 생각하는 중, 어디선가 목소리가 들려왔다.

"어이, 소년."

그곳에는 이십 대 후반에서 삼십 대 초반 정도로 보이는 남자가 서 있었다. 타이를 제외한 정장 차림이었으며 셔츠를 바지 밖으로 빼입은 것이 무성의해 보였다.

"강해지고 싶나?"

가뜩이나 수상한 모습인데 하는 말도 뜬금없었다. 동해는 못 들은 척, 못 본 척하며 급히 걸음을 돌렸다.

"어라? 잠깐만!"

검은 정장의 남자는 급히 동해의 앞을 가로막았다. 단순한 행동이었지만 동해는 놀랐다. 둘 사이의 거리는 5, 6미터 정도였는데 눈 깜짝할 사이에 눈앞까지 당도했기 때문이다. 동해는 깜짝 놀라 눈만 끔뻑거렸다.

"저, 저기. 죄송한데 비켜 주실래요?"

"하하. 이거 왜 이러시나. 잠깐이면 된다니까."

"저는."

"하하! 걱정하지 마시고. 이 형아는 그렇게 나쁜 사람이 아니에요. 깡패도 아니고 전도 같은 것도 안 하니까 마음 푹 놓으시라 이 말이지."

"으음."

"내 이름은 민철이다. 남민철."

"저는 도, 동해요."

"성은?"

"성이 동이에요."

"아, 그래?"

민철은 두 손을 동해의 어깨 위에 얹었다.

"그러니까 말이지, 이 형이 아까 전에 담배 사러 편의점에 갔다 왔거든? 편의점 가는 길에 네가 저 쪽의 태권도장에 가는 걸 봤어. 그리고 담배 사고 나오는 길에 네가 저기 유도장을 들어가는 걸 봤지. 근데 이제 보니까 담배를 잘못 샀더라고. 그래서 편의점을 다시 가는 길에 너는 저기 공수도장을 들어가더라? 본의 아니게 계속 지켜봤다는 소리지."

"그래요?"

"그래, 사실 형도 도장을 꾸려서 생활하고 있거든. 너 혹시 우리 도장 다녀 볼래?"

"그게……. 하지만 저는."

"돈!"

민철이 냅다 큰소리를 지르는 통에 동해의 눈이 놀란 토끼 눈이 되었다.

"하하, 네가 돈 문제 때문에 이리저리 도장을 찔러보고 있다는 걸 알고 있지."

"어떻게 아셨어요?"

"가난한 사람은 특유의 아우라가 있거든. 가난한 검은 기운이라고 해야 하나."

"그런 게 있나요?"

"농담이고, 사실 간단한 거지. 굳이 그렇게 도장을 이리저리 옮겨 다닐 필요가 없잖아? 도장은 다 고만고만하니까. 그렇다면 결국 돈 문제란 결론이 날 수밖에 없지."

"아아."

민철은 한 편의 희곡처럼 두 팔을 펼치며 말했다.

"소년, 우리 도장에 한번 다녀 보지 않겠는가."

동해는 밥 먹다가 돌 씹은 표정으로 민철을 바라봤다. 호탕하게 웃는 모습이 그리 나쁜 사람처럼 보이지는 않았다. 다만 도장을 꾸리는 사범처럼 보이지도 않는다는 게 문제였다. 민철은 오히려 사기꾼이나 어디 연예인 매니저쯤으로 보였다. 동해는 의심스러운 눈초리를 거두지 않았다.

"아저씨 잘 싸워요? 거기 뭐 가르치는데요?"

"하하! 아저씨라니."

민철은 담배를 든 손으로 눈물 훔치는 시늉을 하며 너스레를 떨었다.

"딱히 이름이랄 건 없어. 말 그대로 그냥 싸우는 기술이야. 거추장스럽게 거기에 이름 따윈 필요 없지. 실전 격투기라고 해 두지 뭐."

"아, 그렇군요?"

동해가 뒷걸음치며 말했다. 동해가 다른 이들에 비해 순진한 편이라고는 해도 민철의 수상함은 도를 지나쳤다. 저건 마치 자신이 수상한 사람이라고 온몸으로 외치는 것처럼 보였다.

"이보라고 소년! 못 믿겠다면 우리 도장으로 초대하지! 같이 한번 가 보자고!"

"아니에요! 전 괜찮아요. 그냥 다른 데 알아볼게요."

"어허! 그러지 말고 같이 가자니까!"

민철의 손이 동해의 팔을 붙잡았다. 동해는 몸부림쳤지만 그의 악력은 보기보다 굉장히 셌다. 도저히 동해의 힘으로는 풀 수가 없었다.

"이거 왜 이러세요. 이거 놔요!"

"아나 짜증나게 왜 이래, 계집애 같이! 누가 잡아먹는데? 도장 한번 구경해 보라니까!"

"으, 으악! 놔요! 이거 놔요! 사람 살려요!"

마침 두 명의 경찰관이 거리를 지나다가 그 광경을 목격했다. 민철과 동해의 모습은 누가 봐도 불량배와 무고한 학생으로밖에 보이지 않았다. 두 경찰관은 진압봉을 빼어 들고서 두 사람에게 다가왔다.

"어이 거기! 무슨 짓이야!"

민철은 다가오는 두 명의 경찰관을 바라보며 한숨을 쉬었다.

'이거 난리 났군.'

동해는 가까스로 민철의 손을 뿌리치며 경찰관들 뒤로 숨었다.

"도와주세요! 절 납치하려고 해요!"

경찰관이 다가오자 민철은 마른 입술을 핥으며 어이없다는 듯이 웃었다.

"나 원 참. 저기 경찰 아저씨들, 제가 그러려고 그런 게 아니라요."

민철은 다가오는 한 경찰관의 팔을 붙잡고 발목을 걸었다. 매우 간단하고 가벼운 동작이었다. 그러나 경찰관은 민철의 가벼운 움직임에 파도를 맞은 모래성처럼 그대로 무너졌다. 바닥에 고꾸라진 경찰관은 아프다기보다는 어이가 없다는 눈으로 민철을 올려다봤다.

먼저 다가갔다가 당한 동료를 본 경찰관은 자세를 바로잡았다. 머뭇대는가 싶더니 기습처럼 진압봉을 휘둘렀다. 이번에도 민철의 동작은 가뿐했다. 손을 들어 진압봉을 쥔 오른손을 붙잡고는 반대 손으로 경찰관의 벨트를 잡았다.

"흠!"

그러고는 벨트를 붙잡은 손을 힘껏 밑으로 내렸다. 그러자 투두둑 하는 소리와 함께 벨트가 뜯어지며 바지가 내려갔다. 트렁크 팬티를 본의 아니게 노출한 경찰관은 바닥에 주저앉으며 어쩔 줄을 몰라 했다.

"자 어때, 이러니 좀 사범 같아 보이냐?"

민철은 당당하게 동해를 바라봤다. 저것은 분명 도장을 꾸릴 만큼 대단한 실력의 사범……이라기보다는 범죄자에 가까운 모습이었지만, 결론적으로는 굉장한 실력이었다. 어떻게 저런 간단한 동작으로 상대를 제압할 수 있는 걸까? 더구나 단순히 실력 행사가 아니라 경찰관들이 다치지 않도록 배려까지 했다. 고수가 아니라면 불가능한 일이었다. 동해는 은근하게 가슴이 두근거리는 것을 느낄 수 있었다. 민철은 씨익 웃으며 오른손을 내밀었다. 동해는 고민 끝에 그 손을 붙잡았다.

"저놈들 잡아!"

"으익!"

그리고 두 사람은 분노로 콧김을 씩씩거리며 쫓아오는 경찰관들을 피해 달아나야 했다. 두 경찰관 중 하나는 흘러내리는 바지를 추스르며 어기적어기적 쫓아왔다.

"이놈들! 내 바지 어쩔 거냐!"

　어두운 골목길을 한참을 내달려 겨우 경찰관들을 따돌릴
수 있었다. 그렇게 길을 돌고 돌아 동해는 민철의 도장이라
는 곳에 도착했다. 번화가에서 동떨어진 자리에 위치한 상가
건물이었다. 그중에서도 2층에 위치한 곳이었다. 건물 자체는
늙은 노인처럼 위태로워 보였고 심지어 1층은 비어 있었다.

　둘은 더럽고 비좁은 계단을 밟고 2층으로 향했다. 문을 열
고 들어가 전등을 켜니 50평 정도의 휑한 공간이 드러났다.
한쪽 벽면에는 전면 거울이 설치돼있었고 바닥에는 매끄러운
장판이 깔려 있었다. 그 외에 화장실이나 사범실, 심지어 탈의
실도 있는 완벽한 도장이었다.

　"우와."

　기대치를 훨씬 뛰어넘는 모습에 동해는 말을 감탄사를 내
뱉었다. 놀라워하며 민철을 바라보자 그는 씨익 웃으며 동해
의 뒤통수를 쓰다듬었다.

　"짜식, 놀랐냐?"

　생각보다 시설이 좋은 것은 둘째 치고, 동해가 의아한 건
다른 게 아니었다. 민철은 어째서 부득부득 자신을 이리로 데
리고 오려 했던 걸까? 동해는 그것이 의아했다. 그리고 그 의
아함은 오래 지나지 않아 해소되었다.

　"어이! 남민철이! 시방 월세 언제 낼 거여!"

건물의 계단을 타고 백발이 성성한 노인이 내려왔다. 체구는 초등학생처럼 작았지만 부리부리한 눈매와 언성은 젊은이들 못지 않았다. 개량 한복을 입은 노인은 도장에 들어오기 무섭게 들고 있던 지팡이를 휘둘렀다.

"이눔 시끼! 이눔 시끼! 월세를 내란 말이여!"

민철은 한숨을 쉬며 팔과 다리로 지팡이 공격을 일일이 막아냈다.

"으이그. 박 씨. 기다려 보쇼 좀. 내 드디어 문하생을 데리고 왔으니까. 거 제자 보는 앞에서 사범 체면 좀 세워 주시구려."

"뭣이? 제자?"

레이저라도 나올 것 같은 강렬한 눈매다. 박 씨의 눈총에 동해는 학생주임을 마주한 것 마냥 덜덜 떨어야 했다.

"비리비리하게 생겼구마이."

박 씨의 안광에 겁을 먹은 동해는 아차 싶어 하며 민철을 바라봤다.

"그! 여기 수강료가 얼마나 되죠?"

관건은 그것이었다. 돈. 수강료.

동해는 불쌍한 듯 조마조마한 눈빛으로 민철을 바라봤다. 그에 민철은 별것 아니라는 투로 답했다.

"수강료? 십만 원."

민철도 대답하며 불쌍한 듯 조마조마한 눈빛으로 동해를

바라봤다.

"십만 원이요!?"

놀라워하는 동해를 보며 민철도 놀라워했다.

"굉장히 싸네요."

가슴을 쓸어내리는 동해를 바라보며 민철도 가슴을 쓸어내렸다. 십만 원 정도면 동해에게도 그리 불가능한 금액은 아니었다. 솔직히 어떻게 될지는 알 수 없었지만, 그래도 설마 집에 십만 원이 없을까라고 동해는 생각했다.

"그럼 내일 수강료 가지고 올 게요."

두 사람과 몇 마디 대화를 나누고 동해는 집으로 향했다. 집으로 돌아가는 발걸음이 그리도 가벼울 수가 없었다. 오늘이라고 집이 특별할 건 없었다. 여전히 어둡고 조용했다. 사람 사는 소리, 냄새 같은 건 전혀 느껴지지 않았다. 허나 오늘만큼은 동해에게 그런 무거움은 전혀 느껴지지 않았다. 소풍을 앞둔 소년처럼 가슴이 설렜다. 이부자리를 깔고 자기 전 동해는 식탁 위에 메모장을 남겼다.

아빠, 나 도장 다니고 싶은데 십만 원만 어떻게 좀 안 될까?

평소에 동해는 발끝에서 이불을 뒤집어쓰자마자 시체처럼 잤지만, 오늘은 이불 속을 뒹굴며 뒤척대다가 잠들었다.

*   *   *

동해의 집에서 학교까지는 버스로 20분, 걸어서 50분이다. 결코 만만치 않은 거리였다. 더군다나 동해는 차비를 아끼기 위해 버스를 타지 않았다. 그 때문에 어쩔 수 없이 걸어 다녀야 했고 일찍 일어나야 했다.

어제 쪽지를 남겨 놓은 이유도 그 때문이었다. 집이 가깝거나 쉽게 대중교통을 이용할 수 있다면야 아버지가 올 때까지 기다려서 직접 대화해 보겠지만 그럴 수가 없으니까.

그날은 정신없는 하루였다.

교사들이 매시간마다 들어와 조잘거려도 귀에 들어오지 않았고 그저 멍하니 시간을 보냈다. 심지어 만수 패거리가 시비를 걸어와도 잠시 시간이 지나면 기억도 나지 않을 정도였다. 꿈꾸듯 정신없는 하루를 보내고 동해는 두근거리는 가슴을 안고 집으로 돌아갔다. 문을 열고 들어가 일단 식탁부터 살폈다.

"어라?"

식탁 위에는 어제의 메모장이 그대로 있었다. 동해가 쓴 글귀 밑에는 또 다른 글이 쓰여 있었다. 그것은 동해 아버지의 필체였다.

미안하다. 애비가 돈이 없네.

바닥이 무너지는 기분이었다. 디딜 곳을 잃은 사람처럼 동해는 휘청거렸다. 없어? 없다니…… 어떻게 집에 고작 십만 원조차 없을 수가 있단 말인가. 동해는 인정하고 싶지 않았다.

화가 나서 절로 주먹이 쥐어졌다.

'어떡하지?'

하지만 그렇다고 해서 마냥 원망만 하고 있을 순 없었다. 잠시나마 아버지가 미웠지만, 그래도 집에서 유일하게 돈을 벌어 동해를 돌봐 주는 사람이었다. 땡전 한 푼 안 버는 자신이 아버지를 미워할 수는 없었다. 중요한 건 투덜거리는 게 아니라 이 상황을 어떻게 타개할 것인가였다. 동해는 손가락을 빨며 자신을 기다리고 있을 민철을 떠올려 봤다. 왠지 모르게 죄책감이 샘솟았다. 기껏 다닌다고, 수강료가 싸다고 그렇게 떠들어댔는데 이제 와서 돈이 없다고 하면 그는 어떤 표정을 지을까?

"아오오!"

동해는 머리를 벅벅 긁었다. 주말 아르바이트라도 뛰어야 하나? 근데 학생은 아르바이트 잘 안 시켜 주려 할 텐데. 중요한 건 아르바이트를 하더라도 월급은 한 달 뒤에나 받을 수 있다는 사실이었다. 아르바이트를 시작하자마자 가불을 받을까? 그건 말도 안 된다. 이런저런 상념들이 동해의 머릿속을 괴롭히던 이때 마침 좋은 생각이 떠올랐다.

"맞다!"

동해가 지금까지 모아온 만화책이나 소설책, 게임기나 게임 시디들 같은 물건들을 파는 것이었다. 컴퓨터는 안 되고 미니 오디오는 괜찮았다. 일단 첫 달은 급히 막는 용도로 물건을 팔아야 겠지만, 다음 달부터는 아르바이트를 하거나 하면 그만이다. 그러니 딱 십만 원 어치만 팔면 된다.

동해는 고민했다. 고민하고 고민하고 또 고민했다.

"젠장."

결국 오디오와 소설책 몇 권으로 자신과 합의를 봤다. 일단 민철의 도장을 찾아가 며칠만 더 시간을 달라고 사정했고 며칠 뒤에 오디오와 소설책을 매각한 동해는 수강료를 마련할 수 있었다. 그날 동해는 난생 처음으로 아이를 입양 보내는 부모의 마음을 깨달을 수 있었다나 뭐라나.

Battle 03

연예인과 영웅

드디어 시작이다.

동해는 엄청난 훈련과 고난이 있을 거라 생각했다. 살면서 단 한 번도 운동이나 수련이라고 부를만한 걸 해 본 적이 없었기 때문이다. 누구나 어렸을 때 태권도쯤은 배워 보는 게 보통인데, 동해는 그러지 못했다.

학교가 끝나고 수련은 오후 7시부터 시작되었다. 원래는 8시부터였으나 민철이 첫 제자인 동해의 의지를 높게 사 시작 시간을 앞당겼다. 예상은 했지만 실제로 그 넓은 도장을 홀로 사용하려니 여간 쑥스러운 일이었다. 50평의 널찍한 도장을 채우는 건 중간 중간 버티고 있는 기둥과 남민철, 그리고

동해가 유일했다. 휑한 기분을 느끼며 동해는 떨떠름한 입맛
을 다셨다.

"제자들이 진짜 저밖에 없나 보네요."

"그래서 내가 너에게 그렇게 매달렸던 거지."

"그렇군요."

"그렇지."

"그러네요."

"그래."

머쓱한 분위기를 타파하기 위해선지 민철은 갑자기 제자리
뛰기를 했다.

"자자! 그럼 일단 가볍게 시작해 보실까!"

"에에?"

"뭣 하는 거야? 얼른 너도 뛰어! 점프, 점프!"

동해는 얼굴을 빨갛게 물들인 채 뒤통수만 긁어댔다.

"자자! 일단 달리는 거야! 따라와!"

민철은 기둥들 사이를 가로지르며 도장을 뛰어다녔다. 동
해도 일단 따라서 그 뒤를 밟았다. 무슨 운동을 하던 제일 중
요한 것은 스트레칭, 몸풀기다. 아무리 운동에 대한 문외한인
동해라 하더라도 그 정도 사실쯤은 알고 있었다. 그렇게 생각
하기는 했지만 전신이 땀범벅이 될 정도로 몸풀기를 하리라고
는 생각지 못했다. 무슨 몸풀기를 한 시간 동안 하는 것인지.
동해가 완전히 녹초가 되어 바닥에 엎어지고 나서야 몸풀기

뜀박질은 끝이 났다.

"뭐야? 벌써 지친 거야? 이제부터가 시작이라고."

"아니, 허억 허억. 무슨 몸풀기를 이렇게 무식하게 해요?"

"몸풀기라니? 이건 한 달 동안 계속 반복해야 하는 거라고."

"뭐라고요?!"

깜짝 놀란 동해의 눈이 큼지막해졌다. 사실 민철이 지금까지 한 뜀박질을 몸풀기라고 한 적은 없었다. 민철은 키득거리며 동해와 눈을 맞췄다.

"잘 들어, 네가 이런저런 싸움의 기술을 배우고자 하는 건 잘 알고 있어. 하지만 기초 체력, 기본적인 근력과 순발력이 없이는 아무것도 할 수가 없다고."

"하, 하지만."

"샤럽. 굳이 격투기만이 아니야. 무슨 일을 하든지 마찬가지야. 중요한 건 기본이 받쳐 줘야 한다는 거지. 알아듣겠어? 솔직히 지금의 네 상태가 기본이 된다고는 할 수 없잖아?"

인정하고 싶지 않았지만 동해는 고개를 끄덕일 수밖에 없었다. 전에 거울을 보며 '이 정도면 평균'이라고 되뇌었지만 그것은 사실이 아니었다. 근력도 많이 부족하고 고도 비만까지는 아니더라도 속살이 제법 있다는 건 알고 있었다. 동해는 무의식적으로 자신의 뱃살을 주물러 봤다.

"짜식, 너무 기죽지 말라고. 정 방법이 없는 건 아니야."

동해 앞으로 다가온 민철이 쪼그려 앉았다.

"기초 체력이고 근력이고 나발이고 다 무시하고 상대를 이기는 법도 존재하긴 해."

"그런 게 있나요?"

"그래. 그건 말이야……."

말과 함께 민철이 품을 뒤적거리더니 그 안에서 뭔가를 꺼냈다. 스릉 하는 날카로운 소리가 귓가를 스쳤다. 그것은 놀랍게도 서슬 퍼런 칼, 흔히 말하는 사시미였다. 민철이 살벌한 눈빛으로 음산하게 중얼거렸다.

"이걸로 그냥 냅다 쑤시면 돼."

민철의 말이 끝나기 무섭게 동해는 민철로부터 멀찌감치 떨어졌다. 벽에 찰싹 달라붙어서는 오들오들 어깨를 떨었다.

"하핫! 야 임마. 장난이야, 장난."

"자, 장난인데 그건 어디서 난 거예요!"

"이놈아, 혼자 살다 보면 요리도 하고 그럴 거 아니냐."

"알았으니까 얼른 그거 치워요!"

"짜식 놀라기는."

첫 날은 그렇게 주먹 한 번 질러 보지 못했다. 계속해서 도장 안을 달리고, 제자리 점프를 하고, 팔굽혀 펴기를 하고, 윗몸 일으키기를 했다. 수련이 끝나는 시각은 오후 11시였지만, 동해의 부탁으로 한 시간 연장해 12시까지 진행되었다. 동해는 반쯤 감긴 눈으로 파김치가 되어 도장을 나갔다. 도장에 홀로 남은 민철은 창을 통해 동해가 멀어지는 걸 지켜봤다. 어깨가 축 쳐져서는 어기적어기적 걸어가는 폼이 우스워 보였다.

"어이! 동해야!"

무슨 생각이 들었는지 민철은 창문을 열고 동해를 불렀다.

"왜요."

"바래다줄까?"

"됐어요. 제가 뭐 애도 아니고."

"어허, 싸부가 말하는데 거절하는 게 어디 있어."

고개를 치켜들고 상가의 2층 건물을 올려다보던 동해가 뭘 본 건지 순간 놀라서는 소리를 질렀다. 민철이 다짜고짜 창밖으로 몸을 내던진 것이다. 2층이라고 해서 절대 만만한 높이는 아니었다. 무엇보다 아파트의 2층과 상가 건물의 2층은 그 높이부터가 달랐다. 자칫 잘못하면 발목이 부러질 수도 있고, 또 몸이 잘못 기울었다간 다른 곳부터 떨어져 크게 다칠 가능성이 컸다. 허나 민철은 이 정도는 껌이라는 듯 민첩하게 바닥에 착지했다.

"하하, 놀랐냐?"

"……."

두 사람은 어두워진 골목길을 걸었다. 아까 전에는 괜찮다고 말했지만 길도 어둡고 으슥한 것이 혼자였다면 많이 무서웠을 것이다. 요즘엔 골목 깡패가 많이 사라졌다지만 그래도 무서운 건 무서운 거였다. 민철이 바로 옆에 있다는 사실만으로도 굉장히 듬직했다. 어두운 길을 걸으며 두 사람은 말이 없었다. 민철은 침묵이 어색하지 않은 듯 콧노래도 흥얼거렸지만 동해는 그러지 못했다. 어색해서 견딜 수가 없었다.

"그, 저기, 사범님."

"사범은 무슨 놈의 사범이냐. 그냥 형이라고 불러."

"에예, 민철이 형. 근데 도장에 제자가 저밖에 없는데 괜찮으세요?"

"뭐가 말이냐."

"그, 먹고사는 일이라거나 그런 거요."

민철은 잠시 고민하나 싶더니 얼토당토 않는 대답을 했다.

"뭐, 어떻게든 되지 않을까?"

"에엑? 그런 대답이 어디 있어요."

"내 걱정은 하지 말고 네 걱정이나 하지 그래?"

"제 걱정이요?"

동해의 뇌리에 순간적으로 만수 패거리가 스치고 지나 갔다.

"그래, 네 걱정. 너 학교에서 맞고 다니지?"

그 얘기에 동해는 숨이 멎을 것만 같았다. 들키지 않으려 노력했지만 온몸의 근육과 세포 하나하나가 바르르 떨려왔다. 무의식적으로 주먹이 불끈 쥐어졌다.

"아, 아니요! 누가 그래요!"

차라리 침묵하는 게 더 나을 뻔했다. 동해는 입술을 핥으며 머뭇거리다가 어깨를 으쓱였다. 스스로 생각해도 어이없다는 표정으로 말했다. 안 하느니만 못한 대답이었던 것이다.

"예, 맞아요."

"뭘 숨기려고 그러냐? 척하면 딱이지."

"그래요? 제가 그래 보이나 봐요."

민철은 턱을 긁적였다.

"보통 맞고 다니는 애들은 다 비슷비슷하니까. 자신감 없어 보이는 표정이라거나, 축 처진 어깨라거나, 이것 역시 특유의 아우라라고 해야 할까나. 그건 그렇고 싸움 기술 배워서 뭐하게 가서 놈들에게 시원하게 복수라도 해 주려고?"

동해는 작게 고개를 끄덕였다. 그에 대해서 민철은 가타부타 말을 잇지 않았다. 그냥 입버릇처럼 '짜식'이라고 중얼거리며 동해의 머리를 쓰다듬을 뿐이었다. 그날은 달이 밝은 밤이었다.

*　　　*　　　*

스파르타식 체력 훈련이 지속되면서 동해는 학교에서 자주 졸곤 했다. 평소에도 공부를 했던 것은 아니지만 적어도 수업 중에 잠을 자지는 않았다. 그러던 것이 고된 훈련 때문에 책상을 베게 삼아 잠드는 일이 많아졌다. 동해의 앞자리에는 덩치가 큰 학생이 앉아 있었기에 교사들에게 들키는 일은 없었다. 다만 문제는 다른 곳에 있었다. 만수 패거리의 눈에 띤 것이다.

평소 만수 패거리의 과제를 대신해 준다거나, 체육복을 빌려 와야 하는데 당사자가 잠에 취해 도통 일어날 생각을 안 하는 것이다. 결국, 보다 못한 만수가 발로 차며 동해를 깨웠다.

"으응."

가까스로 눈꺼풀을 들어 올린 동해는 몽롱한 기분으로 만수를 바라봤다. 만수의 욕설과 구박이 들려왔지만 현재의 동해는 아무것도 느낄 수가 없었다. 그저 비틀거리며 '미안'이라고 중얼거릴 수밖에……

몸에 대한 혹사는 거기서 그치지 않았다. 학교를 다니고, 동시에 수련을 하며 또 주말에는 따로 아르바이트를 뛰어야 했다. 즉, 학교까지 뛰어가는 것으로 아침을 시작하고 학교에서는 졸거나, 교사에게 걸려서 혼나거나, 만수 패거리의 시비를 견뎌내야 했고, 학교가 끝나면 도장까지 뛰어서 가야 했으며 도장에서는 서너 시간가량을 지독한 체력 훈련을 했다. 주말에는 수련 시간이 두 배고 따로 아르바이트까지 뛰는 그야말로 지옥 훈련의 연속이었다.

그래도 한 달 가까이 고생하다 보니 점점 체력이 붙는 것을 느낄 수 있었다. 집에서 학교까지, 혹은 학교에서 도장까지 달려가는 게 처음에는 그렇게 힘들 수가 없었지만, 시간이 지날수록 할 만하다는 느낌이 들었다. 오래도록 달려도 크게 지치지 않을 만큼 폐활량이 늘어난 것이다. 또한 지속된 운동으로 군살이 빠지는 것을 느꼈다. 근육이 드러날 정도는 아니었지만 전에 비하면 제법 날렵해졌다. 동해가 훈련을 끝내고 나면 땀범벅인지라 자기 전에 늘 씻었는데, 씻고 나와 전신 거울 앞에서 몸을 볼 때마다 전과는 다르다는 사실을 알 수 있었다.

"헤헤."

동해는 전신 거울 앞에서 이리저리 자세를 취해 봤다. 알통도 드러내 보고 가슴과 배에 힘도 줘 봤다. 물론 복근은 드러나지 않았다.

정확히 한 달이 지났을 때, 동해는 육체적으로 새로 태어날 수 있었다. 체력이 엄청나게 뛰어나졌다거나 근육이 막 불어났다는 건 아니었다. 다만 기본적인 근력과 체력을 다졌다는 의미다. 민철은 동해의 상태에 만족하며 고개를 끄덕였다.

동해는 전보다 몸이 좋아졌다는 것을 학교에서 느낄 수 있었다.

그날도 덩치 박철광이 반에 찾아왔다. 한 손에는 단백질 가루가 잔뜩 담긴 우유를 들고 있었다. 철광은 우유를 벌컥벌컥 마시며 동해에게 다가왔다.

"헤이."

나름 인사라고 등짝을 후리는데 쩌억! 소리가 날 만큼 위력적이었다. 동해는 시큰함을 느끼면서도 가까스로 표정 관리를 했다.

"아, 안녕."

철광은 허공에 주먹질을 하며 힘을 과시했다. 요즘엔 헬스뿐만이 아니라 권투도 배운다고 한다. 철광이 찾아온 이유는 별다른 게 아니었다. 저번에 그랬던 것처럼 이번에도 자신의 복근이 얼마나 단단한지 알아보기 위해서였다. 철광은 다 마신 우유를 아무 책상에나 내려놓고서 자신의 배를 두들겼다.

"자, 기억나지? 힘껏 한번 때려 봐."

동해는 슬쩍 자신의 주먹을 내려다봤다. 그간 체력 훈련은 꾸준히 해 왔지만 아직 제대로 된 기술은 배우지 못했다. 지금이라고 주먹의 힘이 강해졌을 리 만무했다. 동해는 아무 기대도 없이 철광의 배에 주먹을 질렀다.

퍼억.

"어휴. 답답해 죽겠네."

이번에도 철광의 얼굴에는 실망의 빛이 어렸다. 동해는 잔뜩 긴장했다. 이제는 자기 차례라는 걸 본능적으로 느낀 것이다. 동해는 숨을 들이키고는 배에 힘을 줬다. 어깨를 붕붕 돌리던 철광이 주먹을 동해의 배에 꽂아 넣었다.

퍼억!

동해는 신음하며 허리를 숙였다.

'어라?'

아프지 않은 건 아니었다. 하지만 내장이 출렁거리고 헛구역질이 나오던 전과는 달리 견딜 만했다. 그래도 혹시 모르니 동해는 배를 잡으며 최대한 아픈 시늉을 해 보였다. 안 아픈

티를 내면 더 때릴 수도 있으니까.

'두고 봐라. 나중에 배로 갚아 주마.'

*　　　*　　　*

"좋아! 오늘부터 본격적으로 수업에 들어가도록 하겠다."

교복에서 트레이닝복으로 옷을 갈아입은 동해는 손으로 두 뺨을 때리며 기합을 잔뜩 넣었다. 참고로 트레이닝복으로 갈아입는 이유는 민철의 도장에 도복이 없기 때문이다. 드디어 싸움 기술을 전수받는다는 생각에 동해의 가슴이 두근거리고 있었다.

"이제부터 뭘 하면 되는 거죠?"

민철은 까딱까딱 목을 풀고는 동해를 향해 손짓했다. 그 손짓에 동해는 주인 따르는 강아지처럼 향했고, 갑작스레 시야가 어두워짐을 느꼈다.

퍽!

민철의 주먹이 별안간 동해의 코를 때렸다. 동해는 악 비명을 지르며 뒤로 나동그라졌다.

"큭! 무슨 짓이에요!"

"기초체력은 적당히 다진 것 같으니 이제부터 두 번째 수업이다."

"네?"

"두 번째 수업. 맞기."

동해는 무슨 소린지 이해가 가지 않아 고개를 갸웃했다. 하지만 민철은 동해를 이해시킬 생각이 없어 보였다. 민철은 성큼성큼 다가오더니 이번에는 동해의 엉덩이를 힘껏 걷어찼다. 펙! 동해는 눈이 왕방울 만해지며 바닥을 대굴대굴 굴렀다.

"아악! 왜 또 때려요!"

"찰지구나. 설명은 이미 다 했을 텐데? 두 번째 수업은 맞기라고."

장난이 아니었다. 민철은 개구리처럼 바닥에 납작 엎드리더니, 힘껏 지면을 박차고 허공으로 뛰어올랐다. 그리고 공중에서 팔꿈치를 예리하게 세우고는 동해를 향해 낙하했다.

"히익!"

동해는 바닥을 떼굴떼굴 굴러 팔꿈치 공격을 피했다. 덕분에 민철의 팔꿈치는 맨바닥을 찍어야 했다.

쿵.

팔꿈치를 중심으로 찌릿찌릿한 전기가 민철의 전신으로 퍼졌다. 덕분에 민철은 팔꿈치를 끌어안고 낑낑거려야 했다.

"이 새끼야! 거기서 피하면 어떻게 해! 아이고, 내 팔꿈치야."

동해는 어이가 없었다.

"지금 저보고 그걸 맞으라는 거예요? 그런 거 맞았다간 뼈 부러진다고요!"

"걱정하지 마. 안 부러지게 잘 때릴 테니까. 너는 그냥 마음

푹 놓고 맞으면 되는 거야."

"지금 그걸 말이라고 해요?"

동해는 안 되겠다 싶었는지 문 쪽으로 도망쳤다. 문을 열고 나가려 했지만 문은 덜컹거리기만 할 뿐 열리지 않았다.

"잠겼어?!"

"들어올 땐 마음대로지만 나갈 땐 아니란다."

정신을 차린 민철이 자리에서 일어났다. 얼얼한 팔꿈치를 어루만지며 그가 말했다.

"당황스럽겠지만 받아들여. 너 잘 싸우고 싶다며? 잘 싸우기 위해서는 잘 맞아야 해. 우선적으로 맞는 법을 알아야 한단 말이지. 그리고 말이야, 맞는 놈들은 공통적으로 폭력에 대한 두려움이 있어. 그건 너도 잘 알잖아?"

동해는 아무 대꾸도 하지 않았다.

"안 그래? 그 잡놈들이 어깨만 움직여도 심장이 벌렁벌렁하잖아? 상대가 어떻게 몸을 움직여서 너의 어디를 때릴지 상상도 못 하잖아? 무서우니까, 맞는 게 무서우니까 머릿속이 그냥 까맣게 되는 거 아니냐고. 내 말이 틀려?"

민철의 말은 틀리지 않았다. 애초에 놈들과는 싸워 본다는 선택지는 염두에 둔 적도 없었다. 처음에야 몇 번 저항도 해 보고 대들기도 해 봤지만 계속해서 당하고 또 맞다 보니 어느덧 폭력에 학습당해 버렸다. 파블로프의 개처럼 공포와 두려움의 노예가 되어 버린 것이다. 그러다 보니 이제는 만수 패거리뿐만 아니라 자기보다 강할 것 같다는 생각이 들면 눈도 못 마주치게 되었다. 민철의 시선은 정확했다.

"네놈이 얼마나 두들겨 맞았는지는 나도 모르지만 최소한 내 눈에는 네가 폭력에 완전히 무릎 꿇은 사람처럼 보인다. 그래서 때리는 법보다는 맞는 법을 먼저 배우는 게 순서라고 생각한다. 싫으면 관둬라."

그만두라는 말에 동해는 가슴이 철렁 내려앉는 것만 같다. 그러고 싶지 않았다. 맞는 게 싫어서 수련의 길을 택했는데, 또다시 맞는 게 싫어서 수련의 길을 포기하고 싶지 않았다. 강해지고 싶었다. 아무도 자신을 도와주지 않았다. 고로 스스로 일어나 당당해지고 싶었다.

"아, 아니에요. 할게요. 죄송해요. 사부님."

"그냥 형이라고 부르라니까."

갑자기 눈물이 터져 나왔다. 뚜렷한 원인도 없이 그냥 억울하고 서러워서 눈물이 흘렀다. 한 방울 두 방울이 동해의 뺨을 타고 흐르더니 이내 그는 꺽꺽거리며 대성통곡했다.

민철은 머쓱한지 뺨을 긁으며 혀를 찼다. 이래서 오늘 수업은 완전히 통이었다. 애가 펑펑 우는데 무슨 교육을 한단 말인가. 민철은 까짓 거 오늘 수업은 재끼고 밥이나 먹으러 가자고 제안했다. 동해는 흐느껴 울면서도 공짜 밥이라는 생각에 고개를 끄덕였다. 동해는 세수한 다음 민철과 길거리에 있는 포장마차로 갔다. 동해는 뜨거운 우동을, 그리고 민철은 계란말이와 소주를 한 병 시켰다.

"너 정말로 놈들이랑 싸울 셈이냐?"

동해는 미약하게 고개를 끄덕였다.

"그것 말고는 방법이 없잖아요."

"반드시 그 방법밖에는 없을까?"

"무슨 말이에요."

"그러니까, 꼭 맞서 싸우는 것밖에는 방법이 없나 싶어서 말이다."

후루룩 뜨뜻한 국물을 삼키며 동해는 정색했다.

"그럼 어떡해요. 저도 이것저것 다 해 봤다고요. 그런데도 안 돼요, 방법이 없다고요. 집안 사정상 전학을 갈 수도 없고 선생들도 도움이 안 돼요. 다른 애들은 손 놓고 구경만 해요. 제가 강해질 수밖에 없다고요. 민철형도 학교 다녀 봤으면 이런 경우 많이 봤을 거 아니에요."

"뭐, 그렇긴 하지."

민철은 담배를 피우며 코끝을 긁적이고 잠시 학창 시절을 떠올려 본 후 씁쓸하게 미소 지었다. 동해가 계속 말했다.

"민철형도 어차피 가르쳐 주기로 했으면 다른 소리 말아요. 가르쳐 준다면서 돈 받았잖아요. 그런데 왜 갑자기 딴소리예요."

울음을 쏟아냈던 탓일까. 동해는 조금 전과 달리 머리가 명쾌해지는 기분을 느꼈다. 눈물이 스트레스를 없애 준다는 게 사실인가 보다. 평소라면 제대로 못 했을 말도 마구 꺼낼 수 있었다. 동해의 당돌한 소리에 민철은 어색하게 웃었다.

"그렇지, 돈 받았지 뭐."

기분을 털어내듯 소주잔을 들이켰다.

"한 가지만 알아 둬라. 뭐, 선택은 네가 하는 거고 나는 거기에 대해 두 번 다시 왈가왈부하지 않을 테니."

"뭔데요."

"폭력은 돌고 도는 거야. 한 번 시작하면 둘 중 하나가 무너질 때까지 절대로 끝나지 않는다고. 그리고 한쪽이 무너져도, 결국 본인마저 무너지고 그 자리에는 아무것도 남지 않아. 지 꼬리를 먹는 뱀 같은 거지."

동해는 듣고 싶지 않다는 듯 고개를 돌렸다. 민철은 그 이후로 말없이 술잔만 기울였다. 식사를 끝마친 민철은 주인 여성에게 손가락을 튕기며 윙크를 날렸다. 외상 한다는 의미다. 포장마차 여성이 칼을 집어던지려는 걸 동해가 뜯어말려야 했다.

*　　　*　　　*

그간 민철은 동해의 이곳저곳을 고기 다지듯 때렸지만, 신기하게도 동해의 몸에는 아무런 이상이 없었다. 만수 패거리가 때리는 것과는 비교할 수 없이 고통스러웠지만 그 흔한 멍자국 하나 발견할 수 없었던 것이다. 동해로서는 신기하기 그

지없는 기술이었다.

그렇게 열심히 얻어맞은 결과, 보름간의 얻어맞기 교육이
(?) 끝이 났다. 다음 수업은 한 단계 발전해 상대의 공격을 막
거나 피하는 식으로 이루어졌다. 드디어 동해에게도 팔다리를
휘두를 수 있는 권한이 생긴 것이다.

물론 상대가 상대이다 보니 그것은 쉬운 일이 아니었다. 그
나마 다행인 건 하도 얻어맞다 보니 민철이 동해의 코끝까지
주먹을 내질러도 눈 하나 깜짝하지 않게 되었다는 것이다. 과
거와는 달리 그냥 맞으면 맞았지 움츠러들지 않았다. 전에 한
번 만수가 장난을 친다고 눈앞에서 주먹을 휘둘렀지만, 동해
는 고개를 빳빳하게 들고서 움직이지 않았다. 어이없어진 만
수가 그대로 동해의 뒤통수를 때렸지만 동해는 헤헤 웃으며
넘어갔다. 수업의 성과가 드러나기 시작한 것이다.

도장을 다닌 지도 벌써 두 달이 지났다. 늦겨울이 끝나고
이제는 밤에 돌아다녀도 입김이 나오지 않을 정도다. 민철은
단 한 번도 상대를 어떻게 때리고 반격하는지에 대해 알려 주
지 않았다. 상대의 공격을 막거나, 피하는 방법만 가르쳐 줄
뿐이었다. 거기에 대해 이유를 묻자 민철이 친절하게 대답해
주었다.

"고수들 싸움도 아닌데 상대의 공격을 읽을 수만 있다면
나머지는 요리하기 나름이잖아. 안 그래? 내가 네 복부를 노
리고 주먹을 뻗었어, 이렇게 말이야."

민철은 천천히 주먹을 내밀었다. 동해는 반사적으로 민철의 손목을 쳐냈다.

"잘했어. 나머지는 너 하기 나름이라 이거지."

"안 돼요."

"뭐가 안 돼?"

"가르쳐 주세요. 공격하는 법."

"거참."

"꼭 가르쳐 줘야 해요."

"왜?"

"그래야 힘을 조절할 수 있을 거 아니에요. 형이 제게 했던 것처럼 뼈가 안 부러지게, 멍 자국 안 남게, 하지만 최대한 고통스럽게 할 수 있는 방법을 알려 주세요."

계속해서 격투기를 가르치며 민철도 느끼고 있었다. 동해의 마음이 점차 독해지고 있는 것을 말이다. 그도 그럴 것이 몸은 몸대로 혹사당하며 학교에서는 또 패거리들에게 괴롭힘을 있는 대로 당한다. 하지만 아직 반격할 순 없었다. 패거리들에게 당하는 만큼 분노를 가슴속에 억누르고 있는 것이다.

민철은 가끔 동해를 바라보며 얘가 이래도 되는 건가 하는 생각을 했다. 동해의 조름에 민철은 어쩔 수 없이 공격하는 기술을 체계적으로 가르쳐 주었다. 기본적으로 샌드백을 상대로 공격의 강도를 수련했고 다음부터는 민철과 일대일로 기술을 배웠다. 하루 이틀 수련이 지속되면서 민철은 놀라움을 느꼈다.

'뭐야, 이 녀석. 제법 하잖아?'

체력도 약하고 운동 신경도 꽝이라고 생각했는데 그것은 오산이었다. 동해는 마치 물을 빨아들이는 스펀지처럼 가르쳐 주는 대로 바로바로 습득했다. 동해의 실력 상승이 생각보다 빠르자 민철은 감탄하면서 한편으로는 불안함을 느꼈다.

동해가 점점 싸움의 기술과 원리를 깨달아 가는 동안 거리에는 후드티가 대유행 했다. 어떤 드라마에서 남자 주인공이 후드티를 입고 나왔는데, 그 드라마가 공전의 히트를 치며 덩달아 유행한 것이다. 동네 꼬마부터 심지어 어르신들까지 후드티를 입고 다니는 모습은 어찌 보면 우스꽝스럽기도 했다. 검은 정장 단벌 신사였던 민철도 후드티를 입고 다녔다.

"민철 형, 그거 혹시……?"

"뭔 소리야? 집에 있는 거 아무거나 주워 입은 거야. 드라마 보고 따라한 거 아니야. 시끄러워."

동해가 아르바이트 하는 곳은 DVD방이었다. 본래 학생은 아르바이트를 안 시켜 준다고 했으나 동해가 거듭 부탁을 한 덕에 겨우 일 할 수 있었다. 손님이 그렇게 북적대는 건 아닌지라 할 일이 없을 때면 영화를 보곤 했다. DVD방답게 정말 많은 양의 DVD가 구비되어 있었고, 동해는 졸린 눈을 비벼가며 영화를 봤다.

그중에서도 자주 보았던 것이 바로 히어로 영화였다. 멜로나 코미디에는 관심이 없었다. 마침 피곤하기도 하거니와 때리고 부수는 히어로 영화에 자연스레 손이 갔다.

다양한 연유에서 정체를 감추고 세계의 이면에서 활약하는 영웅들은 저마다 사연이 있다. 악한 존재들과의 싸움은 필연적이다. 그리고 이어지는 영웅들의 고뇌와 처절함! 피곤한 와중에도 동해는 어느 순간부터 히어로 영화에 흠뻑 빠져들었다.

생각해 보면 의아한 일이기도 했다. 히어로 영화는 전 세계적으로 히트한 상품이다. 그리고 남자는 영웅, 여자라면 마법 소녀 같은 영웅에게 한 번씩 은근한 동경을 품어 봤을 것이다. 하지만 정작 현실에서 영웅을 따라하는 사람은 없었다. 있어 봐야 코스프레처럼 복장을 따라 입는 수준에 그치기 마련이다. TV에 나오는 연예인을 따라하면 했지 누구도 영웅을 따라하진 않았다.

'왜 누구도 먼저 나서려 하지 않을까?'

동해는 저런 히어로들이 현실에도 존재한다면 참 멋질 거 같다고 생각했다.

'그렇다면 과연 내가 저런 존재가 될 수 있을까? 영웅, 영웅이라……'

동해는 다크서클이 진해진 눈을 부비적거렸다.

Battle 04

탄생: 나이트 후드

어느 정도 경험이 쌓인 동해는 한창 안달이 나 있었다. 다른 이유가 아니라 현재 자신의 실력이 어느 정도인지 가늠해 보고 싶었다. 민철을 상대로는 자신의 강함이 어느 정도인지 알 수가 없었다. 이쪽은 상대가 너무 강했기 때문이다. 그렇다고 곧장 만수 패거리에게 덤비자니 그건 또 마음에 걸렸다. 만수 패거리가 숫자가 적은 것도 아니고, 그리고 놈들이 어느 정도일지 알 도리가 없다.

본인의 실력이 객관적으로 어느 정도인지 동해는 알고 싶었다. 그에 대해 민철은 '글쎄, 고등학생 수준에서 너 정도면 제법 하는 편이 아닐까 싶은데? 물론 같은 고등학생이라도 상대가 격투기나 무술 같은 거 배웠으면 낭패겠지. 상대가 여러 명이면 또 모르고'라는 답변을 했다. 별로 성에 차는 답변은 아니었다.

수련을 마친 동해는 집에서 만화책을 보고 있었다. 키득거리며 만화를 보던 중, 뭔가 씹을 거리가 필요하다 느꼈고 동네 슈퍼로 가기 위해 외투를 걸쳤다. 중학생 때 아버지가 사준 검은색 후드티였다. 머리를 감고 제대로 말리지 않은지라 머리가 엉망이었다. 후드를 뒤집어써서 머리칼을 가렸다.

고된 훈련의 영향인지 길 건너의 슈퍼를 가는 데도 동해는 절도 있는 포즈로 달렸다. 날은 포근했고 달은 구름 뒤에 숨은 밤이었다. 그렇게 슈퍼를 향해 달리던 중 막 지나치던 골목에서 웬 여자의 앙칼진 목소리가 들려왔다. 목소리가 무척이나 크고 특색이 있었기에 동해는 호기심이 생겼다.

"응?"

동해는 벽에 붙어 상황을 지켜봤다. 골목 안에서는 두 남녀가 실랑이를 벌이고 있었다.

"아 됐어. 우리 그냥 헤어져."

"뭐? 헤어지자고? 나 참."

연인 사이에 흔히 있는 다툼이었다. 생각했던 것보다 큰일 아님에 동해는 아까워했다.

"이나야, 너 지금 장난해? 우리 사귄지 며칠이나 됐다고 벌써 헤어져?"

여자 쪽은 긴 생머리에 늘씬한 몸매였다. 나이는 대략 이십 대 중반 정도. 이름이 이나인가 보다.

"이거 왜 이래? 네가 먼저 고백했고 나는 그냥 그 고백을 받아들였던 것뿐이야. 정작 사귀고 보니 네가 영 아니었던 거지, 뭐 문제 있어?"

가만 지켜보던 동해는 뜨억 하며 입을 벌렸다. 자세히 보니 남자 쪽이 무척 낯이 익었다. 같은 학교에 다니는 만수 패거리 중 하나인 태수였다.

김태수는 사실 만수 패거리 중에서 동해와 별로 인연이 없는 편이다. 만수와 철광은 허구한 날 마주치는 형편이지만 태수는 동해에게 그다지 관심을 두지 않았다. 그건 녀석이 워낙에 여자를 밝히기 때문이기도 했다. 학교에 있는 예쁜 여자애들의 꽁무니를 따라다니기 바쁘니 누군가를 괴롭힐 시간도 부족한 것이다.

태수를 알아보자 그간 배웠던 것들이 무색할 정도로 몸에 힘이 들어갔다. 동해는 주먹을 쥐락펴락하며 작게 심호흡했다. 이것은 기회였다. 마침 어두운 밤이고 달은 구름에 가려 보이지 않았다. 그리고 현재 동해는 머리에 후드를 눌러쓰고 있다. 조심한다면 못 알아볼 것이다.

"아나, 이 망할 년이. 너 지금 사람 가지고 노냐? 예쁘다 예쁘다 하니까 완전 미쳤네, 이게."

태수의 언성이 높아져만 갔다. 하지만 이나는 그 앞에서 조금도 주눅 들지 않았다.

"뭘 얼마나 잘했다고 큰소리야? 솔직히 네가 날 좋아하기나 했냐? 어떻게 하면 한번 자빠트려 볼까 궁리나 했으면서 뻐기기는, 변태 새끼."

"뭐? 걸레 같은 년이."

태수의 손이 위로 향했을 때 후드를 고쳐 쓴 동해가 출동했다.

"멈춰!"

혹시나 목소리를 들킬까 잔뜩 쥐어짜 굵은 소리를 냈다. 스스로 생각해도 영 어색한 목소리였지만 지금은 다른 수가 없었다. 그래도 영화를 보며 대사를 따라한 것이 나름 도움이 된 것 같았다. 코까지 후드를 내려 쓴 소년의 등장에 이나도 태수도 놀라 어이없다는 표정을 지었다. 동해는 고개를 푹 수그리고서 태수를 가리켰다.

"여자가 싫다고 하, 하잖아. 그만둬!"

그 어색한 말투에 이나는 피식 웃었고 태수는 뺨 근육을 씰룩거렸다. 가뜩이나 열 받아 죽겠는데 이건 뭐 하는 병신인가 하는 반응이었다. 바닥에 침을 뱉으며 태수가 접근해 왔다. 태수의 발이 바닥을 딛을 때마다 동해의 심장도 미친 듯이 요동쳤다.

'괘, 괜찮으려나. 어쩌지? 어쩌지? 으윽. 온다, 온다!'

태수가 어깨를 뒤로 당겼다.

"이 미친 새끼가 뭐라는 거야!"

태수가 내지른 주먹이 동해의 얼굴을 향해 빠르게 날아왔다. 동해는 어깨를 틀어 다가오는 주먹을 피했다. 주먹을 피하자 그 순간부터는 태수의 온몸이 무방비하게 드러났다. 동해는 생각할 겨를도 없이 반사적으로 행동했다. 빗나간 태수의 팔을 부여잡고 동시에 녀석의 무릎 뒤를 발로 찍었다.

"윽!"

균형을 잃은 태수의 몸이 기울어지고, 동해는 놈의 안면을 붙잡고 그대로 바닥에 내리 찍었다.

"하앗!"

콰득!

바닥에 뒤통수를 찧은 태수는 눈을 뒤집으며 그대로 기절해 버렸다. 뒤에서 지켜보던 이나도 깜짝 놀라 손으로 입을 가렸다. 사실 가장 놀란 건 동해 본인이었다. 이렇게까지 할 생각은 아니었는데 몸이 반사적으로 움직였다. 동해는 허둥대며 급히 태수의 상태를 살폈다.

"주, 죽었나!?"

뺨을 때려도 보고 맥박도 짚어 봤다. 다행히 숨은 붙어 있었고 머리에도 상처는 없었다.

"휴우."

천만 다행이었다. 실수로 머리가 깨지기라도 했더라면 졸지에 살인자가 될 뻔했다. 동해가 가슴을 쓸어내리며 자리에서 일어나는 동안 어느새 이나가 코앞까지 다가와 있었다.

"우와, 너 진짜 잘 싸운다. 멋있어. 너 몇 살이야? 이름이 뭐야? 어디 학교 다녀?"

"어, 응? 응?"

그것은 태수의 공격보다 더욱 기습적이었고 난데없었다. 볼륨감 있는 가슴을 앞세우며 다가오는 이나의 모습은 그만큼 위력적이었다. 중요한 것은, 힐을 신고 있어서 그런지 동해보다 키가 컸다는 사실이다. 동해는 힐끔힐끔 가슴을 쳐다보며 어쩔 줄을 몰라 했다.

"왜, 왜 이러세요."

조금 전까지 멋지게 태수를 쓰러트려 놓고서 고작 나온다는 말이 이거였다. 그에 이나는 피식 코웃음 쳤다.

"아까랑은 목소리가 다르네? 애 얼굴 좀 보자. 후드 벗어봐."

"아니, 그러면 좀 곤란…… 그게, 한데, 조금 떨어져 줬으면 하는데."

"뭐라는 거야."

이나는 그리 말하며 훌렁, 동해의 후드를 벗겼다. 코끝까지 덮고 있던 후드가 벗겨지며 동해의 얼굴이 드러났다.

"윽!"

여기저기 눌리고 엉성한 머리칼이 드러나며 동해의 당황한 눈동자도 함께 드러났다. 이나와 눈이 마주친 동해는 급히 후드를 눌러쓰며 줄행랑을 쳤다.

"다, 다음부턴 좋은 남자친구 사귀어!"

이나는 음흉하게 웃으며 멀어져 가는 동해의 뒷모습을 바라봤다. 그리곤 혀로 입술을 핥으며 작게 중얼거렸다.

"귀엽게 생겼네."

그리고 기절한 태수는 누구도 신경 쓰지 않았다.

집으로 돌아온 동해는 터질 듯이 쿵쾅거리는 가슴을 진정시키기 위해 한참을 심호흡해야 했다. 얼마나 긴장을 했는지 자신이 왜 밖에 나갔었는지도 까먹은 상황이었다. 제대로 된 첫 싸움을 승리했다는 것과 웬 가슴 큰 여자가 자신의 후드를 벗겼다는 사실에 가슴이 요동쳤다. 물론 싸움에서의 승리 쪽이 더욱더 동해를 동요하게 했다.

'이겼어. 내가 이겼다고!'

동해는 손을 번쩍 들어 만세를 외치며 희열을 분출했다. 싸움은 눈 깜짝할 사이에 끝났지만 중요한 건 시간이 아니었다. 상대의 움직임이 한눈에 감이 잡히고 확연하게 드러났다는 게 중요했다. 잔뜩 당황하긴 했었지만 태수의 작은 움직임 하나하나가 동해의 뇌리 속에 선명했다. 어떤 동작을 할지, 지금의 동작은 다음에 어떤 동작으로 이어질지, 어디를 때리려고 하는지 까지 머릿속에서 자연스럽게 그려졌다. 민철이 입버릇처럼 말하던 싸움의 원리라는 게 어떤 것인지 조금이나마 느껴졌다. 그날 동해는 이불 속에서 한참을 뒹굴고 나서야 잠들 수 있었다.

*　　*　　*

점심시간, 일출 고등학교의 옥상.

과거에는 옥상으로 향하는 문을 개방하여 많은 학생들이 그곳에서 점심을 먹거나 수다를 떨기도 했다. 허나 시간이 지나고 점점 그곳이 불량학생들의 집합 장소로 변질되었고, 학교 측에서는 결국 폐쇄를 결정했다. 현재 일출고의 옥상으로 향하는 문은 자물쇠와 쇠사슬로 잠겨 있는 형편이다.

하지만 몇몇 비상한 학생이 쇠사슬과 자물쇠의 허점을 발견하고는 교사들 몰래 그것을 풀어 놓았다. 그리하여 현재는 다시 불량 학생들의 본거지가 된지 오래였다.

"싯팔!"

옥상에는 만수 패거리가 모여 있었다. 본래는 다섯 명이지만 현재 두 명은 어디로 갔는지 고도 비만이 우려되는 만수, 180cm가 넘는 프로틴 거구 철광, 그리고 어제 잊지 못할 사건을 겪은 태수까지 세 명만이 모여 있었다.

만수는 빵을 우물거리고 있었으며 철광은 한 손으로 아령을 들었다 놓기를 반복하는 중이다. 그리고 태수는 애꿎은 난간을 걷어차며 분풀이를 하고 있었다. 태수의 모습에 만수와 철광은 작게 키득거렸다. 만수가 말했다.

"혹시 술 먹고 전봇대랑 싸운 거 아니야?"

"아니라니까! 난 그날 술도 안 먹었고 정신도 멀쩡했어."

나름대로 한 가닥 한다고 생각했건만 그리 간단하게 패배하다니, 태수는 억울해서 견딜 수가 없었다. 안 그래도 여자친구에게 차여서 짜증 나 죽겠는데 그 애가 보는 앞에서 나가떨어지다니, 수치심에 뺨 근육이 떨려왔다.

"이 새끼 걸리기만 해 봐. 아주 그냥 죽여 버릴 테니까. 대체 어떤 미친놈이지? 어째 익숙하기는 했는데 말이야."

이때 옥상 문이 열리며 누군가가 들어왔다. 덜컹 하는 소리에 세 사람은 동시에 깜짝 놀랐고, 들어온 이가 동해인 걸 확인하자 한시름 놓았다.

"여기, 사 왔어."

동해의 품에는 빵과 음료수가 한 아름 담겨 있었다. 동해는 바보처럼 헤헤 웃었다. 그러면서도 은근슬쩍 태수의 눈치를 살폈다. 태수는 동해를 바라보며 쯧, 혀를 찰 뿐 전혀 눈치채지 못했다. 어제 자신을 일격에 기절시킨 게 동해라는 사실을 말이다.

심부름을 마치고 교실로 돌아오면서 동해는 이런저런 상념에 빠져 있었다.

태수는 자신을 알아보지 못했다. 후드를 코밑까지 내려쓴 덕이었다. 물론 어제는 날도 어두웠고 고개를 수그린 덕도 있었을 것이다. 영화 속 영웅들처럼 보다 더 완벽하게 얼굴을 가릴 수 있다면 어떨까 하고 생각해 봤다.

수업시간에 학생들은 쪽지나 휴대폰 문자를 통해 친구들과 잡담을 나누거나, 몰래 졸거나, 만화책을 보거나 했다. 동해도 노트에 낙서를 하며 딴짓에 몰두 중이었다. 동해의 노트에는 어설픈 사람이 그려져 있었다.

머리에 후드를 그려 본다. 하지만 이 정도로는 정체를 감출 수 없다. 실수로 후드가 올라간다거나, 정면에서 마주친다면 금방 알아볼 것이다. 그렇다면 가면을 씌워야 할까?

'아니지. 얼굴 전체를 가리는 가면은 아니야. 너무 유치해.'

캐릭터의 얼굴 부분을 펜으로 슥슥거리던 중 별안간 동해의 머리 위로 느낌표가 떠올랐다.

'잠깐만, 가면이라고?'

동해는 신들린 사람처럼 캐릭터의 얼굴에 몇 번 펜을 놀렸다. 코 밑으로 입을 가릴 수 있는 마스크가 완성되었다.

'이거야!'

마스크는 시내에서 얼마든지 구할 수 있다. 감기 환자용 마스크 말고도 패션의 용도로 쓰이는 마스크가 보편화돼 있으니 문제될 건 없었다.

'무슨 마스크를 쓰지? 흰 마스크? 아니야. 그건 너무 평범

해. 뭔가 문양이 있고 임팩트 있는 걸로 하자.'

동해는 다시금 펜을 움직였다.

슥삭 슥삭.

펜을 놀려 완성한 것은 해골이었다. 입술과 뺨 근육을 잃어 흉측하게 드러난 해골 입 모양의 마스크다.

'좋아. 완성이다.'

동해는 그림의 옆에 다음과 같은 문장을 적고는 기분 좋게 펜을 놓았다.

나이트 후드.

그날 동해는 집에서 수많은 생각을 했다.

멍하니 소파에 앉아 눈은 TV를 향해 있었다. 영화 채널에서는 으레 보던 히어로 영화가 나오고 있었다. 동해는 약간 졸린 눈으로 영화 속 히어로, 특히 히어로의 복장과 마스크에 집중했다.

"흐음."

다음 날 학교가 끝나고 집으로 오면서 동해는 해골 마스크와 새 후드티를 구입했다. 후드티는 특별하게 안과 바깥의 색깔이 달랐다. 겉으로는 회색이지만 안쪽은 검은색이다. 얼마든지 뒤집어 입을 수 있도록 디자인돼 있었다. 동해는 후드티를 입고 입에 마스크를 썼다. 머리에 후드를 쓰고서 전신 거울 앞에 서 봤다. 거울에 비쳐 보니 제법 태가 멋지게 나왔다.

상하의 전부 검은색을 입고 후드를 눌러쓰자 후드 밑으로 뻐죽뻐죽 머리카락이 내려왔다. 그리고 마지막으로 입에는 해골의 이빨 모양 마스크를 썼다. 이러고 있으니 꼭 만화 주인공이 된 것만 같았다. 드러난 건 날카로운 눈매뿐이었다. 보기에 멋있을 뿐더러 상대가 봐도 누구인지 알아보지 못할 것이다.

"헤헤."

동해는 신이 나서는 휴대폰으로 자신의 셀카를 이리저리 찍었다. 눈에 부리부리하게 힘도 줘 보고, 이런저런 자세도 취해 봤다.

자, 김치 찰칵.

상체만 찍는 이유는 바지를 안 입고 있었기 때문이다.

＊　　　＊　　　＊

동해는 도장 다니는 날짜를 조정했다. 다음 날부터 주일 중 월, 화, 수, 삼 일만 나가기로 한 것이다. 이제부터 활동을 시작할 텐데 도장 다니는 시간 때문에 발목을 잡혀서는 안 될 테니까.

민철도 최근에 몇몇 초등학생들을 수강생으로 받아서 돈 걱정이 없어졌다고 했다. 동해는 그 초등학생들의 명복을 빌어 주었다.

동해는 주머니에 해골 마스크를 넣고 다녔다. 그리고 교복 셔츠 안에도 회색 후드티를 입고 다녔다. 언제 어느 때라도 나이트 후드로 변장할 수 있게끔 만반의 준비를 해 놓는 것이다. 후드티 하나 때문에 정체를 들킬 일은 없었다. 어차피 동네방네 후드티가 유행하는 마당에 동해만 눈에 띌 일도 없었다. 교사들도 '그래도 셔츠는 입고 다녀라'라고 할 뿐, 그에 대해 딱히 지적은 하지 않았다.

토요일.

주말은 아르바이트가 있는 날이었다. DVD방 아르바이트를 시작하는 시간은 오후 5시다. 학교는 한 시에서 두 시 사이에 끝나니 서너 시간 정도는 여유가 있었다. 동해는 뭘 할까 고민하다가, 영화 DVD를 구입하기로 마음먹었다.

최근 DVD방 아르바이트를 하며 히어로 영화에 대한 관심이 부쩍 늘었다. 개중 몇 개는 소장하고 싶을 만큼 깊은 감명을 안겨주었다. 월급이 이십오만 원이고 도장 수강비는 십만 원. 수강비를 내고 나도 십오만 원이 남는다. 나머지를 기타 생활비로 쓰더라도 고등학생이 돈 쓸 일은 그리 많지 않았고, 개중 얼마는 취미 생활을 영위하는 데 쓸 수 있었다. 동해는 예의 양면 후드티를 입고서 밖으로 나갔다.

　　　　　*　　　*　　　*

　　민철이 도장에서 되도 않는 태권도 복을 입고 있었다. 동해를 가르칠 때는 가끔 후드티를 입거나 줄창 검은 정장을 입었지만 어린 친구들 앞에서는 그럴 수가 없었다.

　　수업을 받는 열 명가량의 아이들은 전부 초등학생이었다. 수강생들이 전부 어린아이다 보니 자연스럽게 그들의 부모가 자주 도장을 찾아왔다. 도장에 운행버스도 없으니 어쩔 수 없는 노릇이다. 부모들이 자주 들락날락거리자 민철은 보는 눈도 있고 해서 별 수 없이 태권도 복을 구해 왔다.

　　심지어 가르치는 것도 태권도였다. 여기서 한 가지 문제가 있다면 민철은 태권도를 할 줄 모른다는 사실이다. 민철은 어디에도 속하지 않는 자신만의 독자적인 실전 격투기에 능했다. 때문에 수업은 전부 엉성하고 엉뚱하게 흘러갔다.

　　"관장님! 질문이 있습니다!"

　　안경을 쓴 바가지 머리의 소년이 손을 들며 외쳤다. 변성기가 오지 않아서 그런지 목소리가 또랑또랑했다. 민철은 고개를 끄덕이며 소년을 호명했다.

　　"그래, 무슨 질문이지?"

　　"만약 상대가 저보다 강하면 어떻게 합니까!"

　　민철은 고개를 끄덕이며 말했다.

　　"좋은 질문이다. 그럴 땐 말이지."

민철은 슬금슬금 품 안으로 손을 넣었다. 그리고 품 안에서 날이 예리한 사시미를 꺼내 들었다. 이어 사시미의 날보다 더 서슬파란 표정으로 말했다.

"그럴 땐 바로 이거다."

민철은 지옥에서 올라온 악마처럼 속삭였다. 그에 열 명가량의 아이들은 눈을 동그랗게 뜨며 그 자리에서 굳어 버렸다.

"……."

그리고 민철은 볼 수 있었다. 도장의 입구에서 사색이 된 한 학부모를 말이다.

"아, 아니 대체 애들한테 뭘 가르치는 거예욧!"

"하, 하하. 어머님 오해입니다."

민철은 급히 사시미를 숨기며 그녀에게 다가갔다.

"꺅! 다가오지 말아요!"

"허허, 저는 어머님을 헤치지 않아요."

"이 인간이 어디다가 손을 대는 거야!"

짜악!

수업이 전부 끝나고 민철은 벽면 거울 앞에 멍하니 서 있었다. 그의 한쪽 뺨에는 적나라하게 손바닥 자국이 나 있었다.

"망할 여편네, 애들한테 장난도 치고 그럴 수도 그런 거지. 손 되게 맵네."

뺨을 어루만지며 민철은 구석의 관장실 문을 향해 손짓했다. 매우 가벼운 손동작이었다. 날파리를 밀어내듯 간단한 동작에 문은 누가 손이라도 댄 것 마냥 스스로 입을 열었다.

끼이익.

민철은 구시렁거리며 관장실 안으로 들어갔다. 민철이 안으로 들어가자 자동문인 것처럼 문이 알아서 닫혔다.

*　　　*　　　*

동해의 집에서 대형 마트까지는 도보로 한 시간가량이 걸린다. 버스를 타고 갈 수도 있겠지만 동해는 부득부득 조깅을 고수했다. 도장을 나가는 날이 줄었기에 이렇게 일상적인 부분에서라도 지속적으로 운동을 해 줘야 했다.

양면 후드를 입은 동해는 마트까지 조깅을 시작했다. 수련의 효과인지 걸어갔으면 한 시간 걸릴 거리를 20분 만에 도착했다. 오랜만에 마트에 들른 동해는 이리저리 아이쇼핑도 하고 시식 코너를 기웃거리며 고기를 집어먹었다.

"아이구, 학생 귀엽게 생겼네. 많이 묵어."

"헤헤, 감사합니다."

동해는 쑥스럽게 웃으며 날름 고기를 몇 점 더 집어먹었다. 고기를 씹으며 동해는 속으로 생각했다.

'생각해 보니 전에 봤던 그 여자도 나 보고 귀엽다고 했는데. 내가 그렇게 귀엽게 생겼나?'

망상을 하는 동해의 뺨이 발그스레해졌다. 적당히 눈요기를 끝낸 동해는 염두에 두었던 영화 DVD를 몇 장 구입하고 나왔다. 가뿐한 발걸음으로 봉투를 빙글빙글 돌리며 밖으로 나왔다. 집으로 가는 와중에 마침 포장마차가 눈에 들어왔다. 저번에 민철과 함께 밥을 먹었던 그 포장마차였다. 포장마차에서는 마침 소스를 잔뜩 먹인 닭 꼬치를 만드는 중이었다. 매콤한 소스를 듬뿍 뿌린 닭 꼬치가 기기 안에서 빙글빙글 돌고 있었다.

"쩝."

조금 전에 고기를 몇 점 먹어서 그런지 동해는 더 입맛이 도는 것을 느꼈다. 포장마차 앞에서 갈팡질팡하던 동해는 결국 욕망에 이끌려 안으로 들어갔다.

"어머, 학생."

포장마차의 주인은 젊은 여성이었다. 나이는 대략 삼십 대 초중반 정도일까. 어느 정도 나이를 먹었다는 게 티가 났지만, 그게 다 무색할 만큼 그녀의 인상은 고왔다. 그녀는 이마의 땀을 닦으며 동해를 반겼다.

"오랜만이네."

"안녕하세요. 닭 꼬치 얼마에요?"

"본래는 이천 원이지만 특별 할인가! 천·오·백 원에 줄게."

고개를 돌려 메뉴판을 봤다.

매콤 닭 꼬치! 1500원!

"······?"

천 원일 거라 생각했던 동해는 잠시 멈칫했지만, 닭 꼬치의 유혹은 오백 원의 오차를 무시하게 만들었다.

동해가 닭 꼬치를 뜯는 동안, 포장마차 여인은 힐끔힐끔 동해를 훔쳐봤다. 운동을 하면서 눈치도 느는 건지 동해는 그녀가 자신을 살펴보고 있다는 걸 알 수 있었다.

'왜 쳐다보는 거지?'

순간 동해는 위험한 상상을 했다.

'설마 또 내가 귀여워서 그런 건가!?'

그러나 역시 진실은 동해의 망상일 뿐이었다.

"그런데 학생, 혹시 저번에 왔던 그분은…… 같이 안 왔나 봐?"

동해는 잠시 휘청거리다가 균형을 다시 잡았다.

"아, 예. 민철이 형이요?"

"그분 이름이 민철이구나. 민철, 민철."

"민철 형은 저기, 건너편에서 도장 운영하는 분이에요."

"그래? 어쩐지 몸이……."

그녀는 홍조를 띄우며 말을 웅얼거렸다. 동해가 의아한 표정을 지으며 쳐다보자 그녀는 허둥대며 죄 없는 파를 썰어댔다.

"그, 그런데 그분 나이가 어떻게 되신데? 보아하니 되게 젊어 보이던데."

"글쎄요? 그러고 보니 민철이 형 나이를 모르네. 모르긴 몰라도 '누나'랑은 비슷한 나이일 거예요."

"누나? 어머 얘도 참, 내가 나이가 몇 갠데."

누나라는 말에 여인은 몸 둘 바를 몰라 하며 밝게 미소 지었다. 칭찬에 엄청 약한 타입인 모양이다. 그 가벼운 한마디에 여인은 베시시 웃으며 동해에게 어묵 하나를 서비스로 건넸다. 닭 꼬치와 어묵을 다 먹은 동해는 인사를 하며 포장마차를 나왔다.

"하, 학생, 다음에 또 놀러와. '둘이 오면' 싸게 해 줄게."

"예. 많이 파세요."

동해가 밖으로 나오는 것과 동시에 덩치가 큰 사내들이 포장마차 안으로 들어갔다. 그대로 집으로 향하려는데, 그때였다.

와장창!

동해의 어깨너머로 뭔가가 무너지고 깨지는 소리가 났다. 동해가 돌아선 사이에 포장마차 안으로 들어간 사내들이 큰 소리로 윽박지르며 안의 물건들을 마구 집어던지고 있었다. 동해는 깜짝 놀라 걸음을 멈췄다.

"이 여자야, 우리가 전에 말했지? 여기서 장사하고 싶으면 허가를 받으라고."

기껏 맛나게 완성한 닭 꼬치가 바닥에 엎질러졌다. 가지런히 담겨 있던 이쑤시개 통이 떨어지며 수십 개의 이쑤시개가 바닥으로 흩어졌다. 거리에는 동해 말고도 몇몇 사람들이 있었지만 누구도 섣불리 나서지 못했다. 그만큼 사내들은 덩치가 컸고 인상도 무시무시했다. 세 명이 전부 검은 양복을 입고 있어서 그런지 위압감은 더했다.

'어, 어떡하지?'

동해는 약간 떨어진 거리에서 안절부절 못 했다. 나서서 도와줘야 하는데 상대는 고등학생이 아닌 어른이다. 더군다나 한 명도 아닌 세 명이었다. 거기에 전부 180cm가 넘는 거구였다. 얼굴에는 흉터도 나 있으며 목소리는 화통을 삶아 먹은 듯 우렁찼다. 한동안 잊고 지내던 폭력에 대한 두려움이 스멀스멀 가슴을 타고 목구멍으로 올라오는 중이었다.

'젠장!'

왜 아무도 나서지 않는 걸까. 길가를 지나는 사람들이 힘을 합친다면 저 무뢰한들을 물리칠 수 있을 것이다. 아니면 누가 경찰서에 신고만 해도 될 것이다. 하지만 누구도 하지 않았다. 겁을 집어먹고 자리를 피하는 사람들의 얼굴은 하나같이 똑같았다.

무서워.

누군가 대신 하겠지.

얼른 자리 피하자.

저 여자 재수 옴 붙었네.

신경 꺼, 신경 꺼. 불똥 튈라.

동해는 치밀어 오르는 분노에 어금니를 세게 깨물었다. 그리고 잠시 주변을 둘러봤다. 다행히 누구도 자신을 주시하지 않았다. 그 틈에 동해는 후드티를 뒤집어 회색에서 검은색으로 바꿔 입었다. 그리고 입에는 해골 마스크를 꺼내 썼다. 마지막으로 머리에 후드를 눌러썼다. 이어 두 눈을 빛내며 힘껏 소리쳤다.

"당장 그만두지 못해!"

한창 대머리 사내가 포장마차 여주인의 머리칼을 잡아당기고 있었다. 그녀는 울고 빌면서 제발 한 번만 봐 달라고 애원했지만 그들은 듣지 않았다. 가만 내버려 두면 가게를 완전히 망가트릴 기세였다.

동해의 외침에 사내들이 행동을 멈췄다. 뭔가 확인하기 위해 뒤를 돌아보니 그곳에는 한 소년이 서 있었다. 비록 얼굴 전체를 가리고 있었지만 척 봐도 알 수 있었다. 그리 크다고 할 수 없는 체구와 170cm 정도의 키가 그것을 증명하고 있었다. 목소리도 억지로 쥐어짜 낮게 냈지만 희미하게 미성이 남아 있었다.

"너 뭐야?"

짧은 머리를 하고 얼굴에 큼지막한 흉터가 있는 남자가 바닥에 침을 뱉으며 물었다.

"그만, 두라고 했어."

"뭐? 날이 풀리니까 별 미친놈들이 다 기어 나오는구만. 애들아, 신경 쓰지 말고 하던 거 마저 해라."

그들은 동해를 신경 쓰지 않았다. 동해는 너무 어렸고, 너무 작았다. 너무 왜소해서 별 볼일 없어 보였다. 그 누가 앞에 있더라도 동해를 신경 쓰지 않았을 것이다.

"제기랄! 그만두라고 했잖아!"

버럭 소리 지르며 동해는 지면을 박차고 달려들었다. 둘 사이의 거리는 30미터 정도였다. 멀다고도, 가깝다고도 할 수 있는 거리다. 발이 아스팔트를 박찰 때마다 동해의 몸이 점차 가속했다. 처음엔 무시하던 흉터 사내도 인기척이 느껴지자 고개를 돌려보았고 이내 동해의 두 발에 뺨을 정통으로 얻어맞았다.

온몸을 날린 드롭킥!

최고 속도에서 온몸의 체중을 실은 드롭킥이었다. 흉터 사내는 부러질 듯 목이 꺾이며 한참을 나가떨어졌다. 너무 흥분을 한 탓에 동해도 제대로 낙법을 못 하고 바닥에 고꾸라졌다.

"크억!"

동료가 깡통처럼 구겨져 날아가는 모습에 대머리와 장발 사내는 깜짝 놀랐다. 가게를 부수던 동작을 멈추고 동해에게 달려들었다.

"이 미친 새끼가!"

끙끙대며 일어나는 동해의 얼굴에 장발이 주먹을 꽂았다. 퍽 소리와 함께 동해는 비명을 지르며 뒤로 넘어갔다. 다시 일어나려 했지만 이번에는 대머리가 다가왔다. 그는 동해의 멱살을 낚아채 벽을 향해 힘껏 밀쳤다. 그리고 계속해서 동해를 벽으로 몰아붙인 대머리는 동해의 가슴을 어깨로 들이받았다.

쿠웅!

"꺽!"

동해는 가슴에 잔뜩 힘을 주며 고통을 견뎠다. 힘의 차이가 엄청났다. 힘으로는 상대가 되지 않았다. 대머리 사내가 멱살을 잡고 들어 올리자 동해의 발이 애처롭게 땅 위를 버둥거렸다.

길가에 있던 사람들은 싸움을 구경하거나 급히 자리를 피했다. 그중 한 사람은 몰래 휴대폰을 꺼내 동영상 녹화를 시작했다.

"오오, 멋진데? 짱이다."

청년의 휴대폰에는 동해의 모습이 차곡차곡 저장됐다.

"너 대체 뭐야? 미친놈이냐? 아니면 저 여자 동생이야? 정체가 뭐냐고!"

대머리 사내의 물음에 동해는 그의 손목을 붙잡았다. 쿨럭거리며 답했다.

"쿨럭…… 그냥, 지나가는, 사람이다……."

"뭐?"

그때였다. 동해는 붙잡힌 상태에서 한쪽 무릎을 끌어 올렸다. 자신의 멱살을 붙잡고 있는 대머리의 턱을 무릎으로 올려쳤다. 턱을 얻어맞은 대머리는 눈을 뒤집으며 뒤로 넘어갔다. 덕분에 동해는 다시 땅을 디딜 수 있었다. 하지만 방심은 금물, 거기서 끝이 아니었다. 바닥에 내려오기 무섭게 어디선가 각목이 날아와 동해의 어깨를 후렸다.

빠각!

"컥!"

아직 장발 사내가 남아 있었던 것이다. 그가 휘두른 각목에 맞은 동해는 비틀거리면서도 가까스로 균형을 잃지 않았다. 장발의 얼굴은 분노와 당황으로 울긋불긋했다.

이게 대체 무슨 어이없는 상황이란 말인가. 자신들은 그저 위의 명령으로 포장마차에 수금을 받으러 왔을 뿐이다. 그게 일이었으니까. 늘 하던 일이었고 그것이 이렇게 어려울 거라고는 생각하지 않았다. 그런데 갑자기 해골 마스크를 하고 후드를 눌러쓴 소년이 나타나 모든 걸 방해한 것이다.

"이 개새끼가."

장발 사내는 돌아버릴 것만 같았다. 이대로 수금을 못 하고 돌아갔다간 또 욕을 엄청 들을 것이다. 다급해진 장발 사내는 품 안에서 뭔가를 꺼냈다. 그것을 본 동해는 숨이 멎을 것만 같았다.

사시미였다.

장발 사내는 여차하면 진짜로 찌를 생각이었고 동해 역시 그것을 알고 있었다.

'칼……'

사시미의 등장에 동해의 자세가 어색해졌다. 조금 전에 벽에 부딪치고 각목에 맞아서 그런 게 아니었다. 두려웠던 것이다. 칼이 스치기만 해도 살이 찢기고 피가 튈 것이다. 차라리 스치면 다행이지 찔리기라도 했다가는…… 동해는 무서움에 그 자리에 굳어 버렸다.

"너 이 존만한 새끼. 오늘 잘 걸렸다. 야, 이 어린놈의 새끼야. 내가 어른들의 무서움을 알려 주마. 함부로 깝치다가는 칼 맞고 그냥 가는 거야, 엉?"

장발 사내는 살벌한 표정으로 칼을 놀렸다. 칼을 다루는 데 있어 애송이는 아니었다. 실제로 장발 사내는 칼을 다뤄 본 사람처럼 노련하게 이리저리 칼을 움직여댔다. 동해는 움찔거리며 뒤로 물러났다.

"그만두세요!"

그때 포장마차 여성이 동해와 장발 사내의 사이를 가로막았다. 그녀 역시 예리한 사시미에 부들부들 떨었지만 비켜서지 않았다. 무섭지만 도망칠 순 없었다. 그것은 그녀의 가슴속에 있는 어른으로서의, 인간으로서의 마지막 자존심이고 양심이었다. 그녀는 잔뜩 겁먹은 눈동자를 하고서 장발 사내에게 말했다.

"돈 드릴게요. 그러니 이제 그만하세요."

그러자 뒤에 있던 동해가 반사적으로 외쳤다.

"돈을 왜 줘요! 누나 잘못한 거 없잖아요. 비켜요. 제가 상대할 테니까."

두 사람의 실랑이가 이어졌다.

"저기, 누구신지는 모르겠지만 이러실 필요는 없어요. 전 괜찮아요. 이러다가 정말 다쳐요."

여인의 말을 거들듯이 장발이 말했다.

"그래, 새끼야. 네가 뭔데 이 일에 끼어드는 거야? 네가 뭔데? 칼침 맞고 뒈지고 싶지 않으면 꺼지라고."

동해는 주변을 가리키며 피를 토하듯이 외쳤다. 거리에 우두커니 서서 구경하는 사람들을 향해.

"약한 사람이 괴롭힘 당하잖아요! 아무 잘못도 안 했는데! 그런데 피해를 받고 괴롭힘 당하잖아요! 돈을 뜯기잖아!"

누구를 지칭하는 말인지, 존대는 어느 순간부터 반말로 바뀌었다.

"씨발! 이 겁쟁이 새끼들아! 그렇게 무섭냐! 아닌 건 아닌 거잖아! 여럿이서 한 사람 괴롭히는데 나서서 막는 내가 이상한 거냐! 겁 처먹고 가만히 있는 니들이 더 이상해! 이 비겁한 새끼들아!"

그간 쌓였던 울분을 토해내듯 동해는 부르짖으며 외쳤다. 동해의 한이 담긴 외침에 구경하던 사람들은 부끄럽다는 듯 고개를 돌리거나 숙였다.

"꺄악!"

그때, 빈틈을 노린 장발 사내가 달려들었다. 빠르게 거리가 좁혀졌다. 아직 둘 사이에는 포장마차 주인이 끼어 있었다.

"이익!"

동해는 급히 그녀를 밀쳤다. 그녀의 찰랑거리는 긴 생머리 사이로 장발 사내가 이를 갈며 파고들었다. 그는 무시무시한 사시미를 앞세우고 있었다. 동해는 자세를 숙여 그것을 피했다. 오차가 있었는지 사시미가 어깨를 약간 스쳤다.

"큭!"

하지만 동해는 멈추지 않았다. 이어 오른손에 분노와 울분과 한을 모두 담아 장발 사내에게 힘껏 내질렀다.

퍼억!

주먹이 장발 사내의 입에 꽂히며 몇 개의 치아가 허공으로 날아갔다. 거기서 끝이 아니었다. 동해는 그 상태로 손을 더 뻗어 장발 사내의 머리를 바닥에 내다 꽂았다.

콰드득!

동해의 주먹에 입을 맞고 바닥에 뒤통수를 찧은 장발 사내는 눈을 뒤집고 거품을 내뿜으며 정신을 잃었다. 동해는 피묻은 오른손을 털며 자리에서 일어났다. 눈에는 눈물이 그득했다. 훌쩍거리며 비틀비틀 자리에서 일어났다.

사람들은 단체로 홀린 듯 동해를 바라봤다. 마치 사람이

아닌 초월적인 존재를 대면한 것처럼 그들은 완전히 넋이 나
가 있었다. 한 사내가 다가왔다. 아까부터 휴대폰을 들고서
동해를 찍던 남자였다.

"다, 당신은 누굽니까?

사내의 물음에 동해는 고개를 살짝 돌리며 작게 대답했다.

"……우으…….

"예? 뭐라고요?"

눈물을 닦으며 동해는 다시 대답했다.

"후드. 나, 나이트…… 후드요."

대답을 마친 동해는 달음박질쳐서 집으로 도망쳤다.

*　　*　　*

현장에 뒤늦게 경찰관들이 출동했다. 그들은 즉시 검은 양
복 삼인방을 잡아갔다. 현장에 홀로 남은 포장마차 여인은
허무한 표정으로 자신의 망가진 가게를 바라봤다.

"……."

그래도 완전히 무너진 것은 아니었다. 몇 가지 식기와 물건
들이 엎어지기는 했지만 그렇다고 해서 장사를 접을 정도는
아니었다. 여인은 팔을 걷어붙이며 자리를 치웠다. 그때 지켜
보던 몇몇 사람들이 우물쭈물하며 다가왔다. 조금 전까지 싸
움을 지켜보던 젊은이들이었다. 그들은 민망해하며 은근슬쩍

여인의 일을 거들었다. 여인은 그들에게 감사를 표하며 고개를 숙였다.

'잠깐만.'

그러다 불현듯, 방금 있었던 일들이 뇌리를 스쳐 지나갔다.

'그런데 아까 그분, 나 보고 누나라고 하지 않았나?'

집으로 돌아온 동해는 급히 욕실로 들어갔다. 욕실의 좌변기를 열고 마스크를 벗었다. 그리고 겨우 참아 왔던 토악질을 좌변기 안에 쏟아냈다.

"우욱!"

격하게 싸운 탓일까. 아니면 너무 감정이 휘몰아친 탓이었을까. 갑자기 구역질이 올라왔던 것이다. 신물을 몇 번 쏟아 낸 동해는 입가를 훔치며 세면대의 거울을 바라봤다. 그리고 후드를 벗어 봤다. 그곳에는 영웅이 아닌 평범하다 못해 초라한 소년이 서 있었다. 소년의 눈은 벌겋게 충혈 돼 있었으며 얼굴은 핼쑥했다. 보기 안쓰러울 정도였다. 세면대의 물을 틀고 입안을 헹구었다. 하는 김에 벌겋게 달아오른 얼굴도 씻었다. 오른손은 아까 장발 사내의 치아에 찍혀서 그런지 상처가 나 있었다. 씻은 김에 오른손의 피도 씻어냈다. 나쁜 놈들을 물리치면 통쾌할 거라 생각했지만 꼭 그렇지만도 않았다. 오히려 기분이 더럽고 눅눅했다. 깊고 끈적끈적한 늪에 빠진 기분이었다. 긴 머리 남자가 칼을 꺼냈을 땐 정말 심장이 멎는 줄 알았다.

"아우우!"

동해는 신경질적으로 머리를 긁적였다. 자해를 하는지 머리를 긁는 건지 분간이 안 갈 정도였다. 너무 경황이 없어서 마지막 부분의 기억이 희미했다.

"뭐라고 했었지?"

곰곰이 떠올려 보니 누구냐고 물었던 것 같기도 하다. 동해는 그 물음에 뭐라고 대답했는지 떠올려 봤다.

'후드, 나, 나이트…… 후드요.'

대답을 떠올리자 동해의 얼굴이 터질 것처럼 달아올랐다.

"으윽."

동해는 어깨를 움츠리며 뺨을 주물러댔다.

*　　　*　　　*

하루가 지난 일요일 오후. 일요일은 민철의 도장이 쉬는 날이다. 햇살이 따사로운 나른한 오후에 민철은 어두컴컴한 피시방 안으로 들어가고 있었다. 파란 추리닝에 슬리퍼를 직직 끌고 있다. 그는 가게 안으로 들어가며 아르바이트생을 향해 윙크를 날렸다.

"헤이! 방가방가."

민철이 들어오기 무섭게 그 여자 아르바이트생은 급히 카운터를 나와 민철을 붙잡았다.

"왜, 왜 이래?"

"손님, 저번에 일시 정지한 거 돈 내세요. 이번엔 절대 도망 못 가요."

"으응? 내가 그랬었나? 잘 기억이 안 나는걸."

"웃기지 마요! 빨리 내놔요. 나 사장님한테 죽는다고요!"

민철은 인상을 구기며 주머니에서 꼬깃한 돈을 꺼내 건넸다. 다행히 며칠 전에 초등학생들 태권도 가르치며 받은 원비가 있었다.

"여기 있다, 여기! 내 참. 얼굴은 예쁘장한 게 괄괄하기는."

"돈 안 낸 손님 잘못이죠, 뭐."

"알았으니 이제 그만해. 미스 김, 나 저기 5번 자리 앉을 테니 커피 한 잔 부탁해."

"셀프예요."

"거참."

민철은 이러니까 우리나라가 선진국이 못 되는 거라고 투덜거리며 커피를 뽑아 자리에 앉았다. 그리고 손가락 관절을 풀며 마우스 커서를 모 전략 시뮬레이션 게임에 가져갔다. 별들의 전쟁2라는 이름의 게임이었다.

"아차차. 그보다 먼저 세상 돌아가는 꼴을 살펴볼까나."

민철은 이리저리 인터넷 사이트를 돌아다녔다. 뉴스도 보고 오늘의 유머도 보고, 웹툰도 봤다. 30분가량 신 나게 웹서

핑을 하고 인터넷을 끄려던 민철의 눈에 뭔가가 잡혔다.

"응? 이게 뭐지?"

실시간 인기 검색어였다. 거기에는 〈영웅〉, 〈영웅 나이트 후드〉, 〈나이트 후드〉, 〈히어로〉, 〈히어로물 추천〉 등의 검색어가 올라와 있었다. 새로운 영화라도 개봉하나 싶어 민철은 나이트 후드라는 글자에 마우스 커서를 가져가 클릭했다. 나이트 후드로 검색된 뉴스와 블로그가 인터넷 창에 잔뜩 떴다. 블로그를 클릭하자 어떤 동영상이 재생되었다. 폰카로 찍었는지 화질은 그리 선명하지 않았다. 거칠게 흔들리는 화면에는 매우 익숙한 포장마차가 잡히고 있었다.

'어라? 저기 그 예쁘장한 여편네가 장사하는 곳 아닌가?'

검은 후드를 눌러쓰고 마스크로 입을 가린 청년이 세 명의 남자들과 싸우고 있었다. 전속력으로 달려 드롭킥으로 한 명을 날려 버리고, 문어 같은 머리를 한 사내의 턱을 부쉈다. 마지막으로 칼을 들고 설치는 긴 머리 남자의 안면에 주먹을 꽂아 넣었다. 그리고 주먹을 틀어 그 상태로 긴 머리 남자의 머리를 바닥에 내치는 것까지.

민철은 오묘한 표정을 지으며 슬며시 담배를 꺼내 들었다. 그리고 뭔가 알았다는 듯이 찡그리며 웃은 다음 담배에 불을 붙였다. 카운터에서 아르바이트생이 '어휴! 금연석에서 담배 좀 피우지 마요!'라고 말했지만 그는 신경 쓰지 않았다. 동영상의 마지막 즈음 영상을 찍는 휴대폰의 주인이 다가가 후드

청년에게 물었다.

"당신은 누굽니까?"

"……우으……."

"예? 뭐라고요?"

"후드. 나, 나이트…… 후드요."

동영상은 거기서 끝났다.

Battle 05

신이나

　나이트 후드의 등장은 대한민국의 온 인터넷 공간을 뒤흔들어 놓았다. 네티즌들만 호들갑을 떤 게 아니라 심지어 뉴스에도 등장할 정도였다. 동해는 살다 살다 자신의 얼굴이 9시 뉴스에 등장하리라곤 상상치도 못했다. 그때 마침 동해는 라면을 먹고 있었는데 뉴스에 '후드. 나, 나이트…… 후드요'가 나오는 순간 먹고 있던 라면을 푸확 하며 뿜어야 했다.

　당황한 동해는 즉시 인터넷을 뒤져 봤다. 굳이 나이트 후드라고 검색할 것도 없이 실시간 인기 검색어 1위의 위엄을 자랑하고 있었다. 네티즌들의 반응은 실로 다양했다.

—ㅋㅋㅋ 저건 대체 뭐하는 병신이냐. 나이트 후드라니. ㅋㅋㅋㅋㅋㅋㅋㅋ 진짜 웃긴다.

　—키가 한 160 정도인 거 같은데? 무슨 낯짝으로 저런 짓을 하는 거지. 저거 사기 아니야?

　—루저 영웅이네 = _=);;;

　—근데 멋있긴 하다. 광속 드롭킥이라니. 부왘!!! 완전 영화네. 시발 외쳐 EE!

　—이것 좀 보세요. 대한민국이 이리 뒤숭숭하니 저런 어린 친구들이 영웅놀이를 하는 겁니다. 휘청거리는 경제, 불안한 정세, 청소년들의 도를 넘은 폭력 사태. 이래도 사대강입니까?

　—위에 미친놈 사대강 드립치지 마라.

　—멋있기만 하네요. 동영상 보니까 찍은 사람 포함해서 다들 구경만 하는데 저분만 불량배들에게 맞서서 싸우잖아요. 동영상 보니까 겁쟁이들! 하고 일갈을 하던데 목소리도 멋진 거 같아요. 붐업합니다.^^

　—별로고만. 솔직히 나도 저 정도는 하겠다. 보니까 그냥 막싸움이네. 자세도 완전히 엉망이고. 제대로 된 격투기 배웠으면 절대 저런 포즈 안 나온다. 너희도 도장 다녀 보면 알 게될 거다. 도장을 다니기 위해서는 돈이 필요하겠지? 이 페이지로 가 봐라. 나도 여기서 쉽게 돈 벌었음^^ → www.OOO.co.kr

—펀치가 찰지구나.

동해는 냉장고에서 가지고 온 찬물을 벌컥벌컥 마셨다. 물
이 일부 흘러서 목과 쇄골을 적셨지만 전혀 신경 쓰이지 않았
다. 손등으로 입가를 훔치며 동해는 난처하다는 표정을 지었
다.

나이트 후드 열풍은 일출고에도 폭풍처럼 몰아쳤다. 다들
휴대폰으로 동영상을 돌려보며 감탄했다. 마침 같은 시기에
후드티가 유행인지라 너도 나도 후드를 뒤집어쓰며 되도 않
는 무술 시늉을 하는 친구들도 많았다. 졸지에 유행의 근원
지가 된 동해는 창피하기도 했고 왠지 우쭐한 마음도 들었
다.

물론 그렇다고 해서 동해의 현재 입장이 바뀌었다거나 하
는 건 아니었다. 동해는 여전히 만수 패거리의 밥이었고 샌드
백이었다.

일출고 옥상.

오늘도 만수 패거리는 학교 옥상에 모여 있었다. 만수는
오늘도 열심히 입으로 빵과 우유를 밀어 넣었고 철광은 아령
을 들었다 놨다. 그리고 태수는 동해를 세워 놓고 열심히 주
먹을 놀리고 있었다.

"자! 가드 확실히 올려! 잘못 맞으면 뼈 나간다!"

태수는 동해를 샌드백 삼아 복싱 연습을 하고 있었다. 그는 사실상 나이트 후드의 첫 번째 희생양이었다. 그 이후 포장마차 사건을 알게 되었고 태수가 느낀 감정은 이루 말할 수 없는 것이었다.

"나이트 후드라고? 젠장! 다시 한 번 와 보라 그래! 저번에는 내가 컨디션이 안 좋아서 당했지만 다음에는 국물도 없을 줄 알라고!"

동해는 태수의 펀치를 건성으로 받아주며 딴생각에 잠겨 있었다.

"야, 이 새끼야. 집중 안 해?"

동해가 한눈팔자 태수는 분노를 담아 주먹을 날렸다. 동해는 흠칫 놀라며 가드를 올렸고 그 팔꿈치에 태수는 주먹을 꽂았다.

"끅!"

꽤나 심하게 찍혔는지 태수는 손을 부여잡고서 껑충껑충 뛰었다. 의도한 건 아니었지만 동해는 태수에게 신 나게 발로 차여야 했다.

"어휴, 개자식. 거기서 팔꿈치를 세우냐. 야, 담배 내놔."

동해는 주머니를 뒤져 담배를 꺼냈다. 동해가 피우는 건 아니다. 다만 언제 교사들이 불시 검문을 할지 모르기에 동해가 가지고 다니는 것이다. 동해는 담배 한 개비를 꺼내 불까지 붙여 주었다. 그 순간 덜컹거리며 옥상의 문이 열렸다. 태수는 담배를 문 모습 그대로 얼었고, 동해도 라이터로 불을 붙이던 포즈 그대로 멈췄다. 철광은 두 손으로 아령를 들어 올린 채, 만수는 입에 빵을 가득 머금은 채 굳어 버렸다.

"뭘 놀라고 그러니?"

다행히도 교사는 아니었다. 만수 패거리와 친분이 있는 여학생이었다. 다들 교사가 아님에 한시름 놓았지만, 오직 동해만이 얼어붙은 그대로 움직이지 않았다. 동해는 그녀를 뚫어져라 바라봤다. 어디선가 많이 본 얼굴이었다. 그녀가 자신을 바라보자 동해는 급히 고개를 돌렸다.

'큰일 났다!'

저번 태수와 실랑이를 벌이던 그 여자였다. 분명 이십 대 중반일 거라 생각했는데 이게 웬걸. 자기랑 같은 학교를 다니며 심지어 동갑내기였다니.

"야, 신이나. 네가 여기 뭔 일이냐."

태수가 툴툴거리며 묻자 그녀는 싱긋 웃으며 가까이 다가왔다. 그녀는 자신의 기다란 손가락에 끼우고 있던 반지를 빼서는 태수의 가슴 주머니에 살포시 집어넣었다.

"이거 깜빡한 거 같아서 말이야. 너 돈도 없잖아? 다음에 애인 사귀면 돈도 아낄 겸 전해 줘."

"크읏."

이나는 방긋방긋 웃으며 동해에게 관심을 보였다.

"안녕?"

동해는 죄인이라도 된 것처럼 잔뜩 어깨를 움츠렸다. 고개를 푹 수그린 채 웅얼거리듯 안녕이라고 대답했다.

"내 이름은 이나라고 해, 신이나. 넌 이름이 뭐니? 혹시 '나씨' 아니니?"

나씨. 나이트 후드를 이야기하는 것이다. 동해는 바르르 떨며 고개를 저었다.

"도, 동해."

"성은?"

"성이 동이야."

"어머 그렇구나. 후후. 너 참 귀·엽·게·생·겼·다."

이나는 동해의 턱을 한 번 쓰다듬고는 옥상 밑으로 내려갔다. 이나가 내려간 뒤 동해는 하늘이 무너진 듯한 표정을 지었다.

"너 이 자식! 이나한테 무슨 개수작이야! 꼬리 치지 마! 이나는 내 거라고!"

태수는 갑자기 동해의 멱살을 휘어잡았다. 왠지 태수가 울고 있는 것 같았다. 옥상에서 내려온 뒤로 동해는 1분 1초도 긴장의 끈을 놓을 수가 없었다. 과거 만수가 제대로 돌았을 때 이후로 이렇게 긴장한 건 처음이었다.

'들켰다. 들켜 버렸다.'

당시에는 마스크를 미처 생각지도 못했고 제대로 된 준비도 안 된 상태였다. 그런데 하필 그걸 들켜 버리다니. 더군다나 보통 사람도 아니고 만수 패거리와 친분이 있는 여자애한 테! 일단 옥상에서는 그냥 넘어갔지만 신이나라는 아이가 언제 패거리에게 자신의 정체를 밝힐지 몰랐다.

이제부터가 시작이었다. 어느 정도 자신의 실력에 대한 믿음이 생겼다. 이제부터 만수 패거리 놈들을 차례차례 쓰러트 리려 했다. 거기에는 나이트 후드라는 가상의 존재가 지닌 힘이 필요했다. 동해는 싸움 실력으로 짱이 되고픈 마음도 없었고 그걸로 으스댈 생각도 없었다. 나이트 후드로 나타나 놈들을 혼쭐내 주고 자신은 그냥 무난하게 학교생활을 하고 싶었다.

민철이 폭력은 결국 자기 꼬리를 집어삼키는 뱀과 같은 거란 말을 했었다. 어느 한쪽, 아니면 양쪽 다 사멸하기 전까지 뱀은 자기 꼬리를 먹는 걸 멈추지 않을 거라고.

일리가 있는 말이었다. 그래서 동해는 폭력의 악순환이 생기지 않도록 가상의 존재인 나이트 후드를 탄생시켰다. 놈들에게 나이트 후드라는 공포의 존재를 각인시켜 학생 동해는 평범한 학교생활을 영위할 생각이었던 것이다. 하지만 이나가 자신의 정체를 폭로해서 동해가 나이트 후드란 사실이 드러 난다면, 정말로 민철의 말대로 폭력의 악순환이 시작될 것이 다.

그리고 만수 패거리의 숫자가 워낙 많다 보니 정체가 탄로 났다간 단체로 몰려와 밟힐 지도 모를 일이었다. 다 된 밥에

이나라는 불청객이 나타나 훼방을 놓다니. 동해는 수업 시간 내내 병 걸린 사람처럼 한참을 끙끙거려야 했다.

동해는 수업이 끝나고 쉬는 시간에도 죽을상이 되어선 책상 위로 엎어졌다. 이대로 잠들고 싶었다. 머릿속으로는 계속 어쩌지? 어쩌지? 하는 생각뿐이었다. 그렇게 고뇌와 번뇌와 혼란의 구렁텅이에서 수영하는데 누군가의 손이 동해의 책상을 두들겼다.

똑똑.

"응?"

고개를 들어 보니 처음 보는 여자애가 옆에 서 있었다.

"으응? 왜?"

그 여자애는 말없이 작은 엽서를 건네고 총총 걸음으로 사라졌다. 워낙에 순식간에 벌어진 일인지라 누구도 그녀가 동해에게 엽서를 보내는 걸 보지 못했다.

'뭐지?'

동해는 괜히 두근거리는 가슴을 진정시키며 엽서를 읽어 봤다.

'방금 그 여자애는 뭐지? 예쁘게 생겼던 거 같기도 하고. 아니었나? 너무 순식간에 지나가서 얼굴이 잘 기억이 안 나네. 설마 고백? 그건 너무 뜬금없는데. 누가 나 같은 놈을 좋아라 해 주겠어. 이그, 편지나 읽어보자.'

편지에는 화려한 필체로 글씨가 담겨 있었다.

오늘 학교 끝나고 우리가 처음 만났던 장소로 와. 곧장 와야 해♡ 귀엽고 예쁘고 깜찍한 신이나가.

쿠궁!

망치로 얻어맞은 것처럼 동해의 눈이 튀어나왔다.

'크억!'

동해는 절을 하듯 책상에 엎드렸다.

학교가 끝나고 동해는 걸음을 서둘러 약속된 장소로 향했다. 태수와 처음 결전을 치렀던 장소는 아직도 뇌리에 선명했다. 집 근처인지라 잊으려야 잊을 수도 없었다. 골목으로 들어가 봤지만 이나는 보이지 않았다.

'으음. 너무 일찍 왔나.'

동해가 그렇게 생각하는 순간, 등 뒤로 인기척이 느껴졌다. 화들짝 놀라 뒤를 돌아보니 아니나 다를까 뒤에는 신이나가 싱글싱글 웃으며 서 있었다.

동해는 지금까지 여자에게서 이렇게 위압감을 느껴본 적이 없었다. 그녀가 고등학생답지 않게 볼륨 있는 몸매와 미모를 가진 건 둘째 치더라도, 키가 자신보다도 크다는 것에 크나큰 충격을 받았다. 동해의 키가 170이니 이나의 키는 175쯤 돼 보였다. 동해는 눈에 잔뜩 힘을 주고서 그녀를 쳐다봤다. 그 강렬한 눈매에 이나는 피식 헛웃음을 지었다.

"왜 그렇게 쳐다보는 거야? 설마 나하고도 싸우려고? 좀 봐줘. 난 싸울 줄 모른단 말이야."

"무, 무슨 용건인데."

동해는 최대한 퉁명스럽게 물어봤다.

"어머, 째려보니까 너 진짜 귀엽다."

이나의 손이 동해의 머리를 쓰다듬으려 했다. 동해는 재빨리 뒷걸음질 치며 그녀의 손길을 거부했다.

"빨리 용건을 말하라고!"

동해의 큰 목소리에 이나는 굳게 입술을 다물었다. 계속 웃던 애가 정색하니 동해는 문득 무섭다는 생각이 들었다.

'아니, 그보다. 내가 왜 이런 여자애를 두려워하는 거지?'

생각은 그리하면서 눈은 이나의 가슴을 힐끔힐끔 바라봤다. 그러면 안 된다는 걸 알면서도 눈이 자기도 모르는 사이에 자꾸 그리로 가 닿았다.

"치, 재미없네. 나는 네가 얼마나 재미있는 애인지 궁금해서 불러 본 건데 말이야."

"재미?"

"그래, 재미. 너도 알 거 아니야. 네가 저번 주 토요일에 했던 일. 그거 지금 인터넷에 퍼지고 다들 난리도 아니라고. 정체를 숨기고 악당을 벌하는 영웅이라니. 조금 유치하지만 그래도 재미있어."

"난 재미로 그 일을 한 게 아니야."

"흐음. 그럼 다른 이야기로 넘어가 볼까? 너 그만한 실력을 갖고 있으면서 왜 만수 애들한테 아직까지도 맞고 있어? 그냥 쓸어버리면 되잖아?"

동해는 뭔가 대답하려다가 입술을 닫았다.

"그건……. 네가 알 거 없어."

"흐음, 왜?"

"왜 아까부터 그렇게 꼬치꼬치 캐묻고 그래?"

"왜냐고? 대답을 안 해 주면 내가 만수 애들에게 다 불어 버릴 거니까."

약간 밀린다는 생각이 들자 동해는 강하게 가기로 마음먹었다.

"마, 말해라! 말하라구! 까짓 거 들키면 그땐 그냥 대판 싸워 버리면 그만이지."

"오호? 그래? 정체가 알려지면 굉장히 곤란할 텐데. 평상시 너랑 자주 놀아 주는 그 삼인방은 몰라도 아직 나머지 둘이 어떤 녀석들인지 잘 모르잖아? 그리고 만수네 패거리가 고작 다섯 명일 거 같아? 다른 학교까지 포함하면 훨씬 더 많다고. 또 포장마차에서 싸웠던 사람들이 너에 대해 알면 그땐 어떻게 될 거 같니?"

동해는 사색이 되어선 침을 꿀떡 삼켰다. 만수 패거리는 그렇다 치고 검은 정장 아저씨들은 확실히 문제였다. 단순히 불량배나 학교에서 힘 좀 쓰는 애들 수준이 아니라, 수틀리면 칼부터 꺼내고 보는 행동파였다. 아무리 동해가 민철 밑에서 싸우는 법을 익혔다지만 그들을 두 번 다시 상대하고 싶지 않았다. 동해는 한 마리 닭처럼 두 손을 휘저었다.

"아아, 몰라! 모른다고! 모르겠으니까 빨리 용건이나 말해! 물어보고 답하는 건 그 다음에 해도 좋으니까."

이나는 그런 동해의 모습이 귀여운지 푸하하 웃으며 손으로 입을 가렸다.

"너 나랑 사귀자."

"좋아. 그 정도야 아무 문제도, 뭐라고!?"

술이라도 한 잔 걸친 사람처럼 동해는 얼굴이 벌개져서는 허둥거렸다.

"갑자기 그게 무슨 소리야?"

"뭐 문제 있어? 너 내 남자친구 하라고."

이나는 그리 말하며 모델처럼 우아한 포즈를 취했다. 그녀는 몸매에 딱 달라붙게 교복을 줄여 입었다. 몸의 윤곽이 고스란히 드러났으며 셔츠 앞섶은 터질듯이 드러나 있었다. 또 치마는 굉장히 짧았고 허벅지에 착 붙어서 마치 직장 여성들이 입는 치마처럼 보였다. 동해는 본의 아니게 그녀의 몸매를 감상하며 복잡한 심정을 느꼈다.

"왜? 내가 마음에 안 들어? 다른 애들에 비해 스펙이 딸리나 봐?"

"으음. 아니, 뭐라고 해야 할까. 꼭 그런 건 아니지만……."

동해는 두근거림을 느꼈다.

"휴대폰 줘 봐."

이나의 당당한 요구에 동해는 본능적으로 휴대폰을 건넸다. 건네는 순간 아차 싶었지만 이나는 냉큼 동해의 휴대폰을 빼앗아 다다다닥 번호를 눌렀다. 마지막으로 통화 버튼을 누르자 이나의 휴대폰이 삐리리 울렸다. 자신의 휴대폰에 동해의 번호를 저장한 이나는 찡긋 윙크를 했다.

"번호 고마워. 내가 문자할 때 씹으면 안 돼. 그럼 아주 혼내 줄 거야 알았지?"

"……그, 나는……."

"그럼 내일 학교에서 보자."

이나는 엉덩이를 씰룩거리며 골목을 걸어 나갔다. 동해는 폭풍이라도 맞은 듯 마구 헝클어진 머리를 하고서 멍하니 자리를 지켰다. 그러면서도 눈은 그녀의 들썩거리는 엉덩이에서 떨어뜨리지 못했다.

동해는 귀신에 홀린 사람처럼 넋을 놓고 걸었다. 이나는 사라졌지만 아직도 그녀가 아른거리는 듯했다. 한국에서는 절대 나올 수 없는 그 가슴이라거나, 엉덩이라거나.

'아, 아니야. 정신 차려! 그 여자애는 지금 나를 협박하는 거라고! 까딱했다간 내 정체를 동네방네 떠들어댈 거야. 유혹에 넘어가지 말자.'

무의식적으로 집을 향해 걷다가, 민철의 도장으로 방향을 바꾸었다. 오늘은 월요일이라 수련이 있는 날이었기 때문이다. 도장의 문을 열고 들어가자 민철이 바로 보였다.

"민철이 형, 저 왔어요."

민철은 창가 쪽에서 등을 보인 채 팔짱을 끼고 있었다. 동해가 인사를 했지만 묵묵히 창밖을 내다볼 뿐 움직이지 않았다. 어차피 2층이라 그다지 전광도 좋지 않건만, 민철은 뭘 그리 창밖을 주시하는 걸까?

"민철 형."

동해가 다가가자 민철은 뒤로 돌았다. 의미심장했던 처음 과는 달리 뒤로 돌자 흐뭇하게 미소를 지어 보였다.

"형?"

하지만 방심은 금물. 잔잔한 수면 위로 파장이 일듯이 민철은 곧 정색했다. 그리고 동해의 복부에 기습적인 찌르기를 넣었다. 예기치 못한 기습에 동해는 숨을 삼키며 허리를 숙였다. 민철은 그대로 발목을 걸어 동해를 넘어뜨렸다.

"큭. 민철 형, 갑자기 왜 이래요."

"그걸 지금 몰라서 물어?"

민철은 쓰러진 동해의 팔에 두 다리를 교차했다. 팔을 반대로 꺾는 암바였다.

"끄악!"

동해는 반대 손으로 바닥을 마구 두드리며 항복을 선언했다.

"왜 이러는 거예요! 아프다구요!"

"아프라고 하는 거지 그럼 내가 너 안마해 주는 줄 알아?"

항복을 해도 민철은 팔을 놓아주지 않았다. 고통에 몸부림 치던 동해는 이로 그의 정강이를 깨물었다. 까득.

"오우!"

그때서야 민철의 암바 타임이 끝이 났다.

"이 치사한 놈아. 그 상태에서 깨무는 게 어디 있어."

아픈 팔을 주무르며 동해가 말했다.

"싸우는데 치사한 게 어디 있어요?"

"역시 그렇지? 이기면 그만이지? 그래서 상대가 사시미를 꺼냈을 때도 크게 당황하지 않은 거고 말이야, 그치?"

사시미 얘기에 동해는 짐짓 입을 다물었다. 그것이 무엇을 뜻하는지 알았기 때문이다. 결국 민철도 나이트 후드 동영상을 보고 만 것이다. 사실 나이트 후드의 비밀이 다른 사람도 아니고 민철에게도 유지되리라고는 생각지 않았다. 싸우는 기술을 전수해 준 스승인데 제자의 싸움법을 못 알아볼 리가 없었다.

"야이 미친놈아! 그게 대체 뭐하는 짓이야!"

"제, 제가 뭘요."

"내가 너보고 그딴 영웅놀이나 하라고 싸우는 거 가르쳐 준 줄 아냐? 나는 말이다. 그냥 네가 너 괴롭히는 놈들을 적 당히 상대해 주고 끝냈으면 하는 바람이었어. 그래서 기술도 심도 있게 가르치지 않은 거라고."

"예? 설마 대충 가르친 건가요?"

"아니, 그런 건 아니고. 암튼 그게 중요한 게 아니잖아!"

민철은 괜히 말을 얼버무리다가 땍! 큰소리를 질렀다.

"임마 너 그러다가 진짜 칼침 맞고 골로 갈 수도 있다고. 나이트 후드고 지랄이고 다 좋으니까 그냥 너 괴롭히는 애들 맴매해 주고 끝냈어야지 왜 조폭 애들을 건드려? 조폭이 장난이야? 영화에서 우스꽝스럽게 나오니까 만만해 보여?"

"그럼 어떻게 해요. 떡하니 눈앞에서 약한 사람 괴롭히는데 보고만 있어요? 아니면 경찰에 신고? 경찰이 올 때까지 기다렸다간 가게 다 박살났을 거라고요. 그래도 괜찮아요?"

"물론 안 괜찮지. 하지만 그런 상황에서는 그냥 경찰에 신고하는 게 나아. 그래, 네 말마따나 경찰이 오기 전까지 놈들이 신 나게 포장마차를 들쑤셨겠지. 하지만 경찰들이 와서 놈들을 잡아가면 손해 배상을 청구할 수도 있어. 그리고 다른 걸 다 떠나서 그런 놈들 잘못 건드렸다가는 진짜 황천행이란 말이다! 죽고 싶어서 환장했냐!"

"하지만 전 이겼다고요!"

"그때는 운이 좋아서 이긴 거고! 너는 아직 그런 놈들 상대할 실력이 못 돼. 기껏해야 학교에서 양아치들과 어울려 줄 정도 밖에 안 된다고. 왜? 한 번 이기고 나니까 네가 최고인 거 같아? 세상에 무서울 게 없어 보여? 이 어린 자식아, 너 그러다가 큰코다치는 수가 있어."

민철은 단호했다. 동해의 당시 행동이 명백하게 잘못되었음을 설파했다. 하지만 이야기를 듣는 동해는 그 말에 순순히 수긍할 수 없었다. 대체 무엇이 잘못됐단 말인가. 약자를 돕고, 누구도 나서지 않아서 자신이 대신 나섰다. 그게 잘못되었다고 말한다면 그건 세상이 잘못된 거지 자신이 잘못됐다고는 생각지 않았다.

"너 그딴 짓 계속할 거면 그만둬라."

"예?"

평소에는 짓지 않던 표정이었다. 민철은 늘 능글맞은 표정을 짓던 사람이었다. 그러나 지금의 표정은 장난기가 싹 가신 진지한 표정이었다. 늘 웃던 사람이 정색하니 거기에서 오는 위화감에 동해는 질릴 것만 같았다.

"나이트 후드인가 아라비안나이트인가 뭐시기를 계속할 거면 내 도장 다니는 거 그만하라고."

"누가 계속한데요? 형 대체 왜 이래요. 저는 뭐 싸우고 싶어서 싸운 줄 알아요? 나도 그런 자리에 끼고 싶지 않았다고요!"

"어디 어른 앞에서 큰소리야?"

"형이 먼저 화냈잖아요! 됐어요. 나갈게요. 나가면 되잖아요."

동해는 민철이 왜 이렇게 화를 내는지 이해하지 못했다. 앞으로도 계속 그런 사람들과 싸울 것도 아니건만 이렇게까지 대하는 이유를 알지 못해 답답했다. 억울한 마음도 들었다.

동해는 슥 자리에서 일어나 휙 하고 나가 버렸다.

"야 임마, 진짜 나가냐? 야!"

동해는 민철이 부르는 소리를 듣지 못한 척했다. 성큼성큼 계단을 밟고 상가 건물 밖으로 나왔다. 터벅터벅 거리를 걷는데 순간 누군가의 팔이 동해의 몸을 둘렀다. 마치 벗어나지 못하도록 붙잡는 것만 같았다.

'민철 형인가?'

아니었다. 그럴 리가 없었다. 민철이 그 짧은 시간에 갑자기 '가슴이 커졌을 리가' 없기 때문이다. 풍만한 가슴이 동해의 등에 문대졌다. 몰랑거리면서도 부드러운, 동시에 따스한 감촉이었다.

"큽!?"

뒤통수를 강하게 얻어맞은 것처럼 동해의 눈이 급격하게 튀어나왔다.

"누, 누구?!"

유혹하듯 붉은 입술이 다가왔다. 동해의 귀에 달콤한 숨을 불어 넣으며 그녀가 말했다.

"나야 나. 신이나."

이런 장난을 민철이 했다면 당장 풀어 버렸겠지만 동해는 그러지 못했다. 그랬다가 실수로 팔꿈치로 친다거나 상대를 세게 밀칠 수도 있기 때문이다. 동해는 여자와 이런 강렬한 스킨십을 해본 적이 없는지라 귀까지 빨개졌다.

"느, 놔!"

"헤헤, 귀까지 빨개졌네? 귀여워."

"나 지금 장난할 기분 아니거든? 이것 좀 놔 줘."

이나는 한참을 부벼대고 나서야 동해를 놔주었다. 신체의 자유를 얻자 동해는 슬금슬금 그녀로부터 멀어졌다.

"뭐야, 너 설마 여기까지 따라온 거야?"

"안 돼? 궁금해서 한번 따라와 봤어. 어차피 우리 이제 애인 사이잖아. 문제될 거 있나?"

그리 말하며 이나는 동해에게 다가와 팔짱을 꼈다. 좀 전에는 등에, 이번에는 팔에 그녀의 가슴이 짓눌려졌다. 다분히 고의적인 스킨십이었다.

"나, 나는! 너 같은 애랑 사귈 마음 없거든!"

"왜? 나한테 무슨 문제라도 있어? 내가 외모가 딸리나 아니면 몸매가 빠지나? 그것도 아니면 돈이 부족한가? 그것도 아니고. 그럼 뭘까? 뭐가 문제 일까나."

"그게."

동해는 급히 머리를 굴렸다. 나는 어째서 이 여자애를 거부하는 걸까에 대한 고민이었다.

신이나.

나이는 자신과 같은 열일곱 살. 하지만 대한민국 종자임을 거부하는 폭발적인 몸매와 연예인 뺨을 5조 대 정도 때릴 만큼 빼어난 미모를 지녔다. 하는 짓이나 방금 얘기한 걸로 보아 집도 잘사는 모양이다. 여기까지만 보면 딱히 문제될 것도 없고 감사할 정도이지만 문제는 다른 곳에 있었다.

신이나.

그녀는 동해가 알기론 소위 말하는 발라당 까진 애에 속한다. 만수 패거리와 어울리는 것만 봐도 그렇고, 태수와 사귀었던 것만 해도 그렇다. 그리고 들리는 소리에 의하면 심심할 때마다 남자친구를 갈아치운다는 얘기도 있다.

아주 만약의 경우이지만, 동해는 만에 하나라도 여자친구를 사귄다면 청순하고 조신한 여자를 사귀고 싶었다. 거기에 번외적인 이유를 하나 더 대자면 동해는 아직 쑥스러움이 많았다. 물론 동해도 예쁘고 몸매 좋은 여자 연예인이 TV에 나오면 입을 헤 벌리며 쳐다보지만, 애인에 대해서는 특별하게 생각해 본 적이 없었다. 여자에 대한 위화감 또한 이나를 멀리하는 데에 한몫하고 있었다. 동해가 대답을 못 하고 우물거리자 이나가 선수를 쳤다.

"설마 너도 날 걸레라고 생각하는 거니?"

"응아니!"

여러 생각을 하는 중에 이나가 묻자 동해는 긍정도 부정도 아닌 이상한 대답을 해 버렸다. 무의식적으로 앞부분에 응 이라고 대답해 버린 것이다. 다른 욕도 아니고 걸레라는 호칭은 여자에게 있어 최악질의 표현이다. 큰 실수를 했음에 동해는 어쩔 줄을 몰라 했다. 동해의 발언에 이나는 살짝 속눈썹을 내리깔았다. 그 모습을 보며 동해는 속눈썹이 참 길고 예쁘다라는 딴생각을 했다.

"그렇구나. 어쩌면 사실일 지도 모르겠네. 남자친구를 이리저리 갈아치운 건 사실이니까. 하지만 말이야, 여자가 남자 사귀는 거에 무슨 문제 있어?"

"으음. 하, 학생은 공부에 전념을 해야 할 때이고. 그게, 그러니까, 너무 난잡하게 사귀는 건 정신 건강에."

"내가 너보다 성적이 좋을 텐데. 아닌가? 나 전교 10등 안에 들어."

"그래? 하, 하하."

동해는 뒤에서 10등 안에 든다.

"싸움 역시 청소년의 정신 건강에 좋지 않다고 생각해. 그런데 넌 앞서서 싸우려 들잖아?"

"꼭 그런 것만은 아니야!"

약점을 찔린 건지 동해는 버럭 소리를 질렀다. 이나는 사실 놀라지도 않으면서 놀란 척 과장되게 두 손을 들었다.

"그렇지? 너도 이유가 있으니 싸웠던 거잖아. 나도 그래."

"……."

"우린 똑같아. 나는 말이야 다른 사람은 몰라도 너만은 사람을 겉으로 판단하지 말았으면 해. 직접 겪어 보지 않는 이상 함부로 넘겨짚으면 곤란하다고. 나에 대해서 이야기나 몇 번 들었지 별로 아는 것도 없잖아? 나·이·트·후·드·씨!"

나이트 후드 이야기가 나오자 동해는 고개를 돌렸다. 이나는 킬킬거리며 그때 당시 동해가 읊었던 대사를 따라했다.

"당신은 누굽니까? 나, 나이트 후드요. 당신은 누굽니까? 나, 나, 나, 나이트 후드요! 여럿이서 약한 사람을 괴롭히잖아요! 이 겁쟁이 놈들!"

"그만해!"

창피하기도 하거니와 혹시나 누가 들을까 동해는 필사적으로 그녀를 말렸다. 동해의 반응에 그녀는 배꼽을 잡고 웃었다. 그렇게 30분가량 휘둘리면서 동해는 자기도 모르는 사이에 그녀에 대한 경계심이 풀어지는 것을 느꼈다.

"자자, 장난은 이제 그만. 앞으로 너 어떻게 할 거야?"

"어떻게 할 거냐니, 뭘?"

"처음부터 만수 애들이랑 싸우려고 도장 다닌 거 아니야? 그런데 왜 아직 행동을 안 해?"

"네가 알 바 아니야."

"흐음?"

이나는 또 동해의 팔에 찰싹 달라붙었다.

"왜 알 바가 아니야. 나는 네 애인인데."

"누가 내 애인이야?"

"싫어? 그럼 네 정체 다 까발린다?"

"으윽. 아, 암튼. 아직 어떻게 해야 할지 감이 서지 않아. 놈들을 혼쭐을 내주긴 해야겠는데 이 모습으로 싸우고 싶지는 않아. 나이트 후드로 싸울 거야. 그런데 마땅히 방법이 서지 않아서 말이야."

"너 되게 멍청하구나?"

"뭐라고?"

이나는 피식, 코웃음 치며 말했다.

"요즘엔 인터넷으로 검색만 하면 홈페이지나 블로그 금방 뜨잖아. 그걸로 연락처 따내고 약속 시간 같은 거 알아내면 금방이지 뭘 고민하고 그래. 그 정도는 기본 아니야?"

인터넷을 그리 즐기지 않는 동해로서는 신기한 이야기였다.

"이렇게까지 도와주는 이유가 뭐야? 나중에 너까지 같이 엮여서 문제가 될 수도 있다구."

"그건 그때 가서 볼 일이고."

이나는 말을 하며 동해의 뺨에 두 손을 얹었다.

"네가 빨리 그 애들로부터 해방되어야 제대로 된 연애를 즐겨볼 거 아니야. 안 그래?"

"너 걔네들이랑 친구 아니야?"

"친구는 무슨 놀아준 거지. 힘 좀 쓴다는 애들이 몰려 있기에 가서 놀아 봤더니 영 아니더라 이거야. 이건 뭐 병신들 집합소더라고."

"그, 그런가."

이쯤 되면 이나가 무섭기까지 했다.

"하지만 말이야. 패거리 5인방 중에 '사냥개' 하고 '미친개'

·는 건드리지 마."

"무슨 개?"

동해의 물음에 이나는 놀랍다는 표정을 지었다.

"너 일출고의 두 마리 개에 대해서 못 들어봤어?"

"못 들어봤는데. 암튼 걔네가 뭐가 됐든 내가 쓰러트려야 할 녀석들은 만수랑 철광이니까. 그 외에도 몇 명 있지만 패거리의 우두머리가 이 둘이니까 둘만 쓰러트리면 돼. 그럼 나머지는 알아서 떨어져 나갈 거야. 내가 원하는 건 복수 같은 게 아니야. 물론 그런 부분도 없지 않아 있지만 그것보다는 그놈들이 다른 약한 애들을 괴롭히지 않게끔 만드는 게 내 목표니까. 다시는 함부로 주먹을 못 놀리도록 말이야."

"오올 멋지네. 그럼 잘됐어. 두 마리 개랑 엮일 일이 없으면 나야 안심이지. 그럼 어디 열심히 한번 날뛰어. 봐. 영웅 나이트후드 씨."

이나는 손을 저으며 인사했다. 동해도 어색하게 손을 흔들었다.

"아 참, 동해야. 깜빡한 게 있는데."

"뭔데."

잊은 게 있다며 다가온 이나는 두 손으로 동해의 얼굴을 잡았다. 그리고는 기습적으로 입술을 맞추었다.

"······!"

그에 동해는 멍한 반응을 보일 수밖에 없었다. 키스는 강렬

하고 격렬했다. 그리고 입술에서 그치지 않았다. 미끄럽고 끈적끈적한 뭔가가 동해의 입안을 파고들었다. 혀였다. 이나의 혀는 한 마리 돌고래처럼 거침없이 동해의 입 안을 질주했다.

"……!"

너무 당황한 나머지 동해는 문어의 다리처럼 두 팔을 흐느적거렸다. 이건 한두 번 해 본 솜씨가 아니었다.

"읍읍!"

"후아."

입술을 떼자 두 사람의 입술 사이로 타액이 실처럼 늘어졌다. 이나는 손가락으로 실을 끊으며 가볍게 웃었다. 시리도록 매혹적인 미소였다. 이나는 긴 머리칼을 찰랑이며 동해로부터 멀어졌다. 잠시 머리칼이 동해의 코끝을 스쳤다. 달콤한 향 같은 게 느껴졌다.

한편 민철은 골목 귀퉁이에 숨어서 두 사람을 지켜보고 있었다. 그는 손목의 옷깃을 잘근잘근 씹으며 눈물을 그렁거리고 있었다. 민철이 보기에도 이나는 매력적이었고, 성숙한 분위기를 물씬 풍겼다. 저런 여자와 (딥)키스할 수 있다면 민철은 영혼이라도 건넬 수 있다고 생각했다. 부러움이 남자의 가슴에 사무쳤다.

'개, 개새끼!'

Battle 06

나이트 후드 VS
철광

"우오오오!"

이곳은 어느 고급 헬스장, 100평은 될 법한 넓은 공간에는 갖가지 운동 기구들이 늘어서 있었다. 젊은 남녀부터 나이든 중년들까지 다양한 사람들이 모여서 운동을 하는 중이었다. 그중에서도 유독 눈에 띄는 한 사람이 있었으니 바로 철광이었다.

헬스장에 있는 사람들 중 철광의 나이가 가장 어렸다. 이제 열일곱 살인 주제에 몸은 프로급 보디빌더에 준하는 수준이다. 철광은 양손에 역기를 하나씩 들고서 앉았다, 일어나기를 반복 중이었다. 처음에는 얼마나 대단하겠냐는 식으로 구경하던 사람들도 역기의 무게를 확인하고는 혀를 내둘렀다.

20Kg의 추를 양쪽에 달았고 거기에 바의 무게까지 더해 하나당 무게는 50Kg이다. 그것을 양손에 하나씩, 그것도 두 개를 들고서 저 짓을 하고 있는 것이다. 철광의 온몸은 터져 버릴 듯 시뻘게져 있었다. 근육 안에 감춰져 있던 파란 혈관들이 툭툭 불거져 나왔다. 인간이길 거부하는 것처럼 그것은 더 이상 17세 고등학생이라고 볼 수 없는 모습이었다.

"그오오오오!"

철광의 기합이 헬스장을 뒤흔들었다.

*　　　*　　　*

"으아아어!"

동해가 기합을 질렀다. 동해는 자신의 방에서 한 손으로 아령을 움직이고 있었다. 10Kg짜리 아령이었다. 처음에는 할 만한 것 같다고 느꼈으나 이 짓도 한 열 번이 넘어가니 슬슬 팔에 무리가 오기 시작했다. 그냥 팔굽혀 펴기라면 서른 개도 넘게 하겠지만 의외로 아령 들기는 팔굽혀 펴기와 요령이 달랐다. 그리고 동해는 그 요령이라는 것을 전혀 몰랐다. 처음에는 팔만 움직이다가 안 되겠다 싶었는지 허리를 튕기며 반동을 주었다. 앙탈 부리듯 허리를 트는 모습은 누가 봐도 보기 흉했다.

"하아, 힘들어!"

한숨을 내쉬며 아령을 바닥에 내려놓았다.

쿵.

실수로 발등 위에 내려놓았다.

"아악! 내 발!"

동해는 한참을 폴짝거리며 바닥을 뒹굴어야 했다. 집에 아무도 없기에 망정이지 누가 봤다면 한심하다고 잔소리를 늘어놓았을 것이다. 시간이 지나고 고통이 사라지자 동해는 컴퓨터 앞에 앉았다.

첫 목표로 잡은 것은 철광이었다. 만수는 마지막에 쓰러트리고 싶었다. 태수 같은 경우는, 이미 한 번 쓰러트렸고 딱히 다른 애들을 괴롭히는 것 같지 않으니 겁을 주는 선에서 그치려 했다. 그래서 남은 사람은 철광이었다.

다른 애들에 비해 철광의 이미지는 압도적이다. 그만큼 상대하기 벅차겠지만, 반대로 생각해 보면 그렇기에 철광을 제일 먼저 쓰러트려야 했다. 가장 강력한 상대를 쓰러트림으로 나이트 후드의 존재를 더욱 강렬하게 인식시킬 수 있을 것이다. 그렇게 되면 그 밑으로 약한 애들은 자연스럽게 무너질 것이다. 속된 말로 철광 밑으로는 알아서 찌그러질 것이다.

이게 무슨 계단도 아니고 자잘한 것들부터 쓰러트리며 단계를 밟아 가는 건 체력적으로나 시간적으로도 손해였다. 동해는 컴퓨터를 켜고 철광의 홈피를 찾아 다녔다. 저번에 이나가 가르쳐 준 검색 기능을 이용해 원하는 이의 홈피 정도는 쉽게 찾아낼 수 있었다. 영웅이 악당을 찾기 위해 인터넷 검색을 하는 상황에 동해는 어색하게 실소했다. 자조 섞인 웃음이었다. 나름 명분이 있다고는 하지만 이게 대체 뭐하는 짓인가 하는 생각마저 들었다. 어쩐지 누군가가 지켜보는 기분이 들어 민망하기도 했다.

"에휴."

* * *

그녀의 이름은 민서. 나민서다.

올해로 서른다섯인 그녀는 나이답지 않게 고운 미모를 자랑했다. 비록 드문드문 나이의 흔적이 드러나긴 했지만 그것들이 무색할 정도였다. 그녀는 현재 거리에서 포장마차를 운영하고 있다. 포장마차에 자주 들르는 사람 중에는 그녀에게 추파를 던지는 중년 남자들도 있을 정도였다.

하지만 그녀는 누구의 접근도 허락하지 않았다. 남자들이 유혹의 눈길을 건네올 때마다 넉살 좋은 미소로 넘어갈 뿐이었다. 그녀에게는 아들이 한 명 있다. 남편과 일찍 결혼했지만 동시에 일찍 이혼했고 그녀 홀로 아들을 키우고 있다. 아들에게 창피한 엄마가 되지 않기 위해서는 그래도 그럴듯한 남자와 만나고 싶었다.

유혹하는 남자들은 대체로 돈을 앞세워 그녀에게 다가왔다. 하지만 돈이 필요한 것이 될 순 있어도, 한 아이의 아버지이기 위해서는 돈 말고 다른 뭔가가 필요했다. 그녀에게 접근하는 자들에게는 아직 그것이 부족했다.

물론 다른 이유도 있었다.

어린 나이에 결혼하고 또 일찍 이혼을 경험한 그녀였다. 여자 나이 서른이면 애인이 있어도 외로움을 탈 나이다. 한 아이의 엄마이면서 동시에 여자인 것이다. 거기다가 하나뿐인 아들이라는 녀석은 사춘기인지 사이가 썩 좋지도 않았다.

그녀는 최근 부쩍 외로움을 느꼈고 그러던 중에 한 남자를 알게 되었다.

"아씨! 외상값 갚으러 왔다니까! 여기 돈 있으니까 그 칼 좀 내려놔!"

(야메)태권도장을 운영 중인 민철이었다. 처음 가게에 들렀을 때 그는 재미난 입담으로 그녀를 즐겁게 해 주었다. 그 말재주가 너무 신묘해 자기도 모르게 몇 번 외상을 해 주었고 그것이 화근이 되었다. 당최 이 남자가 외상을 갚을 생각을 안 하는 것이다. 저번에는 어린 친구와 함께 와서 성질을 죽였지만 이번에는 안 봐준다. 민철이 슬리퍼를 질질 끌며 안으로 들어오자 민서는 눈에 불을 키며 칼을 치켜들었다.

"꺄악! 잘못했어요! 제발 절 찌르지 말아 주세요!"

물론 칼을 휘두른 건 장난(?)이었다. 그녀는 민철이 내민 돈을 빼앗듯이 챙기고는 도마 위에 칼을 찍었다. 쿵 하는 소리에 민철은 가슴이 철렁 내려앉는 것만 같았다.

"거 여편네 성질 머리 하고는."

"거리에서 장사를 하니 조폭들하고도 엮입니다. 놈들을 상대하다 보니 성격이 거칠어집니다. 뭐 불만 있어요? 쫄리면 뒈지시든가."

"예예— 없습니다."

민철은 민서의 말에 대답하며 은근슬쩍 어묵을 집어 먹었다. 민서가 두 눈에 쌍라이트를 켜자 민철은 허둥대며 주머니에서 돈을 꺼냈다. 민서는 받은 돈을 정리하는 척하며 은근슬쩍 민철을 훔쳐봤다.

현재 민철의 모습은 대한민국 표준 백수의 모습이었다. 파란 추리닝에 삼선 슬리퍼, 까치가 보면 포근함을 느낄 법한 부스스한 머리칼, 누가 봐도 저건 아니다라고 말할 모습이었지만 묘하게도 민서의 눈에는 마냥 멋있게 보였다. 눈매는 예리하며 우수에 젖어 있고, 피부는 나이를 가늠하기 어려울 만치 매끈하다. 키는 딱 180 정도 될까 싶은 것이 너무 크지도, 너무 작지도 않다. 또한 태권도장을 운영해서 그런지 몸매의 균형이 다부졌다.

그는 한쪽 팔을 걷어붙이고 있었다. 은근하게 드러난 팔뚝은 단단한 듯 날렵했고 파란 혈관 몇 개가 툭툭 튀어나와 있었다. 민서는 그 혈관들을 보며 조금 더워지는 기분을 느꼈다.

"괜찮아 뵈네."

"어, 응? 예?"

민철의 갑작스런 말에 민서는 말을 더듬었다.

"뭐가 괜찮아요."

"며칠 전에 이곳에서 난리가 났던데, 난 또 그 일 때문에 장사 접는구나 싶었지. 근데 괜찮아 보이니 다행이다 싶어서. 도장에서 가장 가까운 곳인데 사라지면 아쉽겠구나 싶었거든."

퉁명스럽긴 했지만 그건 나름대로 걱정하는 말투였다. 민서는 은근하게 위로를 받으며 그 모르게 작게 웃었다. 하지만 감사하는 마음과 달리 입은 삐뚤어진 말을 내뱉었다.

"하이고? 여기 사라지면 딴 데 가면 되지 뭘 걱정이래요."

그것은 걱정해 줘서 고맙다는 의미의 완곡한 표현이었다. 그에 민철은 '아니, 다른 곳은 외상 잘 안 해 주거든'이라 화답했다. 열이 받은 민서는 어묵을 먹고 있던 그의 오른손을 때렸다. 충격을 받은 오른손이 움직이며 꼬치의 끝이 민철의 목구멍을 찔렀다.

"컥!"

민철이 손을 놓았음에도 꼬치는 목구멍에 걸려 대롱거렸다.

겨우 꼬치를 뽑은 민철은 민서와 한바탕 큰소리를 지르며 설전을 펼쳐야 했다. 이 여편네가 어쩌고, 애초에 당신이 잘못을 저질렀네, 내가 죽으면 당신이 책임질 거냐 등등.

두 사람의 말싸움은 의외로 금방 끝이 났다. '책임 질 거냐'라는 말에 민서가 흠칫했기 때문이다. 마구 시끄럽게 떠들다가 침묵이 흐르니 두 사람은 영 어색한 감을 느꼈다. 어색함을 먼저 깬 건 민철이었다.

"거, 그, 거시기 우동이나 한 그릇 주쇼."

민서는 고장난 로봇인양 어색한 동작으로 우동을 떠서 건넸다. 민철은 말없이 우동을 먹었고 민서도 묵묵히 파를 썰었다. 그 침묵이 20초 정도 지났을 때, 민철이 먼저 말을 꺼냈다.

"그, 민철이외다."

"예? 뭐, 뭐가요."

"내 이름."

"아, 알아요."

"어떻게⋯⋯?"

"그게, 저번에 같이 왔던 학생이 알려 줬으니까."

"그렇구나."

"그⋯⋯."

"응?"

"민서예요, 나민서."

"뭐, 뭐가."

"제 이름."

"으음. 그렇군."

어색한 단문의 연속이었다.

질려버릴 만큼 어색한 분위기와 달리 민철은 잠시 딴생각에 몰두했다. 동해를 떠올리자 덩달아 나이트 후드도 함께 떠올랐다. 갑갑함이 들어 민철은 담배를 피워 물었다. 그러면서 슬쩍 민서의 눈치를 살폈다.

"뭐요. 이전까지는 잘만 피워 놓고 왜 눈치를 보고 그래요?"

"아! 그냥 쳐다봤시다!"

"이씨 이 양반이 미쳤나. 왜 갑자기 소리를 지르고 그래! 목소리만 크면 다냐!"

"댁이 훨씬 더 크거든?"

왈왈왈왈, 포장마차가 떠나가라 두 사람이 소리를 질렀다. 그렇게 두 사람이 알게 모르게 은은한 정분을 쌓는 동안 검은 양복을 빼입은 남자들 한 무리가 포장마차를 포위하고 있었다. 뒤돌아 앉아 있는 민철은 모르고 있었지만 민서는 그들을 보자마자 사색이 되었다. 민서가 당황하자 민철은 뒤를 돌아보았고, 그제야 포장마차를 둘러 싼 패거리들을 볼 수 있었다.

"이게 뭔 일이래."

굳이 설명하지 않아도 알 수 있었다. 전에 수금하러 왔다가 나이트 후드에게 패배하고 돌아갔었던 무리다. 이번에는 확실하게 수금을 받으러 온 것이다. 민철은 그들 모르게 작게 코웃음 쳤다.

검은 무리 중 하나가 포장마차 안으로 들어왔다. 저번에 동해의 펀치에 치아가 몇 개 날아간 장발 사내였다. 그는 안으로 들어오며 크게 입을 벌려 웃었다. 새로 이를 붙이고 교정기를 장착한 입은 흉악하기 그지없었다.

"안녕하쇼, 아주머니. 그간 잘 지내셨습니까? 오늘은 그 후드 쓴 새끼 안 나타나냐? 일부러 애들도 많이 데리고 왔는데 말이야. 씨발, 그 새끼 뭐라고 하더라? 나이트 후드? 하 진짜 어이가 없어가지고."

민서는 파랗게 질려서 입을 다물었다. 조금 전까지만 해도 민철에게 조폭들 상대하느라 성격이 거칠어졌다고 했지만 그건 거짓말이었다. 그녀는 한 번도 조폭을 상대하지 않았다. 왜냐하면 올 때마다 순순히 돈을 내줬기 때문이다.

그녀는 힐끔 민철을 살폈다. 어서 돈을 줘서 이들을 보내야겠다고 생각했다. 아무 죄 없는 그가 피해를 입어서는 안 될 테니까. 민서가 허겁지겁 돈을 챙기는 사이 민철이 그녀를 불렀다.

"저기요, 민서 씨."

"예?"

"지금부터 보시는 광경은. 그러니까……. 그냥 잊으세요. 알았죠?"

"그게 무슨 말인지."

"잊으라고요. 꿈을 꿨다고 생각하시면 돼요."

장발 사내는 자기만 빼놓고 둘이 대화를 나누자 기분이 나빠졌다. 팍 인상을 구기며 민철을 쳐다봤다.

"씨발, 뭐라고 종알종알 떠드는 거야? 엉?"

"그냥 이거나 먹으라고."

민철은 손을 들었다. 그것은 흔히 애들끼리 놀 때 하는 '땅콩 먹이기'였다. 혹은 딱밤이라거나. 손가락을 튕겨서 상대방의 이마를 때리는 건데 민철의 힘은 상상을 초월할 정도였다.

딱!

엄청난 소리와 함께 장발 사내의 몸이 포탄에 얻어맞은 것처럼 포장마차 밖으로 튕겨져 나갔다. 그리고 사방에 먼지가 휘몰아쳤다. 동료는 장발의 상태를 살폈다. 이마에는 시퍼렇게 멍이 들어 있었고 눈을 하얗게 뒤집어 까고 있었다. 민철은 힘차게 자리에서 일어났다.

'으이그, 이래가지고는 동해 놈이랑 다를 것이 없어지잖아.'

민철이 위로 올라간 포장마차의 입구를 내렸다. 민서가 안에서 바깥의 상황을 보지 못하도록 내린 것이다.

포장마차의 내려진 입구에는 투명한 부분이 있어서 얼핏 바깥의 상황을 볼 수 있었다. 민서는 오들오들 떨면서 그곳을 통해 바깥의 상황을 봤다. 희뿌예서 제대로 알아볼 수는 없었지만 그래도 대략적인 상황은 판단이 가능했다.

밖에서는 말도 안 되는 일이 벌어지고 있었다. 민철은 파란 추리닝, 그리고 조폭들은 검은 양복을 입고 있었다. 파란색이 번개처럼 이동하자 순식간에 패거리들이 흩어졌다. 툭툭, 퍽퍽 하는 소리가 울렸고 패거리들의 비명 소리가 사방에서 들려왔다.

파란 번개와 검은 파도. 지금의 상황을 표현하는데 그만한 묘사는 없었다. 2분 정도 시간이 지나자 바깥이 잠잠해졌다. 군데군데 끄응 하는 신음 소리만이 들려올 뿐. 누굴 때리거나 뭔가가 엎어진다거나, 혹은 비명 소리 같은 건 들려오지 않았다. 용기가 생긴 민서는 포장마차 입구 밖으로 슬며시 고개를 내밀어 봤다.

"하아."

그녀는 자신의 두 눈을 믿을 수가 없었다. 스무 명가량 되던 자들이 모두 바닥에 엎어져 있었다. 어느 누구도 성치 못했고, 다들 인상을 찌푸리며 신음하기 바빴다. 그 와중에 어디로 사라진 건지 민철의 모습은 보이지 않았다. 민서는 두 손으로 입을 가리며 생각했다.

'호, 혹시 민철씨가 나를 구해준 그때 그분!?'

너무나 놀라운 광경에 민서는 당시 나이트 후드가 자신을 '누나'라고 불렀던 사실을 까맣게 잊어 버렸다. 또한 나이트 후드의 키가 민철보다 훨씬 작았다는 사실을 전혀 인지하지 못했다.

* * *

헬스장의 샤워실.

철광은 위에서 쏟아지는 물줄기를 맞으며 거울을 바라봤다. 샤워도 근육을 단련하기 위해서 하는 건지 완전히 차가운 물이었다. 물에서는 전혀 김이 나지 않았고, 도리어 철광의 우락부락한 피부 위에서 김이 솟았다.

그는 거울에 비친 자신의 모습을 자세히 바라봤다. 청소년의 개념을 널찍이 뛰어넘어 버린 근육질에 커다란 키에 한 인상하는 외모. 사과도 한 손으로 우그러트릴 수 있으며 벤치프레스에 쓰는 역기를 양손에 하나씩 들고 운동을 한다. 그쯤하면 만족할 법도 했지만 철광은 만족하지 못했다. 더욱더 단단한 몸, 강한 육체를 원했다.

보디빌더를 원하는 건 아니었다. 단순히 근육질 몸을 원했다면 이런 식으로 무식하게 운동을 하지도 않았을 것이다. 철광은 강해지기를 원했다. 누구도 무시 못 할 만큼 강력한 힘과 육체를 손에 넣고 싶었다. 지금의 모습은 그가 정해 놓은 상한선에 한참을 못 미치는 수준이었다. 이 정도로는 역부족이다. 그는 더욱 크고 강한 육체를 원했다.

시간을 과거로 돌려서……

지금의 괴물 같은 모습과는 달리 철광은 어릴 때 무척 몸이 약했다. 워낙 잔병치레가 많았고 그 덕에 몸 쓰는 일은 거의 하지 않았다. 또한 이래저래 많이 아프다 보니 밥보다는 약을 위주로 먹어왔다. 그 때문에 살도 찌지 못해 비쩍 꼴은 지금이라면 상상도 할 수 없는 모습이었다. 어린 시절 철광은 살가죽이 뼈에 들러붙은 해골 같은 외모였다.

몸이 안 좋다 보니 학교에서도 자주 약을 먹었고 병원을 가기 위해 조퇴도 밥 먹듯이 했다. 그 비쩍 마른 모습은 다른 아이들에게 위화감을 주었다. 키는 멀대 같이 큰지라 학교 아이들에게는 좀비나 미라 같은 별명을 선물 받았다. 그리 달가운 선물은 아니었다.

성격조차 그리 활달한 편이 아니어서 반 아이들의 놀림에도 소극적으로 대처했다. 철광이 약하게 반응할수록 짓궂은 녀석들은 더욱 철광을 약 올리고 괴롭혔다. 그 강도는 시간이 지날수록 심해졌다. 그럴수록 철광은 더욱 안으로 파고들었다. 대부분의 시간을 병원, 혹은 집에서 보내는지라 철광에게는 만화책과 소설이 유일한 취미이자 낙이었고 돌파구였다.

주말 같은 경우는 하루 종일 만화와 소설을 탐닉하며 시간을 보냈다. 처음에는 단순히 시간 때우기 용이었지만 자기도 모르게 그 내용에 빠져들었다. 재미는 논외로 치더라도 그 안에 공통적으로 담겨 있는 사상이 흥미로웠다. 만화와 소설

속의 주인공은 정의와 희망을 부르짖으며, 결국 그 이상을 현실로 만든다. 종국에 가서는 정의가 지켜지는 것이며 희망은 어디에서든 존재한다는 것을 증명한다.

만화와 소설 안에서만.

그렇다.

그것은 어디까지나 종이쪼가리 안에서의 이야기였다. 현실은 달랐다. TV를 틀면 어디서 누가 죽었고, 어디서 강도가 나타났고, 누가 어린 아이를 강간했다고 하고, 또 누구는 단순한 말싸움에서 살인 사건으로 번지고, 부모가 아이를 죽이고, 아이가 부모를 죽이고, 사기 치고, 등쳐먹고, 빼돌리고, 거짓말하고, 죽이고 또 죽이고, 다 쳐죽이고! 철광이 견디다 못해 채널을 돌리자 나른한 성우의 목소리와 함께 동물의 왕국이 나왔다.

사자가 노루를 사냥하는군요. 노루는 열심히 도망쳐 보지만 지속적인 추격 끝에 결국 잡히고 맙니다. 이렇듯 초원은 약육강식의 세계입니다.

안 그래도 아이들의 괴롭힘에 어두워져 있던 철광은 언젠가부터 TV를 보지 않았다. 소년 철광의 심정은 쉽게 말해서 옛 같았다.

현실에는 정의도 없고 희망도 없다. 세상은 거대한 쓰레기통이고 사람들은 쓰레기다. 자신은 그저 남들보다 몸이 약하고 조금 이상하게 생겼을 뿐인데 어째서 이런 고통을 받아야 하는 걸까? 왜 아무도 자신을 도와주지 않을까? 누가 약하게 태어나고 싶었을까?

어느 날이었다. 수업 시간에 발표가 있어 철광이 앞으로 나갔다. 반을 대표하는 왕따이자 놀림감인 철광이 나오자 반 아이들은 품품거리며 웃음을 참았다. 단순히 비틀거리며 앞으로 나갔을 뿐이었다. 그럼에도 다들 웃음 참기에 바빴다. 여기서 중요한 건, 철광을 앞으로 부른 교사는 몰랐다. 아이들이 왜 웃는지를 말이다. 이제 열 몇 살 먹은 아이들과 마흔 이상 먹은 어른 중 과연 누가 더 순진한 걸까? 하고 철광은 생각했다. 교사는 철광과 얼굴을 마주했다.

"자, 이 문제를 풀어 보자꾸나. 알았지?"

착각이었을까? 자신을 보며 미소 짓는 교사의 얼굴이 비틀려 보였다. 어떤 의미도 담기지 않는 그 순수한 미소가 마치 자신을 비웃는 것처럼 보였다. 철광의 귀에 환청이 들려왔다. 마치 눈앞에 선 교사가 말하는 것 같았다.

너 진짜 웃기게 생겼구나? 병신.

너는 밥에다가도 약을 타 먹는다며?

해골 새끼.

냄새 나니까 저리 꺼져.

어휴, 왜 너 같은 애가 우리 반일까?

교사 짓도 못 해먹겠네.

너네 부모가 널 보면 무슨 표정을 지을지 궁금하구나.

철광은 터져 나올 듯이 두 눈을 크게 떴다. 안 그래도 바싹 마른 녀석이 눈을 크게 뜨니 더욱 소름끼치는 모습이었다. 교사가 이상함을 느끼며 왜 그러느냐 물으니, 철광은 비명을 지르며 들고 있던 교과서로 교사의 이마를 찍어 버렸다.

콰득!

종이가 접히는 가장 단단한 부분이었다. 학생들의 언어로 소위 말하는 대박 사건 이후, 학교의 학생들이 중학교에 진학할 시기가 되었다. 그날의 사건 이후 철광을 놀리는 일이 부쩍 줄어들었으나 그걸로 철광의 가슴에 든 멍이 사라진 것은 아니었다.

이미 그 안에 씨앗을 뿌린 고독과 증오는 뿌리를 내리고 싹을 틔워 단단하게 자라나 있었다. 깊게 뿌리를 내린 나무는 소년의 증오를 양분 삼아 더욱 커져만 갔다. 그리고 그때 소년은 또 다른 '소년'을 만나게 된다.

"안녕?"

다른 이들이 모두 철광을 멀리했다. 피하거나, 우스워할 뿐 어느 누구도 진심으로 웃으며 그에게 다가오지 않았다. 하지만 소년은 달랐다. 소년은 거짓 없는 맑은 미소로 철광에게 다가왔다.

"내가 한 가지 제안할 게 있는데 말이야, 한번 들어볼래?"

철광은 소년의 이야기를 들었다. 그것이 변화의 시작이었다.

"언제까지 당하고만 살래? 세상은 약육강식이야. 단체 생활이고 사회성이고 나발이고 다 필요 없어. 무조건 강한 놈이 이기는 거야. 그리고 이기는 자는 그 위에서 모든 것을 누릴 수 있어. 그게 바로 강자와 약자의 차이지. 하지만 사람 혼자서 강해지는 것은 한계가 있어. 우리는 뭉쳐야 해. 어때, 한번 동참해 볼래?"

이제 갓 초등학교를 졸업하는 어린애의 입에서 나올 만한 수준의 말이 아니었다. 소년의 말은 철광에게 너무 어려웠다. 하지만 마지막 말은 쉽게 이해할 수 있었다.

"너를 괴롭히던 놈들에게 지금까지 받은 것들을 모조리 돌려주자 이 말이야. 눈물 질질 짜면서 살려 달라고 빌 때까지, 피눈물 흘릴 때까지. 낄낄낄, 어때?"

소년은 철광을 비웃던 아이들보다 더욱 소름끼치는 얼굴로 웃고 있었다.

* * *

민서의 포장마차.

이번에도 역시 경찰관들은 한 박자 늦게 도착했다. 급히 신고를 받고 달려온 경찰관들은 현장을 확인하고는 입을 다물지 못했다. 스무 명가량 되는 사내들이, 정확히는 스물다섯 명의 남자들이 바닥을 기고 있었다. 경찰관들은 민서에게 어떻게 된 사태인지 물었고 그녀는 대답 대신 고개를 저었다.

"저, 저도 잘 몰라요. 갑자기 이 사람들이 몰려오더니 막 깽판을 치려고 했고. 저는 무서워서 가게 안에서 웅크리고 있었어요. 그런데 갑자기 막 호롤롤롤로 하는 소리가 들려와서는 뭔가 하고 보니 처음 보는 사람이 막 날아올라 고개를 들어보니 이렇게 돼있었어요."

중간에 못 알아들을 말이 끼어 있었지만 경찰관들은 가게 주인도 확인 못 했다고 자기들 멋대로 결론을 내렸다. 그들은 길거리 노점상이나 가판을 차리고 장사하는 이들을 상습적으로 협박해서 돈을 뜯는 자들이었다. 크게 다친 사람도 없고 안 그래도 골칫거리였던 조폭들이 잡혔으니 경찰관들은 몇 가지 의아한 점에 대해서는 크게 문제 삼지 않았다. 좋은 게 좋은 거니까.

"그럼, 수사에 협조해 주셔서 감사합니다."

"뭘요, 수고하세요."

민서는 자기가 뭘 협조한 건지 곰곰이 생각해 보았지만 딱히 떠오르는 건 없었다. 경찰관들이 쓰러진 남자들을 전부 수

거해 가니 거리가 시원해졌다. 민서는 이마의 식은땀을 닦으며
한숨을 쉬었다.

'휘유, 큰일 날 뻔했어.'

안심하면서도 한편으로는 민철에 대해 생각했다. 어떻게 혼
자서 스물다섯 명을 상대할 수 있었던 걸까? 아무리 태권도
가 강하다고 하지만 태권도 창시자가 와도 스물다섯 명은
못 이길 것이다. 그런데 그 일이 실제로 일어났다. 불과 몇 분
전에 일어난 일이며 직접 눈으로 본 것이기도 했다.

하지만 민서는 아직도 현실감이 들지 않았다. 어찌됐든 중
요한 것은 민철이 그 어떤 속임수도 쓰지 않고 스물다섯 명을
물리쳤다는 사실이다. 그것은 분명한 사실이었다. 민서는 가
슴에 손을 얹고서 얼굴을 붉혔다. 검은 양복을 입은 남자들
사이를 가로지르는 민철을 상상해 봤다.

'어떡해……'

아직도 그녀의 가슴은 요동치고 있었다.

＊　　　＊　　　＊

붉은 노을이 묽어지고 어둠이 그 자리를 대신했다. 도시가
어둠에 잠기고 건물들은 저마다 빛을 뿜어댔다. 그 와중에도
달은 차갑게 빛나고 있었다.

헬스를 끝낸 철광은 건물 밖으로 나왔다. 막 땀을 빼고

샤워까지 끝마친 상태라 몸도 마음도 개운했다. 철광은 콧노래를 흥얼거리며 골목길 안으로 들어갔다. 상당히 길이 비좁고 바닥은 울퉁불퉁했다. 가로등 불빛이 약하기도 해서 다른 길에 비해 많이 어두운 편이었다.

철광이 어둠을 두려워 할 이유는 없었고 이쪽 길이 큰길보다 집에 도착하는 시간이 빨랐다. 철광은 그 거대한 발을 놀려 성큼성큼 걸었다. 가로등은 띄엄띄엄 존재했다. 가로등 하나가 길을 비추고, 잠시 어둠 속을 걸어야 다음 가로등이 나오는 식이었다.

스윽.

누군가가 그림자 속에서 모습을 드러냈다. 그 신기한 모습에 철광은 고개를 갸웃했다. 잠시 상대를 살핀 철광은 킬킬거리며 웃었다.

"뭐야? 네가 그 나이트 후드인가 뭔가냐?"

철광의 앞을 가로막은 건 바로 동해였다. 동해는 검은 후드를 쓰고 입에는 해골 마스크를 쓰고서 나이트 후드로 변장해 있었다. 이번에는 손수 검은 장갑까지 마련하는 세심함을 보였다. 철광은 어깨에 메고 있던 가방을 바닥에 내려놓았다. 그리고 우드득 손가락을 풀며 배시시 웃었다.

"정의의 사도께서 왜 내 앞에 나타나셨을까? 궁금하구만. 분명 나한테 용건이 있으니 이렇게 나타났겠지? 그렇지? 무슨 용건이려나."

나이트 후드는 잠시 뜸을 들이다가 입을 뗐다.

"박철광. 17세. 일출 고등학교 1학년. 몇 명의 친구들과 함께 학교의 학생들을 괴롭히고 다닌다."

나이트 후드의 입에서 자신의 신상이 줄줄 흘러나오자 철광은 짐짓 당황했다. 그것을 저 녀석이 어떻게 알고 있는 것인지 궁금했다. 그 물음에 나이트 후드는 간단하게 궁금증을 해소시켜 주었다.

"너무 놀랄 거 없어. 나에겐 정보원이 있으니까."

물론 거짓말이다. 그런 거 없다.

"으하하!"

걸걸한 폭소였다. 철광은 허리를 뒤로 꺾으며 웃어댔다. 이번에는 나이트 후드가 당황했다.

"뭐가 그렇게 웃기단거지?"

"킬킬킬! 그러니까 네가 지금 정의의 이름으로 나를 심판인가 뭔가 하겠다는 거 아니야? 아주 그냥 쇼를 하는구만."

철광의 태도에 동해 아니, 나이트 후드는 화가 나는 것을 느꼈다. 지금 이렇게 열이 받는 만큼 곧바로 되돌려 줄 심산이었다.

"그럼 덤벼."

철광이 자세를 취하며 말했다. 정식은 아니고 어설픈 유도 포즈였다. 나이트 후드는 철광이 유도를 배운 게 아니라는 것을 알고 있었다. 저것은 우연하게 자세가 비슷할 뿐이지 철광이 무술 따위를 배웠을 리가 없다. 싸움은 힘만 세다고 해서 전부가 아니다.

"덤비라고 짜샤!"

철광의 외침과 동시에 나이트 후드는 뒤로 몇 걸음을 물러났다. 호랑이의 포효 같은 외침에 놀란 것은 아니었다. 나이트 후드는 유유히 뒤편에 있는 어둠 속으로 녹아들었다.

"어라?"

철광의 눈썹이 찌푸려졌다. 나이트 후드가 사라진 것이다. 철광은 잠시 고민했다. 치사하게 어둠 속으로 숨어 버리다니…… 먼저 달려들어서 끄집어내야 하는 걸까? 어차피 어둠 속이라고는 해도 이곳은 좁은 골목길이다. 금방 찾아낼 수 있을 것이다.

"비겁한 자식아, 정의의 용사가 치사하게 숨는 법이 어디 있어? 당장 나와!"

불같은 성질을 지닌 철광은 오래 기다리지 못했다. 성큼성큼 어둠에 몸을 적셨다. 아무리 밤이 어둡다 해도 하늘에는 달이 떠 있다. 처음엔 약간 혼란스러웠지만 얼마 지나지 않아 금방 눈이 익숙해져 어둠 속 윤곽들이 드러났다.

"응?"

이상한 일이었다. 이곳은 일직선의 골목길이다. 고로 숨을 곳이 없다는 소다. 그런데 정면에서 나이트 후드의 모습을 발견할 수 없었다. 나이트 후드가 겁을 집어먹고 도망쳤더라도 길이 일직선인 이상 뒷모습이라도 볼 수 있어야 했다. 그런데 감쪽같이 사라져 버린 것이다.

"이 새끼 어디 갔어?"

대답은 위에서 들려왔다.

"여기."

나이트 후드는 측면의 담벼락 위에 올라가 있었다. 너무 정면에만 집중한 탓에 머리보다 위는 미처 확인하지 못했다. 철광이 깜짝 놀라는 것과 동시에 나이트 후드가 뛰어들었다. 위에서 뛰어내린 그는 무릎으로 철광의 가슴팍을 찍었다.

"컥!"

가슴에 기습 공격을 당한 철광은 벽에 등을 찧었다. 벽에 부딪쳐 튕겨져 나오는 철광의 명치에 나이트 후드의 펀치가 날카롭게 찔러 들어갔다.

"끅!"

반사적으로 철광은 그 손을 붙잡았다. 다행히 철광이 붙잡힌 손을 어찌하기 전에 나이트 후드가 잽싸게 손을 뺐다. 놈의 힘은 저번에 싸웠던 빡빡이 조폭보다 월등히 강했다. 비교 불가였다. 실수로라도 붙잡혔다간 금세 전세역전이 될 것이다. 나이트 후드는 철광의 손을 조심했다.

급소를 정통으로 맞은 철광이 크게 비틀거렸다. 아무리 힘이 세고 덩치가 크다고 해도 급소가 단단해지는 건 아니었다. 급소는 급소였다. 명치를 찔리는 순간 철광은 숨이 막힐 것 같은 고통을 느꼈다.

"끄윽! 내가, 내가 질 거 같냐!"

철광이 눈을 부릅뜨자 나이트 후드의 손가락이 그의 눈을 찔렀다. 그에 철광은 짐승과 같은 비명을 내지르며 바닥에 쓰러져 버둥거렸다.

동해는 처음부터 신사적으로 싸울 생각이 없었다. 동해가 싸우는 이유는 이 녀석들이 다시는 함부로 주먹을 못 놀리게 만드는 것도 있었지만, 그 목적의 절반은 복수도 포함돼 있었다. 복수는 가볍게 해선 안 된다. 사실 복수를 가볍게 했다가는 처음의 목적을 이루지 못할 테니까. 동해는 마음을 독하게 먹기로 결심했다.

"크윽, 치사한 새끼. 이 치사한 새끼야!"

동해는 몸부림치는 철광의 복부를 걷어찼다. 있는 힘껏 최대한 세게. 예기치 못한 공격에 철광은 한 번 더 버둥거렸다.

나이트 후드가 자세를 숙이며 철광에게 속삭였다.

"아파? 고작 이 정도로?"

"개자식."

"너 운동 많이 했잖아. 근데 이 정도로 아파하면 곤란하지. 이러려고 운동한 게 아니잖아. 넌 이렇게 약해 빠지면 안 돼. 이렇게 보잘 것 없으면 네가 그간 괴롭힌 애들에게 실례라고."

철광이 손을 휘저어 나이트 후드의 멱살을 잡으려 했다. 무의미할 만치 느려터진 동작이었다. 나이트 후드는 가볍게 몸을 틀어 손을 피했다. 보답이라도 하듯 철광의 머리를 짓밟았다.

꽈직!

"개야, 짖어 봐. 월월! 짖어 보라고."

"이 새끼가."

"지금까지 네가 최고라고 생각해 왔지? 싸움도 힘도 네가 최고라고 생각해 왔잖아. 그런데 이게 뭐야. 네 꼴을 좀 보라고. 이게 대체 뭐야?"

"이익."

지근지근. 철광의 머리를 짓밟으며 동해는 은근한 쾌감을 느꼈다. 매우 즐겁다는 느낌이 들었다. 그간 알 수 없는 무언가에 막혀 있던 가슴이 뻥 뚫리는 기분! 마치 오늘을 위해 태어난 것만 같았다. 동해의 의식은 이것이 정당한 벌이라 여기고 있었지만, 소년의 가슴속 깊은 곳에서는 이 행위 자체가 주는 즐거움에 취해 가고 있었다. 바로 가학적인 쾌감에!

'어?'

순간 동해는 움직임을 멈췄다. 마음속에서 꿈틀거리는 검은 욕망을 알아챈 것이다. 동해는 입을 다물며 발을 뗐다. 철광으로부터 뒷걸음쳤다.

애초에 동해가 하고자 하는 일은 아슬아슬한 줄타기와 같았다. 복수와 명분 사이에서 갈팡질팡 하는, 자칫하면 개인적인 복수뿐 인 행위가 될 뿐인 일이었다.

동해는 심장이 요동치는 것을 느끼며 왼쪽 가슴을 주물렀다. 여기서 그쳐야 했다. 이 이상 나갔다간 더 이상 자신을 통제하지 못할 것만 같았다. 동해가 여기서 그치려 하자 어디에선가 끈적한 목소리가 들려왔다. 가슴 깊은 곳으로부터 우러나오는 마음의 소리였다.

뭐 어때? 죽지만 않을 정도로 밟아 줘.

어차피 누가 했는지도 모를 거 아니야.

그간 당한 게 억울하지도 않아?

밟아. 때려. 부러트려. 물어뜯에!

설마 이 정도로 만족하는 거야?

스프링은 망가트리지 않으면 더욱 높게 치솟는다구.

겁쟁이! 겁쟁이!

'시끄러워.'

동해는 가까스로 마음을 가라앉혔다. 아직도 쓰러져 정신을 못 차리는 철광의 귓가에 속삭였다.

"박철광, 지켜보겠어. 내 손에 죽고 싶지 않으면 그냥 무난하게 살아. 되도 않는 싸움 실력 가지고 나대지 말고."

그리고 동해는 도망치듯 자리를 벗어났다. 거리에 홀로 남은 철광은 몇 분이 지나고 나서야 겨우 눈을 뜰 수 있었다.

"……"

철광은 폭풍이라도 맞은 것처럼 넋 나간 표정을 하고 있었다. 한동안 그렇게 멍하니 있더니 돌연 큰소리로 광소했다. 그

소리가 너무 화탕해 전혀 기분이 나빠 보이지 않았다. 도리어 개운해 보였다. 철광은 달을 향해 개처럼 우짖었다.

"개새끼야! 나이트 후드라고 했냐! 뭐? 정의의 사도?! 웃기지 마라 그래! 너 따위가 무슨 놈의 영웅이야! 세상에 영웅이 어디 있어? 유치한 새끼. 아직 안 끝났어, 안 끝났다고!"

스프링은 아직 망가지지 않았다.

집으로 돌아온 동해는 곧장 거실의 소파에 앉았다. 아직도 다리와 주먹이 부들부들 떨리고 있었다. 동해는 마스크를 벗어 주머니에 쑤셔 넣었다. 전혀, 눈곱만큼도 시원하다거나 후련하지 않았다. 오히려 죄책감과 비릿한 감각이 들었다. 이건 뭔가가 잘못 됐다는 감정이 들었다. 그런데 대체 뭐가 잘못된 건지 알 수 없었다.

동해가 놈에게 당했던 것과 비교하자면 방금 있었던 일은 새 발의 피에 불과했다. 따지고 보면 가슴, 명치, 그리고 눈 이렇게 세 군데밖에 때리지도 않았다. 그런데 어째서 이렇게 마음이 편치 않은 걸까. 동해는 머리카락을 잡아당기며 입술을 잘근잘근 깨물었다. 그리고 생각했다.

이걸로 된 걸까? 하고 말이다.

동해가 집으로 돌아가고, 얼마 지나지 않아 철광도 집으로 돌아갔다. 아무 일도 없었다는 듯이 자연스럽게 자신의 방문을 열고 들어갔다. 철광의 방 안에는 무게별로 각종 아령과

역기가 놓여 있었다. 그리 좁지 않은 방이었지만 그것들 때문에 상당히 비좁게만 보였다.

책상에는 몇 장의 사진들이 액자로 세워져 있었다. 벽에도 몇 장이 붙어 있었다. 제법 여러 장이 있었는데 그중에는 지금보다 어린 시절의 모습은 단 한 장도 보이지 않았다. 어릴 적 배싹 말랐던 모습은 없고, 과도한 운동을 통해 몸이 붙었을 때의 사진들뿐이었다.

그 사진들을 보며 철광은 이를 갈았다. 어찌나 얼굴에 힘이 들어갔는지 관자놀이에 혈관이 툭툭 튀어나올 정도였다. 시뻘개진 얼굴을 하고서 철광은 주먹을 부르르 떨었다.

"개자식. 나이트 후드라고? 영웅이라고? 약한 놈들 괴롭히지 말라고?"

철광은 이를 갈며 다시 사진을 봤다. 그중에는 한 소년이 흐릿하게 잡힌 사진이 있었다. 다른 사진들은 전부 초점이 선명했지만, 유독 그 사진만은 일부러 그런 건지 초점이 많이 흐트러져 있었다. 사진이 흐리게 나온지라 웃고 있다는 것 외에는 그 어떤 것도 제대로 알아볼 수 없었다.

사진 속의 주인공은 눈도 코도 다 희미하지만 그 입만큼은 섬뜩하게 웃고 있었다.

*   *   *

찰칵.

"지금 뭐하는 거야?"

"으응. 사진 찍고 있어."

철광은 흠칫 놀라며 웅얼거렸다. 때는 철광이 중학교 1학
년생이던 시절이다. '소년'과 제법 친해진 철광은 문득 소년의
사진이 단 한 장도 없다는 사실을 깨닫고 폰카를 찍었다. 전
부터 소년은 사진 찍는 걸 극도로 싫어했다. 그 때문에 사진
을 찍을 수 없었지만 오늘이야 말로 기필코 사진을 찍으리라
고 철광은 생각했다.

그리고 방금 그 계획에 성공했다. 소년은 웃고 있던 표정을
거두며 철광을 바라봤다. 사람의 것 같지 않은 칼날 같은 표
정이었다. 소년은 좌우로 쭉 찢어진 가느다란 눈으로 철광을
바라봤다.

"휴대폰 가지고 와."

"응? 왜."

"갖고 와."

철광은 소년과 함께하며 점점 몸이 좋아지고 있었다. 지속
적인 약물 복용과 병원에서의 치료, 그리고 근성으로 꾸준히
운동을 한 덕에 몰라보게 몸이 좋아져 있었다. 운동을 하며
성장판에 자극이라도 간 건지 키도 부쩍 컸다.

반면 소년의 키는 예나 지금이나 그리 크지 않았다. 그럼에
도 철광은 자신보다 머리 하나가 작은 소년에게 꼼짝도 하

지 못했다. 소년이 딱히 잘 싸운다거나 포악한 성격은 아니었다. 단지 표정이 너무 무서웠다. 눈을 가늘게 뜨며 입을 좌우로 벌려 웃는 그 표정.

본인이야 그냥 해맑게 웃는다지만 철광이 보기에 그 미소는 영화 속에서나 흔히 볼 수 있는 사이코패스 같은 얼굴이었다. 철광의 휴대폰을 검사한 소년은 다시 특유의 미소를 지었다.

"흐릿하게 나왔네. 이 정도면 됐어. 그건 놔 둬도 돼. 다만 거기에 내 이름은 저장하지 마."

"알았어."

소년은 태양빛을 더욱 많이 받으려는 듯 몸을 활짝 폈다. 그리고 끄으으 하는 소리와 함께 기지개를 펴며 말했다.

"그런데 너 몸 되게 좋아졌다? 동갑인데 올려다봐야 한다니 뭔가 억울한 걸?"

"헤헤, 다 네 덕분이야. 네 말 듣고 운동 많이 하다 보니 몸이 점점 좋아지더라. 키도 커지고. 너도 운동을 해 보는 게 어때? 우리 나이 대에 운동 많이 하면 성장에 도움이 된데."

"관심 없어. 나야 몸 쓸 일도 없으니까. 그보다는 이제 슬슬 움직여 보는 게 어때?"

"움직이라니? 지금도 운동 많이 하는데?"

"멍청아, 그 얘기가 아니잖아. 우리 반에 힘 좀 쓴다는 놈들 있잖아. 걔네들 되게 꼴불견 아니냐? 병신들. 지들이 얼마나 세다고 그리 깝치는지 모르겠어. 걔네들 때문에 수업도 제대로 진행이 안 되잖아."

소년의 손이 철광의 어깨 위에 포개졌다.

"네가 걔네들 좀 쓸어 주라. 친구로서 부탁이야."

철광은 그런 놈들이야 한 트럭이 몰려와도 상대해 줄 수 있다고 생각했다. 어차피 입만 살아 있는 쓰레기 놈들에 불과하다. 다른 누구도 아닌 '친구'의 부탁이다.

철광은 이 친구를 위해서라면 조폭들과도 싸울 수 있었다. 교사들도 두들겨 팰 수 있었다. 오직 그만이 자신의 상처를 보듬어 주었고 이해해 주었으니까. 너무 어려운 부탁도 아니었다. 이 정도는 친구에게 백 원만 빌려 달라고 하는 부탁과 동급이었다.

친구의 부탁을 받은 철광은 그날 학교의 양아치들을 순식간에 박살냈다. 명분은 충분했다. 놈들은 교사들에게 대들며 바닥에 침을 뱉었고, 대놓고 어른을 무시했으며, 약한 놈들을 괴롭혔다. 사실 친구의 부탁이 아니었어도 언젠가 놈들을 깨부쉈을 것이다.

철광은 과거의 추악한 기억들이 떠오르는 통에 놈들을 가만 봐 줄 수가 없었다. 어디까지나 친구가 '지금은 아니야'라고 했기에 참았던 거였다. 그렇게 모두를 물리치고 학교의 짱이 되었을 때 철광은 고민이 생겼다. 이렇게 되면 어릴 때 자신을 괴롭혔던 놈들과 다를 것이 없어지는 거 아닐까? 그에 '친구'는 답변을 들려주었다. 특유의 무서운 미소와 함께.

"잘 들어. 너는 정의의 사자도 아니고 영웅도 아니야. 그냥 좀 셀뿐이야. 그리고 한 구역에서 모든 이들보다 강한 사람은 당연히 모든 것을 누릴 자유가 있어. 너무 차갑다고 여기지 마. 그건 당연한 거야. 약육강식. 애초에 약한 놈들이 잘못된 거라고. 억울하면 강해지라 그래. 너는 처음부터 강했니? 아니잖아. 너는 네 의지와 노력으로 강해진 거야. 그리고 최고가 되었어. 당연히 높은 곳 꼭대기에서 모든 것을 누릴 자격이 있어. 거기에 잘잘못을 따질 필요는 없어. 그게 순리고 세상의 이치야. 당연한 거야, 당연하다고."

예나 지금이나 소년이 하는 말은 어려웠다. 하지만 이제는 철광도 머리가 굵어 그 말이 의미하는 바를 어느 정도 이해할 수 있었다. 어차피 단 네 글자면 설명이 끝날 말이었다. 약육강식.

잠시 옛일을 떠올린 철광은 뿌드득 소리가 날 만큼 주먹을 움켜쥐었다.

"나이트 후드, 죽여 버릴 테다."

＊　·　＊　　＊

다들 이제 완연한 봄이라고 생각했지만 사실 아직은 아니었다. 겨울은 그 끄트머리 즈음에 아직 끝나지 않았노라고 생떼를 부렸다. 덕분에 옷을 얇게 입었던 사람들은 갑자기 추워진 날씨에 혼쭐이 나야 했다. 동해도 교복 바지 안에 얇은 트레이닝 바지를 하나 더 껴입었다. 셔츠 안에도 후드티를 걸쳐야 했다.

등교하는 동해의 심정은 조마조마 했다. 일단 어제 철광을 쓰러트렸다만 그것이 어떤 결과를 낳을지 예측할 수 없었기 때문이다. 학교를 가서 철광을 살피면 어느 정도 감을 잡을 수 있을 것이다.

"흐음."

동해는 숨을 크게 들이쉬고는 교문을 통과했다.

동해는 일찍 등교하는 편이다. 철광은 동해보다 훨씬 늦게 등교하는 편이니 일단은 기다려야 했다. 동해가 멍하니 창밖을 바라보며 시간을 때우는 동안 고요하던 교실에 학생들이 한두 명씩 들어와 자리를 채웠다. 교실이 시끌시끌해졌을 즈음 동해는 복도로 나갔다. 누가 지켜보는 것도 아닌데 동해는 뒤꿈치까지 들고서 살곰살곰 철광의 교실을 살폈다. 창가에 붙어서 힐끔거리는 폼이 도둑놈 같았다.

'있다.'

교실에는 철광이 있었다. 그는 자리에 앉아서는 멍하니 책상을 바라보고 있었다. 마치 넋이 나간 사람처럼, 혼이 빠진 사람처럼 무감정한 얼굴로 가만히 있었다. 어제 있었던 일이 충격이 된 것이 확실했다. 철광은 패배에 정신을 못 차리고 있는 것이다. 동해는 고개를 끄덕이고는 도로 교실로 돌아왔다.

일단 저대로만 있어 준다면 동해로서는 바랄 것이 없었다. 물론 사람이 기가 완전히 죽어서는 시체처럼 지내는 것도 좋지 않지만, 일단은 다른 애들을 함부로 건드리지 않고 으스대지 않으니 그것대로 만족이다. 그렇지만 뭔가 한 가지가 빠진 것 같다는 기분을 떨칠 수가 없었다. 그림을 다 완성했다고 생각했지만 도화지 구석에 바탕을 안 칠한 것 같은, 대충 그런 감각이었다. 동해는 뭐가 부족한 걸까 하고 고민했다. 그리고 그날의 수업이 전부 끝날 때쯤 그것이 뭔지 알아냈다.

상징이었다.

그들에게 나이트 후드에 대한 두려움을 심어 줄 수 있는 보다 확실한 상징.

철광 역시 나이트 후드의 표적이 될 만큼 나쁜 놈이며, 이미 한 번 손을 거쳤다고 알릴 필요가 있었다. 고민 끝에 동해는 며칠 뒤 락카 스프레이를 샀다. 만약의 경우에 대비해 하얀 마스크를 쓰고 갔기 때문에 나중에라도 주인아저씨가 그를 알아볼 일은 없었다. 준비물을 모두 챙긴 동해는 그날 밤 작업을 실시했다.

철광의 이상을 제일 먼저 눈치 챈 건 단짝인 만수였다. 평소 같았으면 우유에 단백질 가루를 넣어 마시며 반에 놀러왔겠지만 그날은 감감 무소식이었다. 이상하다 싶어 만수가 먼저 교실로 찾아가니 철광은 넋 빠진 표정으로 가만히 자리에 앉아 있었다.

"얌마, 너 왜 그래? 뭔 일 있냐?"

철광은 가까이 다가온 만수를 쳐다보지도 않고 작게 중얼거렸다.

"나이트 후드."

"뭐라고?"

"나이트 후드."

만수는 철광의 상태가 보통 이상한 정도가 아니라는 걸 느꼈다. 나이트 후드라는 말도 그렇고.

"너 설마 나이트 후드랑 만났냐?"

만수는 주변을 둘러보고는 작은 목소리로 물었다. 물어보긴 했으나 굳이 대답을 들을 필요는 없었다. 몰라서 물어본 게 아니었으니까. 만수는 철광에게 이것저것 묻고 싶었지만 그만두었다.

지금 철광은 분노로 펄펄 끓어오르고 있었다. 대충 봤을 땐 몰랐지만 지금 이건 넋을 놓고 있는 게 아니었다. 분노를 주체하지 못하고 안으로 삭히는 중이다. 철광은 평상시엔 과장되게 행동도 잘하고 오버도 곧 잘하는 편이었지만, 진심으로 화가 났을 땐 그러지 않았다.

만수는 원인을 알 수 없는 두려움이 발목까지 차오름을 느꼈다. 검고 끈적끈적한 그 두려움이라는 물이 기분 나쁘게 발목을 적셨다. 대체 나이트 후드라는 놈은 뭘까. 누구기에 태수를 쓰러트리고 포장마차의 조폭을 상대했으며, 그거로도 모자라 철광에게 해코지를 한 걸까. 정말로 정의의 사도라서? 만수는 고개를 저었다. 그는 냉철하게 상황을 분석했다. 저번 포장마차 때도 그렇고 철광이 일도 그렇고 전부 한 동네에서 벌어진 일이다. 그건 나이트 후드가 자신들과 그리 멀지 않은 곳에 사는 존재란 것을 뜻했다.

"놈에게 정보원이 있데."

"정보원?"

"응. 아마 여기저기 새끼를 쳐 놓은 모양이야."

만수는 철광의 얘기에 귀 기울이는 척을 했지만 사실 곧이 곧대로 믿지는 않았다. 거짓말일 확률이 존재했으니까. 나이트 후드가 자신들과 그리 멀지 않다는 것까지는 쉽게 유추할 수 있었지만 거기까지가 한계였다. 자신들을 미워할 사람은 얼마든지 있었다. 직접 그놈의 후드와 마스크를 벗겨보면 좋겠지만, 만수는 놈과 마주치고 싶지 않았다. 그는 철광과 달리 싸움에 그다지 특화되지 않았다. 뒤룩뒤룩 찐 살이 싸움에 도움이 될 리 없었다.

'어떻게 하면 좋을까.'

만수는 깊이 고민하고 또 고민했다.

두 사람은 같이 가방을 둘러메고 운동장 갓길을 걸어 나왔다. 그런데 교문 쪽에 학생들이 잔뜩 모여서는 수근거리는 것을 볼 수 있었다. 만수는 뭔가 싶어 아이들을 밀치며 그쪽으로 다가가 봤다. 교문과 이어진 벽 쪽이었다. 그곳에는 붉은 색으로 글이 쓰여 있었다.

박철광, 나이트 후드가 지켜보고 있다.

빠드득.

철광의 얼굴이 시뻘겋게 달아올랐다. 철광의 오른손이 덜덜 떨리며 주먹을 쥐었다. 녀석을 죽여 버리고 싶었다. 나이트 후드의 흔적을 보기 위해 몰려들었던 학생들은 철광의 등장에 깜짝 놀라 뒤로 물러섰다. 굳이 뒷얘기를 듣지 않아도 머리가 있으니 다들 예상할 수 있었다. 철광은 나이트 후드와 싸웠다. 지금 철광의 반응으로 보아 철광은 패배했다. 부들부들 떨리며 터질듯이 달아오른 피부가 그것을 증명했다.

"이 개새끼가!"

철광은 두 손을 휘저으며 포효했다.

"나와! 나이트 후드인지 뭔지 모르겠지만 나와! 당장 나오라고! 날 이 따위로 엿 먹여? 개자식아! 당장 튀어나와!"

만수는 조심스럽게 철광으로부터 멀어졌다. 이성을 잃은 상태였다. 지금의 그는 친구고 뭐고 없었다. 수치심과 굴욕감은 그의 두 눈을 멀게 만들었다.

"이 새끼들아! 구경났어? 구경났냐고! 그래, 나 저 새끼한테 된통 깨졌다! 그래서 요 며칠간 찍소리도 안 하고 있었다! 만족하냐? 만족해?"

뚜껑이 열린 탓인지 철광은 굳이 안 해도 될 말을 하고 있었다. 어찌나 흥분을 했는지 주변에 있는 아이들을 밀치며 주먹까지 휘둘렀다.

"나와! 이 새끼야 나오라고! 여기 봐라, 내가 죄 없는 애들 때리고 있잖아! 네가 영웅이라면 튀어나와서 어디 한 번 말려 보라고! 이번에도 어디 네가 이기나 보자! 나와 보라고!"

철광의 행동은 어린애들 생떼에 가까운 것이었다. 이 따위 행동에 진짜로 나이트 후드가 나타날 리가 없다고, 만수는 그리 생각했다. 이런 순간에 절묘하게 나타날 리 없었다.

'그러면 진짜 히어로게.'

만수는 모르고 있었다. 이 순간 동해가 운동장 갓길을 걸으며 나오고 있는 중이라는 사실을 말이다.

"뭐지?"

교문 근처에는 학생들이 잔뜩 몰려 있었다. 그쪽은 전날에 동해가 붉은 스프레이로 글자를 남긴 자리였다. 뭔가 하고 다가가 보니 학생들의 중심에 철광이 있었다. 잔뜩 흥분해서는 무작위로 주변의 학생들에게 발길질을 하고 주먹을 날리고 있었다.

"그만해! 너 미쳤어?"

자신의 친구가 운 나쁘게 발길질을 당하자 그의 친구가 철광을 말렸다. 그 소년과 철광은 전혀 안면이 없었다. 하지만 같은 학교에 다니다 보니 철광의 괴력과 무시무시함에 대해서는 잘 알고 있었다. 허나 이유 없이 친구가 맞았다. 최근에 일어난 나이트 후드 사건 때문인지 소년은 전에 없던 용기를 가질 수 있었다. 거구 앞에서 두려움에 다리를 떨면서도 소년은 친구를 보호했다.

"넌 뭐야 이 새끼야? 네가 나이트 후드냐?"

"그, 그만하라고."

철광은 소년의 얼굴에 정통으로 주먹을 꽂았다. 소년은 주위에 있던 다른 학생들을 무너트리며 자리에 쓰러졌다.

"나와! 나와 보라고! 여기 악당이 나타났다! 악당이라고! 이럴 땐 영웅이 나와야 할 거 아니야! 나이트 후드 다 죽었냐!"

동해는 입술을 잘근 깨물었다.

'설마 일이 이렇게 되리라고는 상상도 못 했는데.'

동해는 일단 현장에 무관심한 척 자리를 지나쳤다. 그리곤 근처의 상가 건물로 급히 들어갔다. 4층짜리 상가 건물이었다. 동해는 건물의 지하 계단으로 들어갔다. 지금은 쓰이지 않는지 계단에는 온갖 쓰레기와 먼지가 가득했다. 동해는 교복 상의와 바지를 벗고는 대충 가방 안에 쑤셔 넣었다.

셔츠 안에는 이미 후드티를 입고 있었기 때문에 뒤집어 입으면 땡이다. 해골 마스크의 경우 늘 주머니에 넣고 다니니 역시 안심이다. 바지도 최근 날씨가 추워진 탓에 교복 바지 안에 따로 한 벌 더 입고 있었다. 어찌 보면 지금을 위한 최적의 상황이라고 할 수 있었다. 아무리 급해도 교복 바지를 입고는 싸울 수 없었다. 그랬다가는 정체가 탄로 날 가능성이 높아지니까. 후다닥 복장을 갖춰 입은 나이트 후드는 가방을 내버려 두고 힘껏 뛰어갔다. 교문 앞에서 난장판을 벌이고 있는 철광을 향해 외쳤다.

"멈춰!"

옷을 갈아입은 상가는 현장의 건너편 도로였다. 철광이 있는 곳까지 넘어가기 위해서는 도로를 지나야 했고, 현재는 빨간 신호등에 걸려 차들이 멈춰 있었다. 나이트 후드는 서 있는 자동차의 보닛을 밟고 힘껏 뛰어올랐다.

"멈추란 말이다!"

공중으로 떠오른 나이트 후드는 두 발을 모아 철광에게 드롭킥을 날렸다. 위에서 그림자가 지는 것을 확인한 철광이 미처 확인하기도 전에 나이트 후드의 드롭킥에 얼굴을 얻어맞았다.

기습 공격에 철광은 비명도 못 지르고 나가떨어졌다.

"나, 나이트 후드다!"

나이트 후드의 등장에 학생들은 넓게 퍼져 자리를 마련했다. 대부분의 아이들은 휴대폰을 꺼내어 사진을 찍었다. 사방에서 터지는 플래시와 찰칵거리는 소리에 나이트 후드는 인상을 찌푸렸다. 자신을 반겨 주는 건 고마웠지만 이런 행동은 그리 도움이 되지 않았다. 오히려 방해가 되면 됐지.

"나왔구나!"

온몸을 날린 드롭킥에 정통으로 맞아놓고도 철광은 신 난다는 듯이 떠들었다.

"드디어 나타났어!"

별로 아프지도 않은 듯 얼굴을 털며 자리에서 일어났다. 철광은 도리어 즐거워 보였다. 고대하고 고대하던 나이트 후드가 눈앞에 나타남에 기뻐서 어쩔 줄을 몰라 했다.

"개자식아!"

전신주가 휘둘러지는 것처럼 철광의 주먹이 발사되었다. 분명 위력적이었지만 나이트 후드의 눈에는 그 흐름이 너무 뻔했다. 속도의 문제가 아니었다. 현재의 움직임에서 다음 움직임으로 어떻게 이어질 것인지, 어디를 공격할 것인지, 어떻게 공격할 것인지 하는 그 모든 것들이 너무 뻔하게 보였다. 대포알 같은 펀치를 나이트 후드는 허리를 숙여 피했다. 동시에 돌려차기로 철광의 옆구리를 공격했다.

퍽!

철광의 자세가 한 번 무너지자 나이트 후드는 소낙비처럼 공격을 쏟아 부었다. 얼굴을 때리고, 무릎을 걷어차고, 명치를 찌르고 사정없이 몰아쳤다. 구경하던 아이들은 나이트 후드의 공격에 감탄하여 저마다 응원을 보냈다. 누구는 휘파람을 불었고 누구는 오오 하며 소리쳤다. 열심히 공격을 얻어맞는 동안 철광은 미칠 것만 같았다. 나이트 후드는 둘 째 치고 환호하는 저놈들부터 묵사발을 내버리고 싶었다.

다 부수고 죽여 버리고 싶었다.

학생들 틈에서 묵묵히 지켜보고 있던 만수도 표정이 그리 좋지 않았다. 이건 실력의 차가 너무 확고했다. 한 번이라도 반격을 한다면 상황을 뒤집을 수도 있을 것 같지만, 철광의 저런 느려터진 동작으로는 그마저도 희박했다.

'딱 한 번만 틈을 만들면 될 것 같은데.'

만수는 발등에 불이 떨어진 기분이었다. 분명 이런 식으로 철광이 당하면 그 다음은 자신일 거라는 예감이 들었다. 그런 불길한 기분이 머리 꼭대기에서 자신을 짓누르는 것만 같았다. 또한 철광은 패밀리 중에서 큰 축을 담당하는 일원이었다. 큰 축이 패배해 버리면 패밀리의 전체 균형에 균열이 갈지도 모를 일이었다.

'잠깐, 한 번? 한 번이라고?'

생각해 보면 굳이 이렇게 두려워 할 필요가 없었다. 철광의 괴물 같은 주먹에 나이트 후드가 한 대라도 맞는다면 금방 전세는 역전될 것이다. 고작 한 대면 충분하다는 이야기다.

만수는 슬금슬금 학생들을 헤치며 앞으로 나섰다. 마침 만수는 나이트 후드의 뒤에 위치해 있었다. 상대가 눈치를 챈다거나, 혹은 도움을 주려다가 오히려 자기가 당할 수도 있다. 어차피 모 아니면 도다. 딱 봐도 철광이 쓰러지게 생겼고

그 다음엔 자기 차례일 텐데 모험해 보는 것도 나쁘지 않겠
지. 만수는 순식간에 다가가 나이트 후드의 몸을 두 팔로 감
쌌다. 철광만큼은 아니었지만 만수도 힘은 제법 셌다. 살이
날렵함에 도움은 안 될지언정 힘에는 도움이 됐기 때문이다.

"잡았다!"

나이트 후드는 갑작스런 포박에 당황하여 몸부림쳤지만
만수의 힘은 그리 만만한 것이 아니었다.

"철광아! 얼른!"

만수는 필사적이었다. 나이트 후드가 이겨서는 안 됐다. 절
대로! 갑작스런 만수의 등장에 학생들은 당황했지만 누구도
나서지는 못했다. 느닷없는 전개에 다들 웅성거리는 사이 철
광이 주먹을 꼭 쥐었다.

"꽉 잡고 있어."

그 모습은 마치 목표를 향해 달려가는 호랑이 같았다. 철
광이 쿵쿵거리며 다가가 나이트 후드의 이마에 주먹을 직격탄
으로 먹였다.

퍼억!

힘이 어찌나 센지 나이트 후드는 물론이고 뒤에서 붙잡고
있던 만수까지 뒤로 날아갔다. 심지어 그 뒤에서 링을 만들고
있던 학생들까지 볼링핀마냥 우르르 쓰러졌다.

그중에서 제일 먼저 일어난 것은 나이트 후드였다. 그는 끄
떡도 없다는 듯 곧장 일어났다.

"크으."

하지만 그것도 잠시 나이트 후드는 도로 쓰러졌다. 균형을 잡을 수가 없었던 것이다. 펀치는 정확히 이마에 맞았다. 그 때문이었을까? 충격에 뇌가 빙글빙글 도는 것만 같았다. 자신은 가만히 있는데 하늘과 땅이 울렁거리는 것 같았다.

'어라라? 내가 왜 이러지?'

나이트 후드가 비틀거리자 철광은 비식거리며 비릿하게 웃었다. 제대로 맞은 것이다. 나이트 후드는 술이라도 한 잔 거나하게 걸친 것 마냥 비틀거렸고 무릎도 부들거렸다. 바로 지금이다. 철광은 아직도 정신 못 차리는 나이트 후드의 손목을 붙잡았다.

"드디어 잡았다."

만수가 예상했던 대로 단 한 번의 공격이 전세를 뒤집었다. 펀치 드렁크(punch drunk)에 걸린 사람처럼 나이트 후드는 비실거렸다. 거기에 철광에게 손목을 붙잡혔다. 이제 게임은 끝난 셈이다.

"뒈져!"

그 상태로 철광은 나이트 후드의 이마에 박치기를 했다.

빡!

나이트 후드의 고개가 뒤로 꺾이며 무시무시한 소리가 났다. 그리고 철광은 반대 손으로 나이트 후드의 얼굴과 복부를 사정없이 가격했다.

퍽. 퍽. 퍽.

고기를 다지는 소리가 거리에 울렸다. 나이트 후드는 고통에 비명을 삼키면서도 오른손에 힘을 주었다. 하지만 아무리 발버둥을 쳐 봐도 손을 풀 수가 없었다. 힘의 차이는 명백했다. 철광이 어찌나 세게 휘어잡았는지, 나이트 후드의 오른손은 피가 안 통해 시퍼렇게 질려 있었다. 이제는 손이 파란색인지 보라색인지 분간이 안 갈 정도였다. 사정없이 두들겨 맞는 나이트 후드를 보며 만수는 쾌재를 불렀다. 조금 전에 튕겨 나간 것 때문에 등이 아팠지만 이 정도 아픔쯤은 감수할 수 있었다.

'죽여! 죽여 버려! 옳지!'

철광은 아예 나이트 후드를 벽으로 몰아넣었다. 그의 머리를 벽에 붙이고 그 상태로 박치기를 했다. 철광의 이마가 나이트 후드의 머리를 가격하면 벽에 머리를 찧으면서 이중으로 충격을 받았다.

"뒈져! 뒈지라고! 뒈져!"

무시무시한 폭력의 향연에 학생들은 공포에 떨었다. 계속 저러다가는 사람이 죽을 것만 같았다. 실제로 나이트 후드의 이마에서는 붉은 핏줄기가 흘러내리고 있었다.

"야야, 저거 말려야 하는 거 아냐?"

"어떡해."

"겨, 경찰에 신고하자."

수군거리던 학생들의 곁으로 만수가 다가왔다. 만수가 눈썹에 힘을 주고 째려보자 학생들은 쥐죽은 듯 입을 다물었다.

철광의 분노는 도를 넘었다. 주변의 학생들이 저러다가 진짜로 죽을지도 모르겠다며 혀를 찼다. 철광은 이딴 녀석은 죽여도 죄책감이 들지 않을 것만 같았다.

패배하면 안 된다. 약해져서는 안 된다. 강해야 한다. 그래서 높은 곳 정상에서 모든 것을 내려다 봐야 한다. 감히 누구도 넘보지 못하도록!

연속된 박치기를 맞으며, 또 벽에 머리를 찧음에 나이트 후드는 정신이 가물가물해지는 것을 느꼈다. 슬슬 정신을 잃어가는 건지, 아니면 이미 잃어서 꿈속을 헤매는 건지 모를 기분이었다. 그때였다.

"일어나 이 멍청아!"

누군가의 외침이 동해의 정신을 번쩍 깨웠다. 그것이 누구의 목소리였는지, 심지어 남자였는지 여자였는지도 분간할 수 없었지만 흐물흐물해지던 정신이 다시 딱딱해질 만큼 정신이 번쩍 들었다.

"이익!"

마침 철광의 발이 자신의 안면을 향해 다가오고 있었다. 저것에 맞는다면 정말로 두개골이 깨져도 이상하지 않을 것이다. 나이트 후드는 급히 고개를 틀어 발을 피했다. 철광의 발이 애꿎은 벽을 차는 동안 나이트 후드는 그대로 철광의 몸을 어깨로 들이받았다. 보통 사람이라면 충분히 위협적인 공격이었지만 철광에게는 어림도 없었다. 애인이 안겨 들어도 그보다는 강할 거라고 철광은 생각했다.

"같잖은 자식!"

철광은 팔꿈치로 나이트 후드의 등을 찍었다.

"큭!"

철광은 비실비실해진 나이트 후드를 붙잡아 뒤로 던졌다. 도로가 위치한 곳이었다. 이미 신호등은 빨간색에서 녹색으로 바뀐 상태였다. 차들이 쌩쌩 지나는 도로에 나이트 후드를 집어던진 것이다. 학생들은 비명을 지르며 몇몇은 눈을 감았다. 도로를 데굴데굴 구른 나이트 후드는 무릎으로 땅을 딛으며 고개를 들었다.

빠아앙!

정면으로 경차가 다가오고 있었다. 그 다가오는 모습이 마치 나이트 후드의 눈에는 작은 차가 거대해지는 것처럼 보였다. 브레이크를 밟았지만 다가오는 속도가 너무 빨랐다. 나이트 후드는 미처 피할 생각을 못 하고 손으로 눈을 가렸다.

끼이익!

간발의 차로 자동차가 멈춰 섰다. 차의 범퍼는 나이트 후드의 코에 닿을 듯 말 듯 아슬아슬했다. 나이트 후드는 침을 꿀꺽 삼키며 심호흡을 했다. 하마터면 얼굴부터 부딪칠 뻔했다. 그대로 부딪쳤더라면 얼굴이 부서지고 목이 꺾여 부러졌을 것이다.

"위험해!"

학생 중 하나가 외쳤다. 동해의 시야에서는 알 수 없었으나 거리에 있던 학생들은 볼 수 있었다. 간신히 멈춰선 자동차의 뒤로 또 다른 차가 다가오고 있는 것을 말이다. 자리에서 일어난 나이트 후드는 뒤늦게 그것을 볼 수 있었다.

"으읏!"

나이트 후드는 정면의 경차를 밟고 올랐다. 경차의 보닛을 밟고 제비를 돌며 뛰어올랐다. 그 즉시 뒤의 차가 경차를 들이받았다.

콰드득!

두 대의 차량이 충돌하며 파편이 날카롭게 흩뿌려졌다. 첫 번째 차를 밟고 뛰어오른 나이트 후드는 그 뒤를 들이받은 차량의 위에 안착했다. 생각이고 뭐고 없이 거의 본능적으로 일어난 일이었다.

철광이 동해를 집어던진 탓에 도로의 상황은 말이 아니었다. 도중에 차가 멈춰 서고, 뒤따라오던 차가 후미를 들이받고, 튕겨져 나간 차량이 반대편 차선으로 미끄러졌다. 또 반대편 차선에서 달려오던 차가 해당 차를 들이받는 다중 추돌 사고였다. 어떤 차는 학생들의 앞에 있던 가로수를 들이받기도 했다.

"으왁!"

정면의 가로수가 없었다면 더욱 끔찍한 사고가 벌어졌을 것이다. 그야말로 아수라장이었다. 사건의 장본인인 철광은 아무래도 좋다는 듯 고개를 으쓱였다.

"나이트 후드!"

그는 찌그러지고 우그러진, 검은 연기를 뿜는 자동차들 사이를 걸었다. 그가 걷는 도로 여기저기 타이어 자국이 문신처럼 새겨져 있었다.

"여기서 그만해."

나이트 후드의 말이었다. 철광은 고개를 저었다.

"못 멈춰. 네가 어디 한번 멈춰 봐."

"이렇게까지 하는 이유가 뭐지?"

"그건 내가 묻고 싶어. 이렇게까지 하는 이유가 뭐지?"

되물음에 나이트 후드는 큰 목소리로 외쳤다.

"이렇게까지 하는 이유가 뭐냐고? 그걸 지금 몰라서 물어? 네가 약한 애들을 괴롭히잖아. 그 잘나빠진 힘으로 다른 애들을 억누르면서! 그러면서 지내잖아. 하지만 아무도 널 못 말려. 아니, 안 말려. 무서우니까. 겁나니까. 아무도 안 하니까, 그러니까 나 같은 놈이 튀어나오는 거지."

나이트 후드는 매서운 눈매로 아직도 구경 중인 학생들을 노려봤다.

"너희도 그래, 이게 재미있어? 흥미로워? 너희도 잘못됐어.

누가 당하든 그저 지켜보기만 하고, 나만 아니면 되는 건가? 그런 문제야? 이건 너희 스스로 해결해야 할 문제야! 남한테 기대하지 말라고!"

정리 되지 않았지만 나이트 후드는 하고 싶은 말이 훨씬 더 많았다. 하지만 거기서 입을 다물었다. 이 정도면 충분하다고, 더 말을 이어 봤자 아무 의미 없을 거라고 생각했다. 이미 의미는 충분히 잘 전달됐으리라 판단했다.

"하하하!"

나이트 후드의 말에 철광은 진심으로 웃었다.

"내가 뭘 잘못했는데? 잘난 게 죄야? 힘세고 강한 게 죄냐고! 억울하면 저 새끼들도 나처럼 운동하고 강해지라 그래."

이번에는 학생들을 향해 일갈했다.

"불만이 있으면 덤벼. 고개를 치켜들고 저항하라고. 뒤에서만 속닥거리지 말란 말이다. 너희는 전부 다 병신이야. 아무것도 못 하고, 아무것도 안 하는 쓰레기들이라고."

그 끝에 철광은 한 마디를 덧붙였다.

"약한 건 죄야. 약해빠진 놈이 병신이라고."

타앗.

나이트 후드가 달려왔다. 이번엔 날아 차기였다.

"와 봐!"

철광은 자신 있다는 듯이 가슴을 활짝 폈다. 어디 때려 볼 테면 때려 보라는 의미였다. 그에 나이트 후드는 마다하지 않고 전신의 체중을 실어 철광의 턱을 날아 찼다.

척.

실수였다. 철광은 턱을 맞기 무섭게 나이트 후드의 발목을 붙잡았다. 그는 처음부터 날아 차기가 오기를 기다리고 있었다. 철광은 나이트 후드의 발목을 잡고 그대로 채찍처럼 휘둘렀다.

"으으윽!"

나이트 후드의 몸이 옆에 있던 차량의 앞 유리에 찍혔다. 콰지직 하는 소리와 함께 차량의 앞 유리에 거미줄 같은 균열이 퍼졌다. 나이트 후드가 두 팔로 머리를 감싸서 약간이나마 충격을 완화 할 수 있었지만 이미 그 자체로 엄청난 데미지였다. 철광은 나이트 후드의 발목을 잡아당겼고, 나이트 후드는 차의 보닛을 붙잡아 끌려가지 않으려 했다.

"놔!"

나이트 후드가 반대 발로 철광의 얼굴을 걷어찼다. 하지만 철광은 손을 놓지 않았다.

퍽. 퍽.

나이트 후드는 몇 번이고 흠씬 걷어차 주었다. 철광의 입술이 터지고 코에서 피가 흘러내릴 때까지 계속. 그럼에도 철광은 손을 놓지 않았다. 별로 아프지도 않은지 미친 사람처럼 실실거리기까지 했다.

처음엔 나이트 후드가 멋지게 등장하고 다들 멋있어라 감탄 했지만 지금은 아니었다. 나이트 후드와 철광이 각각 외친 말은 학생들의 가슴에 치명적인 파장이 되어 일었다. 또한 지금의 상황은 너무 과열됐다. 정말로 누구 하나가 죽어야만 끝날 것 같았다.

"이야악!"

나이트 후드는 붙잡히지 않은 반대 발로 차를 밀치며 그 반동으로 철광에게 달려들었다. 급속도로 튀어나가며 오른손으로 그의 뺨을 후려 갈겼다.

짜악!

다행히 이번에는 제대로 먹혔다. 철광은 잡았던 나이트 후드의 발을 놓치며 뒤로 넘어갔다. 나이트 후드가 비틀거리며 말했다.

"약한 게 죄라고? 웃기지 마. 그런 게 어디 있어. 사람이 다 똑같냐? 아니잖아. 출발선이 모두 다른 걸. 그 때문에 약한 사람이 있고 강한 사람이 있는 건데, 어떻게 약한 게 죄일 수 있어. 그건 아니야."

"집어 치워, 병신아! 강한 놈이 약한 놈을 짓밟는 거야. 당연한 거라고."

"절대로 아니야. 세상은 약육강식이 아니야."

"네가 뭘 알아! 이 엿 같은 새끼야. 네가 뭘 아냐고!"

이번에는 철광의 어깨가 나이트 후드를 들이받았다. 나이트 후드는 숨넘어가는 소리를 내며 멀찍이 날아갔다. 자동차의 위로 떨어진 동해는 그 반동으로 뒤로 넘어갔다. 철광은 이를 악물었다. 철광의 위치는 자동차의 정면이었고 동해는 그 뒤로 굴러 떨어졌다.

"너 따위가 뭔데 날 가르치려 들어! 네가 뭔데! 끄으으!"

구경하던 학생들은 믿을 수 없는 걸 봤다는 듯이 눈을 동그랗게 떴다. 철광이 자동차 밑으로 손을 집어넣더니, 천천히 차를 기울이기 시작했다. 많이 힘들고 버거워 보였지만 차 앞부분이 서서히 올라가기 시작했다.

"네까짓 게 뭔데!"

철광은 차를 뒤집어 나이트 후드를 깔아뭉갤 심산이었다. 그리고 그 말도 안 되는 방법은 그리 불가능해 보이지 않았다. 차가 점점 더 기울었다. 식겁한 운전수는 문을 열고 도망쳤다.

"죽어! 죽으라고!"

철광의 손에 자동차는 90도로 세워졌다. 그때였다. 고등학생이 자동차를 90도로 세운 것만 해도 충분히 놀라운 광경이었다. 허나 더 놀라운 광경을 확인한 학생들은 입을 다물지 못했다. 쓰러져 일어나지 못할 거라 여겼던 나이트 후드가 비틀거리며 자리에서 일어난 것이다. 나이트 후드는 무릎을 꿇듯 자세를 숙이더니 지면을 박차고 올랐다. 그리곤 90도로 세워진 자동차의 위에 올랐다.

"크읏!"

"하아앗!"

자동차 위에 오른 나이트 후드는 다시금 도움닫기를 하여 뛰어올랐다. 2미터 정도를 뛰어오른 나이트 후드는 밑으로 떨어지며 철광의 얼굴에 펀치를 먹였다.

빠악!

철광이 나동그라짐과 동시에 90도로 세워졌던 자동차는 기어이 반대편으로 넘어가 쓰러졌다.

우지끈!

"크헉!"

두 소년의 싸움을 멀찌감치 떨어진 곳에서 지켜보는 이가 있었으니.

'난리 났군. 저걸 어쩐데.'

동해가 화를 내며 도장을 나갔을 때, 사실 민철도 속으로 많이 삐쳐 있었다. 화딱지가 나서 그도 동해를 무시하고 지내려 했으나 그래도 걱정되는 마음은 어쩔 수가 없었다. 그리고 지금의 상황은 그가 걱정했던 상황을 훨씬 초월했다.

'어이구, 저게 사람이야 로봇이야.'

민철이 보기에도 철광은 인간 같지가 않았다.

'기(氣)도 없는 거 같은데 저 정도라니. 완전 괴물이구먼.'

민철은 입맛을 다시며 담배를 꺼내 물었다. 계속해서 상황을 지켜보던 중, 민철은 뭘 본 건지 입에 물고 있던 담배를 떨어트렸다. 본인은 그 사실도 눈치채지 못하고 멍하니 한곳을 바라봤다.

"저, 저 새끼 저거 지금······?"

철광은 다 풀려 버린 다리에 억지로 힘을 주며 자리에서 일어났다. 둘의 거리는 10미터 정도. 이미 철광이나 나이트 후드나 둘 다 체력이 다한 상황이었다. 그렇지만 둘 중 누구도 먼저 포기할 마음은 없었다.

"와 봐! 때려 보라고!"

철광은 당당하게 배를 내밀었다. 과거에 있었던 상황과 비슷했다. 난 자신 있으니 어디 한번 힘껏 때려 보라는 의미다.

"······."

동해는 아픔을 참으며 주먹을 쥐었다. 이번이 마지막이라는 심정을 주먹에 담았다. 이것마저 실패한다면 더 이상 싸울 수 없을 거라는 생각이 들었다. 절실한 마음과 함께 동해에겐 한 가지 의문이 들었다.

'굳이 이렇게까지 할 필요가 있나?'

안 되겠다 싶으면 자리를 피했다가 다시 습격하면 그만이다. 이렇게 시간 끌어 봐야 나중에 경찰관들이 몰려올 것이고 자기만 골치 아파질 것이다. 하지만 어쩐 일인지 동해는 지금 이 기회에 끝내고 싶었다. 모두가 볼 수 있는 이 자리에서 말이다.

'오기.'

그랬다. 오기였다. 동해는 철광이 저렇게까지 어긋난 녀석인지 알지 못했다. 그것을 싸움을 통해 깨달은 것이다. 적당히 나쁜 녀석이라면 대충 상대하고 말겠지만 이 정도까지 빗나간 녀석이라면 모른 척할 수 없다. 저 녀석을 고쳐주고 싶었다. 그 썩어빠진 근성머리를 말이다.

남을 해하려는 힘보다 남을 지키고자 하는 힘이 더욱 강하다는 걸 증명해 보이고 싶었다. 나이트 후드는 마스크 안으로 어금니를 까득 깨물었다. 피가 안 통해 새파래질 때까지 주먹을 꽉 쥐었다.

타앗.

나이트 후드가 힘껏 지면을 박차며 철광을 향해 달려갔다. 오른 어깨를 당기고 주먹을 뒤로 숨겼다.

"덤벼!"

거리가 가까워지고, 나이트 후드는 장전된 주먹을 철광의 배에 꽂았다. 자신의 복근을 시험해 보기 위해 자주 때려보라하던 바로 그 자리다. 퍽 소리와 함께 철광의 등 쪽 옷이 터져나갔다.

아직 그 정도로 놀라기엔 이르다. 주먹에 맞은 철광이 비명을 지르며 뒤로 날아갔던 것이다. 두 발로 지면을 끌며 멀어지더니 뒤에 멈춰 있던 자동차와 부딪쳤다. 철광과 충돌하자 차가 우그러지며 밀려날 정도였다. 차가 들썩이며 위치를 바꾸었고 철광은 장난감처럼 바닥에 쓰러졌다. 일격에 기절한 건지 바닥에 엎어진 철광은 꼼짝도 하지 않았다.

학생들은 파랗게 얼어서는 철광을 바라보았고, 모두 한 동작으로 고개를 돌려 나이트 후드를 바라봤다. 놀란 건 동해도 마찬가지였다. 방금 일시적으로 몸이 가벼워지며 상쾌해지는 느낌이었다. 주먹이 철광의 복부에 직격했을 때도 알 수 없는 기운이 느껴졌다. 마치 주먹 안에 충만한 힘이 가득한 것만 같았다.

"그……."

나이트 후드는 잠시 머뭇대더니 이내 어딘가를 향해 쏜살같이 달려갔다. 어쨌든 철광을 쓰러트렸다. 뒤처리는 사정상 그가 할 수 없었다. 뒤처리는 학생들에게 맡기고 동해는 열심히 자리에서 벗어났다. 멀리서 지켜보던 민철은 급히 밖으로 나와 현장으로 향했다. 학생들 틈바구니에서 철광의 상태를 기웃기웃 살폈다. 엎어져 있는 철광의 교복은 뒤가 찢겨져 터져 있었다. 민철은 집히는 부분이 있는지 불편한 인상을 지었다. 나이트 후드가 잽싸게 도망간 자리를 쳐다봤다.

'동해 녀석…… 설마 기를 사용한 건가?'

그날의 사건은 학생들이 찍은 동영상에 의해 전설이 되었다. 이것과 비교하자면 포장마차 사건은 장난이었다. 마치 거대 자본을 투자해 만든 블록버스터 영화의 후속작처럼 네티즌들의 입에 오르내렸다. 9시 뉴스에 한 번 더 등장하는 쾌거

또한 이루었다. 중간 중간 나이트 후드는 왜 저 학생과 싸우는가 하며 의구심을 품는 사람들도 있었다.

그러나 현장에서 모두 지켜본, 특히 일출고 학생들이 열심히 전후 사정을 설명 해준 덕에 소문은 그럭저럭 사실에 가깝게 퍼져 나갔다. 나이트 후드가 도망가기 무섭게 상황은 빠르게 정리되는 듯했다. 학생들은 대부분 가던 길을 갔고 몇몇은 남아서 경찰관들에게 전후 설명을 했다. 이번에는 심지어 방송사 취재 차량까지 도착했다. 학생들은 기자가 카메라 앞에서 방송을 시작하자 열심히 고개를 들이밀며 손으로 V자를 그려댔다.

"와아! 이거 생방송인가?"

"나이트 후드 만세! 나이트 후드 짱 멋져!"

"민정아, 오빠가 격하게 사랑한다!"

"이 기자 아저씨 어디선가 본 얼굴인데?"

기자는 학생들의 지랄 맞은 방정에도 꿋꿋하게 멘트를 이어 나갔다.

"예. 현장의 박대기 기자입니다. 이곳은 현재……."

시끌시끌한 와중에 한 여학생이 빠른 걸음으로 현장에서 멀어졌다. 신이나였다. 그녀는 뭔가 고민하는 듯 보였다. 현장을 지켜보다가, 정처 없이 걷다가, 손톱을 까득 깨물기도 했다. 고민 끝에 결정을 내렸는지 휴대폰을 꺼냈다. 통화 버튼을 누른 그녀는 휴대폰을 귀에 가져갔다.

"아빠, 나야 딸."

통화를 건 사람은 그녀의 아버지였다.

"딸 부탁 좀 들어줘. 응? 뭐라고? 알았어, 알았다고. 아빠가 시키는 대로 할 테니까 이번 한 번만 도와줘. 간다고. 가면 될 거 아니야! 그러니까 부탁 좀 들어줘!"

뭐라 뭐라 통화를 끝낸 그녀는 신경질적으로 휴대폰을 주머니에 집어넣었다.

* * *

철광은 사건이 끝난 직후 곧장 출동한 구급차에 실려 갔다. 가벼운 상태는 아니었기에 병원에 입원해야 했다. 병원에 온 것까지는 이해할 수 있었다. 하지만 경찰관들이 찾아오지 않다니, 철광은 그것까지는 이해할 수 없었다.

며칠 전에 있었던 사건은 그냥 학생들의 싸움이라기엔 그 규모가 너무 컸다. 자동차 몇 대가 동시 추돌하고 심지어 그중에는 부상자도 있었다. 그리고 사건을 일으킨 나이트 후드야 행방이 묘연하니 그렇다 치더라도 자신을 찾아오지 않을 이유는 없었다.

철광은 멍한 표정으로 병실을 창가를 보며 생각에 잠겼다. 당시엔 몰랐는데 곰곰이 돌이켜 보니 흐릿했던 기억이 하나 돌아왔다. 나이트 후드의 일격을 맞고 쓰러졌을 때 잠시나마 정신이 들어 있었다. 내장이 뒤틀린 것처럼 아팠고 손가락 하나 까딱할 수 없었다. 그런 상황에서 주변에 학생들이 몰려들어 시끄럽게 떠들어대는데 정신을 차릴 수가 없었다.

어차피 패배였다. 자신은 나이트 후드에게 패배했다. 이렇게 많은 사람들이 보았으니 그것은 부정할 수 없는 사실이었다. 철광은 마지막으로 정신을 잃기 직전, 고개를 들어 학생들을 바라봤다.

'친구?'

학생들 틈에는 익숙한 얼굴이 보였다. 시야가 흐릿해서 확실치는 않았으나 느낌으로 알 수 있었다. 저렇게 무섭게 웃을 수 있는 이는 친구 밖에 없었다. 소년은 음흉하게 웃으며 입을 뻥긋거렸다. 뭔가를 말하는 거였지만 알아들을 수는 없었다. 입모양을 보고 유추해야 했다. 영인? 명인? 여진? 다 아니었다.

병신.

소년이 남긴 말은 그것이었다.

'끝났군.'

병실의 문이 열렸다. 철광이 엉덩이에 주사를 놓으러 온 간호사인가 하며 고개를 돌렸다. 간호사가 아니었다. 여자도 아니었다. 그렇다고 해서 의사는 또 아니었다. 의사가 검은 정장을 입을 리가 없으니까.

검은 정장을 입은 세 명의 남자들이 철광의 병실 안으로 들어왔다. 좌우의 둘은 짧은 헤어스타일에 선글라스를 낀 것이 쌍둥이처럼 보였다. 중앙의 남자만이 연예인처럼 바람머리를 하고서 선글라스를 쓰고 있지 않았다. 그는 키도 훤칠했고 조각상처럼 흠잡을 수 없는 외모였다. 다만 흠이라면 얼굴에 감정이 전혀 느껴지지 않는단 사실 정도였다. 선글라스 사내 둘은 두 손을 모은 채 가만히 섰고, 바람머리의 사내는 철광의 침대 앞에 의자를 두고 앉았다.

"몸은 좀 괜찮은가."

아저씨 같은 말투에 철광은 웃음이 났지만 애써 참았다. 190cm가 넘는 사람이 셋씩이나, 거기에 검정 정장으로 옷까지 맞춰 입으니 뿜어져 나오는 위압감은 무시 못 할 수준이었다. 철광은 어색하게 고개를 끄덕였다.

"우리는 너에게 한 가지를 알려 주러 왔다. 두 번 말하지 않을 테니 잘 들도록."

철광은 겁먹은 강아지처럼 고개를 숙였다.

"경찰들이 너를 찾아오지 않는 것은 우리가 손을 썼기 때문이다. 원래대로라면 그날 사건을 일으킨 너는 죄를 물어 엄청난 금액의 손해배상을 하고 학교도 다니지 못했을 거다. 허나 그것을 우리가 막았으니 너는 전처럼 학교생활을 할 수 있을 것이다."

남자는 무감정한 눈으로 철광을 바라봤다. 차라리 째려보는 것이 더 나을 지도 모르겠다. 그 지독히도 사무적인 눈빛에 철광은 숨이 막히는 것 같았다.

"우리에게 감사하라는 의미가 아니다. 너에게 뭔가를 강요하거나 암시하는 것도 아니다. 다음부터 우리가 다시 만날 일은 없을 테니 지금 이후로 우리는 잊어도 좋다. 퇴원하고 학교로 돌아가 어떻게 생활할지는 네 자유다. 알아서 하도록. 다시 말하는 거지만 우리는 널 어떤 식으로 협박하는 게 아니다. 그냥 있는 사실을 전해 줄 뿐이다. 알았나."

"예, 예."

남자의 말은 사실이었다. 그는 단순히 전할 말을 전하고 사실을 알리는 게 목적이었다. 하지만 철광이 그 말을 곧이곧대로 알아들을 리가 없었다. 철광은 마치 그들이 '한 번만 더 깝치면 죽는다'라고 말하는 듯 했다. 남자들이 우르르 병실을 빠져나가고 철광은 한숨을 쉬며 이마의 식은땀을 닦았다. 누구도 듣지 못하게 작게 중얼거렸다.

"설마 나이트 후드와 연관된 사람들인가?"

병원을 나오며 바람머리 사내는 휴대전화를 꺼냈다. 누군가에게 통화를 걸었다.

"예, 아가씨. 말씀하신 대로 전달했습니다."

*   *   *

철광이 병원에서 지낸지도 벌써 한 달이 지났다. 나이트 후드의 정체불명 공격에서 헤어 나오는 데에 오랜 시간이 걸려야 했다. 따지고 보면 한 달이 오랜 입원 기간이라고 할 수는 없지만 작은 외상 몇 개 가지고 한 달간 입원하는 것은 꽤나 긴 기간이라고 할 수 있다.

신기하게도 철광은 내상도, 외상도 없었다. 겉에 난 몇 개의 생체기가 고작이었다. 철광의 육체에 감탄해야 하는 건지 아니면 나이트 후드의 기술에 감탄해야 할지 의문이었다.

철광이 병원에 입원해 있는 동안 그의 가족들 외에는 아무도 면회를 오지 않았다. 그는 가슴 한편이 서늘해지는 느낌을 받았다. 그리고 만수 패거리에 대한 배신감에 치를 떨었다. 그렇게 친구, 친구 할 때는 언제고 이제 와서 모르는 척이라니. 머리가 깨질 듯한 분노를 느꼈지만 철광은 그것을 내뿜지는 않았다. 화가 치밀어 오르다가도 그것은 금방 허무함으로 바뀌었기 때문이다. 그것도 극도의 허무감으로. 그리고 며칠 뒤, 허무함은 공포로 변했다. 처음 보는 녀석이 병문안을 왔다. 그는 말없이 쪽지 한 장을 건네고 갔다. 쪽지에는 매우 짧은 글귀가 적혀 있었다.

우린 이제 친구가 아니야.

철광은 당장 쪽지를 수십 조각으로 찢어 쓰레기통에 넣었다. 분노는 허무함으로, 허무함은 공포로 바뀌었다. 그리고 공포는 이제 상실감으로, 다시 슬픔으로 바뀌었다. 쪽지를 준 사람은 '친구'가 분명했다. 가장 믿고 있던 버팀목이 사라진 것이다. 상황이 이렇게 되니 만수 패거리에게 버림 받은 것은 일도 아니었다. 철광은 훌쩍거리며 눈물을 훔쳤다.

끼이익.

"저기, 실례합니다."

누군가가 병실 문을 열고 들어왔다. 철광은 급히 눈을 비비며 돌아봤다. 절대 면회를 올 리가 없다고 생각했던 인물이었다. 철광은 뒤통수를 얻어맞은 느낌으로 그를 바라봤다.

"동해?"

"하하, 아, 안녕."

"쌍, 네가 여기 왜 왔어!? 나가! 안 나가?"

동해였다. 철광은 다짜고짜 화부터 냈다. 네가 뭔데 여기를 왔느냐고, 나를 놀리려 왔느냐고, 하지만 동해는 뒤통수를 긁적이며 바보처럼 웃을 뿐이었다. 손에는 약소하게나마 먹을거리가 들려 있었다.

"그게…… 아무리 그래도 사람이 다쳤는데 안 올 수는 없잖아? 어떻게 사람이 그러냐?"

"너……."

철광은 입을 다물었다. 물론 동해가 나이트 후드니 이곳에 면회 오는 건 엄밀히 말해 모순이다. 철광이 그의 정체를 알았더라면 침대를 뒤엎었을 것이다. 하나 동해는 그를 놀릴 생각이 전혀 없었다. 동해는 진심으로 철광을 걱정했다. 나이트 후드로서의 행동은 상대를 완전히 파괴하는 것이 아니다. 마음에 안 드는 자식을 파괴하는 게 목적이었다면 동해는 일단 무기부터 들었을 것이다. 방망이로 다리부터 부러트렸을 것이다. 동해는 그런 것을 원치 않았다.

"내가 만수 패거리에게 통 당하니까 만만해 보이나 보지?"

철광이 만수 패거리에서 재명 당했다는 사실은 동해도 모르고 있었다.

"만수 애들이 면회 안 왔어?"

"새끼가 눈치 없기는……. 나이트 후드에게 그렇게 쥐어 터졌는데 잘도 껴주겠다. 그래도 놈들이 나에게 함부로 대하지는 못할 거야. 내가 나이트 후드에게 진 건 사실이지만 그래도 놈들에게까지 질 정도로 약한 건 아니니까."

철광은 있는 대로 허세를 부리며 두 팔을 휘저었다. 허세였지만, 그렇다고 해서 거짓은 아니었다. 철광이 만수 패거리에게 무시당하고 맞을 팔자는 아니었다. 그는 동해와는 달랐다.

"그런데 어떻게 된 거야? 그렇게 큰 사고가 일어났는데, 막 경찰이 와서 조사하고 그런 거 아니야?"

그날, 두 사람이 그렇게 크게 문제를 일으켰음에도 의외로 사건은 조용히 끝났다. 그것은 마치 누군가가 고의적으로 묻어버린 냄새까지 났고, 동해 역시 그 점을 인식하고 있었다.

"몰라. 어떤 아저씨들이 와서는 자기네들이 처리했으니 똑바로 살라나 뭐라나. 젠장! 나이트 후드가 싸움만 잘하는 게 아니라 돈도 많았나 봐. 미친놈. 지가 무슨 배트맨인 줄 아나. 돈도 많은 놈이 왜 그딴 짓을 하고 다니는지 도통 이해를 할 수가 없단 말이야."

동해도 처음 듣는 이야기였다. 어떤 아저씨들이라니. 동해는 나이트 후드 활동을 하며 누군가의 도움을 받은 적도 없었다. 머리를 긁적이며 고민하던 동해는 그냥 좋은 게 좋은 거라는 속 편한 생각으로 의문을 마무리 했다.

"뭐야, 왜 웃어? 내가 웃기냐?"

철광은 이를 악물며 동해를 윽박질렀다. 당황한 동해는 어색하게 뒤통수를 긁적이며 웃었다.

"아, 아니. 그래도 많이 건강해 보여서, 헤헤."

동해의 말에 철광은 넋이 나간 표정을 지었다. 얼굴이 붉어지는 것 같기도 했다. 동해는 잠시 그를 보며 저것이 열 받아서 저러는 건지 아니면 설레서 그러는 건지 의구심을 가졌다. 설마 같은 남자인 자신을 보며 설렐 일은 없겠지라고 생각했지만 철광의 표정은 어찌 보면 그리 보이기도 했다.

"너 왜 그래?"

"아, 아니."

철광의 두 눈에는 눈물이 그렁그렁 고여 있었다. 철광이 얼굴이 붉어진 것은 다른 이유가 아니었다. 그가 동해의 웃는 얼굴에 성적으로 흥분했다거나(?) 부끄러움을 탄 것도 아니었다.

자기 자신이 너무 한심했다.

그렇게 자기가 최고라고 여기며 으름장을 놓았건만 결국, 얼굴도 모르는 어떤 이상한 녀석에게 대판 깨지고 그 꼴을 많은 사람들이 보는 앞에서 광고까지 해 버렸다. 친구들은 떠나고, 유일한 버팀목이었던 '친구'도 절교를 선언했다. 그런데 이런 와중에 자신이 매일같이 괴롭히던 녀석이 오히려 위로하고 앉아 있는 꼴이라니.

철광은 자신의 모습이 초라하다고 느꼈다. 동시에 동해가 어쩌면 자기보다 더 강한 녀석일지도 모른다고 생각했다. 하루가 멀다 하고 그렇게 놀림당하고 무시당하고, 맞았으면서도 저리 웃을 수 있다니.

철광은 무의식적으로 자신을 낮추면서 동시에 동해에게서 드러나지 않는 강함을 느꼈다. 철광이 숭상하던 강력한 힘에 대한 믿음이 깨어지는 순간이었다.

"동해야."

"응? 왜?"

"너 말이야. 내가 친구 하자고 하면 할 거냐? 나 존나 깨지고 이제 개털인데, 아무것도 없는데, 맨날 너 두드려 패던 놈인데. 아무도 나랑 안 친해지려고 할 건데."

동해는 뺨을 긁적이며 조심스럽게 대답했다.

"어차피 다 지나간 일이니까. 앞으로 안 그러겠다면야. 뭐, 어때 까짓 거 친구하면 하는 거지. 안 그래?"

이 순간 뭔가 멋들어진 대사를 해 보고 싶었지만 동해의 언어력에는 한계가 있었다. 동해는 자신의 언어 수준에 한탄했지만, 그 거짓 없는 말이 철광의 마음을 울렸다. 더 이상 참지 못하고 철광은 왈칵 눈물을 쏟았다. 동해는 그 덩치가 꺼이꺼이 울어대자 등을 두드리며 위로해 주었다. 차라리 싸우는 게 낫겠지 이런 건 영 어색했다. 철광의 태산 같은 등을 두드리며 동해는 묘한 성취감을 느꼈다. 생각했던 것보다 사태가 너무 커져서 당황했지만, 그래도 이 정도면 잘 마무리된 것이라고 여겼다.

'그래, 잘됐어.'

그 후로 동해는 몇 번이나 철광의 병문안을 갔다. 병문안을 갈 때마다 철광의 표정이 전과 다르게 부쩍 좋아지는 걸 볼 수 있었다. 그에 동해도 진심으로 기뻐했다.

시간이 지나고 철광은 퇴원했다. 이제 더 이상 병원에 있을 필요가 없으니 학교를 가야 했다. 철광은 학교를 가야 한다는 생각에 완전히 패닉에 빠져 버렸다. 동해 역시 조마조마한 건 마찬가지였다.

만약 여기서 철광이 학교에 적응을 못하고 낙오된다면, 그건 나이트 후드가 실패했음을 증명한다. 그래서는 안 된다. 철광이 전과는 달라진 모습으로 학교와 학생들과 잘 융합해야 했다. 동해는 처음으로 철광과 같은 반이 아니라는 사실에 안타까워했다. 그가 등교하여 수업을 받는 모습을 볼 수 없었으니 말이다.

철광은 교사와 함께 교실로 들어갔다. 철광은 파리해진 얼굴을 하고서, 마치 사형대에 끌려가는 사형수의 표정을 하고 있었다.

그를 바라보는 학생들의 얼굴은 그리 호의적이지 않았다. 흉악하며 추잡하고 더러운 것을 바라보는 시선이었다. 예전 같았으면 불만 있느냐며 다 엎어 버렸겠지만 현재의 철광은 그러지 않았다. 이제는 객관적으로 생각할 수 있었다. 죄를 지었으니 당연히 저런 눈초리를 받는 것이라고. 그런 부분에 있어서는 교사도 그리 도움이 될 수 없었다. 철광은 서서히 달아오르는 폭탄과도 같았다. 뭔가가 목구멍을 향해 치달았다.

"크아아!"

터져 오르는 폭탄처럼 철광이 소리 질렀다. 학생들은 드디어 올 것이 왔다는 표정을 지었다. 허나 철광의 행동은 학생들의 예상을 빗나갔다. 그는 허리를 90도로 꺾으며 교사에게 머리를 조아렸다.

"죄송합니다—! 정말로, 진짜로 죄송합니다—!"

다음에는 방향을 바꿔 자리에 앉아 있는 학생들에게 고개를 숙였다. 아니, 숙이다 못해 자리에서 절을 했다.

"내가 미안하다! 너희에게 정말 몹쓸 짓을 했어! 한 번의 사과로 너희가 전부 이해해 주진 않겠지. 그래도 미안하다! 앞으로 학교 열심히 다니며 너희에게 함부로 하지 않을게. 진심이다!"

철광은 교실이 떠나가라 소리를 질렀다. 그 소리는 벽을 뚫고 옆의 교실까지 뒤흔들 정도였다. 그것만으로는 만족하지 못했는지 철광은 머리로 바닥을 찍었다.

"미안하다—! 내가 너희에게 정말로 몹쓸 짓을 했어—!"

쿵. 쿵. 쿵.

더 이상 지켜보지 못하고 교사가 달려들어 철광을 말렸다.

"처, 철광아. 그만해! 그만하면 됐어."

"아닙니다! 저처럼 못난 놈은 이래도 쌉니다! 죄송합니다!"

"그렇지만 지금 바닥에 금이 가고 있어! 그만해!"

참고로 일출고 바닥은 나무가 아니라 돌로 이루어져 있다.

그날을 시작으로 철광은 정말로 변해가고 있었다. 수업 시간에 딴짓도 하지 않았고 다른 친구들을 함부로 대하지 않았다. 지금까지 때리거나 괴롭혔던 자들을 일일이 찾아가 사과하기도 했다. 싸움을 했던 벌로 내려진 화장실 청소와 화단 청소도 군말 않고 열심히 했다. 처음에는 어색해하던 학생들도 그 모습에 어느 정도 철광의 진심을 이해했다.

다른 두 가지가 하나로 섞이기 위해선 양쪽에서 작용이 일어나야 한다. 피해를 입은 자가 용서하려 해도, 잘못한 자가 사과하지 않으면 화해는 이루어지지 않는다.

철광은 진심으로 사과하려 애썼고, 반대쪽에 선 아이들은 그 사과를 받아들였다. 물론 그것을 탐탁지 않게 여기는 이들도 다수 존재했다. 그것은 어쩔 수 없는 부분들이다. 잘못한 측이 사과한다고 해서 피해를 받은 입장이 무조건적으로 용서해야 한다는 법은 없으니까. 하지만 철광이 현재와 같이 꾸준히 사과를 빌고 변화하려 노력한다면 결국, 용서와 화해는 이루어질 것이다.

점심시간.
벤치에 앉아 빵을 먹고 있던 동해는 운동장을 바라보고 있었다. 운동장에서는 학생들이 공을 두고 축구를 하고 있었고, 그중에는 철광도 끼어 있었다. 철광은 달리는 전차 같았다. 그냥 공을 쫓기만 했을 뿐인데 스치기만 해도 다른 학생들이 낙엽처럼 우수수 나가떨어졌다. 그러면 철광은 어쩔 줄을 몰라 하며 넘어진 학생들을 일으켜 주었다. 축구를 하는 건지 럭비를 하는 건지 모르겠다. 동해는 빵을 우물거리며 해맑게 웃었다.

"병신 같은 놈."
만수도 운동장을 지나며 철광을 보고 있었다. 열심히 운동장을 달리고 있는 그의 얼굴은 진심으로 즐거워 보였다. 패거리와 함께했을 때는 한 번도 짓지 않던 표정이었다. 만수는 욕을 내뱉으며 학교 뒤편으로 걸어갔다. 그의 주머니 속에서 휴대폰이 울었다. 휴대폰에는 패거리가 거느리는 쫄따구 중 하나의 번호가 찍혀 있었다.

"뭐야."

〈만수야, 얘기 들었어?〉

"뭔 얘기. 철광이 찐따 된 얘기? 그거라면 아주 잘 알고 있지."

〈아니, 그거 말고.〉

"그럼 뭔데."

휴대폰 너머의 목소리는 잠시 숨을 죽이며 말했다. 그 순간, 만수는 주변의 모든 잡음이 사라지고 그 목소리만이 세상에 울리는 듯한 느낌을 받았다.

〈미친개가 곧 돌아갈 거래. 정학 기간 끝났나 봐.〉

만수의 얼굴에 잔인한 미소가 번졌다. 철광을 잃어서 다운되었던 기분이 다시 확 살아났다. 미친개가 돌아온다니, 상상만으로도 짜릿해지는 기분이었다. 철광이 나이트 후드에게 당했지만, 미친개라면 이야기가 다르다. 만수는 신 나게 웃으며 전화를 마쳤다.

Battle 07

말하지 않는 입

그녀의 이름은 송아현이다.

이름 때문인지 간혹 창의력이 떨어지는 친구들은 그녀를 송아지라고 부르곤 했다. 송아지처럼 생긴 것은 아니지만, 가끔 그 눈을 보면 수긍이 가기도 했다. 너무 구닥다리 같은 별명인지라 별명으로 불러도 그녀는 별 반응이 없었다. 그보다 더 소수의 아이들은 그녀를 강아지라고 불렀다. 그녀의 생김새가 갓 태어난 강아지 같다고 해서 붙여준 별명이다.

그리 호응 못 해 줄 비유는 아니었지만, 그 나이 또래 학생들이 대게 그렇듯 타인을 치켜세우는 호칭은 창피해서 정식 별명으로 정착하지 못했다.

애초에 그녀와 딱히 친하다고 할 수 있는 사람이 부족했다. 그녀가 왕따라거나 대놓고 따돌림을 당할 짓을 한 건 아니었다. 그녀는 너무 조용했다. 앞에서 무슨 짓을 해도 큰 반응이나 대꾸를 보이지 않았다. 여물 먹는 송아지마냥 눈만 끔뻑거릴 뿐이었다. 그녀는 너무 내향적이었고 소심했다. 있는지 없는지도 모르게 조용했다. 처음에는 관심을 보이던 아이들도 하나, 둘 그녀의 곁을 떠나고 그녀는 결국 혼자가 되었다. 그래도 그녀는 만족했다. 아까도 말했다시피 딱히 괴롭힘을 당하거나 따돌린다거나 하지는 않았으니까. 송아현은 그걸로 만족했다. 조금 외로운 것은 견딜 수 있다. 사람은 누구나 다 외로운 법이라고 생각했으니까.

*　　　*　　　*

학교의 점심시간.

동해는 매점에 가기 위해 자리에서 일어났다. 막 교실 밖으로 나가려는데 교실의 문이 열리며 누군가가 안으로 들어왔다. '그녀'가 안으로 들어오자 남학생들의 눈이 일제히 둥그레졌다. 남학생들은 동경과 흥분의 눈길을, 여학생들은 질투의 눈길을 그녀에게 쏘아 보냈다. 자칭, 타칭 일출고 최고의 미녀 신이나였다.

그녀의 등장에 동해는 셔츠 안에 입은 후드를 머리에 쓰고서 허리를 숙였다. 그리고 책상 밑으로 몸을 숙이고는 살금 살금 자리를 피했다. 들키면 끝장이다. 그렇게 도둑놈처럼 바닥을 기다시피 하는데 돌연 누군가의 두 다리가 그 앞을 가로막았다. 매끈하게 쫙 빠진 다리였다. 동해는 슬그머니 시선을 올렸다. 얇은 발목과 종아리, 요즘 말로 꿀벅지라고 불러도 손색없는 허벅지를 지나 굴곡진 골반이 산맥처럼 등장했다. 그리고 허리 부분에서 잘록하게 들어갔다가 다시 가슴에서 폭발적으로 부피가 늘어났다. 가느다란 쇄골과 목을 타고 지나니 고혹적인 이나의 얼굴이 드러났다. 나름 진풍경이었다.

"헬로우, 동해야."

"하, 하하. 안녕?"

"어딜 그렇게 몰래 가시나?"

"배, 배고파서 매점 가려고."

"너 급식 안 해?"

"응."

동해의 다 기어들어가는 소리에 이나는 싱긋 웃었다.

"어머나, 마침 잘됐다 얘. 오늘 도시락을 좀 많이 싸 와서 난처했거든, 같이 먹자."

"으음. 저기, 거시기 나는."

"고마워할 필요 없어, 어서 가자. 잔말 말고 따라와."

그녀는 대답 따윈 듣지 않았다. 곧바로 동해의 손목을 잡고 자신의 교실로 초대했다. 동해는 남학생들의 질투와 부러움이 섞인 눈빛을 받으며 이나의 교실로 질질 끌려갔다. 그 모습은 혹 도살장에 끌려가는 송아지와도 같았다.

"자!"

이나의 도시락은 무슨 5단 변신합체로봇 같았다. 커다란 하나였던 것이 그녀가 손을 쓰니 다닥다닥 분리되었다. 처음엔 탑이었던 것이 다섯 개의 반합으로 바뀌었다. 각각의 그릇에는 밥과 야채와 고기, 심지어 국도 담겨 있었다.

동해는 놀란 눈으로 이나를 바라봤다. 동해도 사실상 혼자 살다시피 해서 요리를 몇 번 해 본 적이 있었다. 요리라는 건 그리 쉬운 것이 아니다. 남에게 해 주는 것도 물론이거니와 심지어 자기가 해 먹는 것도 귀찮은 게 바로 요리다. 직접 요리를 해 본 적이 있는지라 동해는 그 어려움과 귀찮음에 대해 뼈저리게 알고 있었다.

동해는 이나가 아직도 영 껄끄러웠다. 여자가 조신하지 못하게 막 대쉬하는 것도 그랬고, 저번 키스 때도 그랬다. 동해에겐 그것이 첫 키스였다. 누군가 들으면 코웃음 칠지도 모르지만 동해는 사랑하는 사람과 첫 키스를 나누고 싶었다. 그래서 꼭꼭 아껴왔건만—그냥 애인이 없었던 거지만— 갑자기 끼어든 여자애에게 빼앗기다니, 그것은 수치이자 굴욕이었다. 그래도 이런 정성스런 모습을 보이니 약간의 감동이 일었다. 비록 주변에서 벌 떼처럼 쏘아대는 눈총들이 따가웠지만, 그래도 견딜만한 수준이었다.

"니들 뭐야, 안 꺼져? 뭘 봐! 구경났어? 눈깔의 먹물을 그냥 확 뽑아 버릴까 보다."

이나의 히스테릭한 외침에 힐끔거리던 학생들은 헛기침하며 고개를 돌렸다. 그래도 귀는 뾰족해진 것이 그리로 관심이 가는 것은 어쩔 수 없나 보다.

동해는 두근거리는 마음으로 잡채를 집었다. 돌이켜 보면 예전에 몇 번 요리를 해 보다가 너무 귀찮아서 다음부터는 대충 인스턴트로 때웠다. 오랜만에 먹는 타인의 정성이 듬뿍 담긴 음식이었다. 조심스럽게 한 젓가락을 입에 넣었다. 이나는 두 손을 가슴에 얹고서 조마조마한 눈으로 동해를 바라봤다. 우물우물 동해가 음식을 씹었다. 동해의 눈에 빛이 돌았다.

'이 맛은!?'

학교의 바깥에는 검은 정장을 입은 세 명의 남자들이 있었다. 그들은 이나를 호위하기 위해 그녀의 아버지가 붙여 놓은 보디가드였다. 일 때문에 딸을 볼 수 있는 시간이 극히 적은 탓에 호위 겸 감시 겸 붙여둔 자들이다. 따지고 보면 애매한 입장이기도 했다. 호위자면서 동시에 감시자다. 그리고 그녀 집의 집사들이자 친한 오빠들이라고도 할 수 있었다. 무리의 대장인 바람머리 사내는 신호를 보내는 휴대폰을 받았다.

"예, 아가씨. 운입니다."

수화기 너머에서는 바짝 약이 오른 목소리가 울려 퍼졌다.

〈운 아저씨 이게 뭐예요!? 대체 요리에 설탕을 얼마나 퍼부은 거야! 우리 동해 당뇨병 걸리게 할 일 있어요? 사탕도 이보다는 덜 달겠다!〉

"죄송합니다, 아가씨."

〈어휴, 됐어요. 끊을 테니 다음부터는 요리 좀 똑바로 해요. 알아들어요!〉

"알겠습니다."

뚝.

전화를 끊은 바람머리 사내 운은 한숨을 쉬었다. 담배를 꺼내 문 운은 잔뜩 긴장한 얼굴의 선글라스 사내들을 바라봤다. 운은 아무 말도 하지 않았지만 그 눈빛은 마치 뭔가를 말하는 듯 했다.

'야, 너들 요리 똑바로 안 해? 골탕 먹어 보라고 일부러 그런 거지? 이 새끼들 빠져서는.'

선글라스 쌍둥이는 그게 아니라는 듯 고개를 저었다.

동해는 느글느글한 속을 부여잡고서 이나의 교실을 나왔다. 처음 동해가 맛을 보고 뒤집어졌다. 이상하게 여긴 이나가 맛을 보고는 그녀 역시 뒤집어졌다. 밥을 제외한 모든 음식이 달디 달았다. 설탕을 한 주먹씩 넣어서 조리한 건지 모든 반찬에서, 심지어 국에서까지 맛 탕의 맛이 났다.

이나는 도시락을 쓰레기통에 쳐넣으려 했지만 동해는 괜찮다며 꾸역꾸역 다 먹었다. 그것은 동해의 버릇 같은 것이었다. 어렵게 살아온 탓에 한 번 손을 댄 음식은 절대 남기지 않았다. 아버지의 교육도 한몫했다.

'동해야.'

'응, 아빠.'

'밥을 남기면 안 된다. 나중에 저 세상에 가면, 지금까지 남긴 것들을 모조리 비벼서 한꺼번에 먹어야 해.'

'헐, 아빠 그게 진짜야?'

'그렇단다.'

동해는 끙끙 신음을 하며 밥알 하나 남기지 않고 모두 먹었다. 그의 용기 있는(?) 행동에 이나는 감동 아닌 감동을 느꼈다. 그녀의 교실을 나오며 동해는 고개를 갸웃했다. 아까전부터 한 가지 걸리는 것이 있었다.

대부분이 급식실을 가거나 매점으로 가고 소수의 학생들만이 교실에 남아 있었다. 그 소수는 각자 싸가지고 온 도시락을 먹었는데 그중 한 소녀가 눈에 들어왔다. 토끼 무리에 끼인 햄스터 마냥 자그마한 체구를 지닌 소녀였다. 다른 학생들이 친구들끼리 모여 같이 밥을 먹거나, 혹은 다른 반의 친구들을 불러 같이 먹었는데 유독 소녀만은 홀로 앉아 있었다. 조용히 숟가락과 젓가락을 놀리는 폼이 예사롭지 않았다. 동해의 눈에는 그 자그마한 등이 무척 외롭게 보였다. 달콤한 밥을 꾸역꾸역 넘기면서도 동해는 힐끔힐끔 그녀를 살폈다. 그녀가 뒤를 돌아봤는데 그때 눈이 마주쳤다. 송아지처럼 커다랗고 맑은 눈이었다. 눈이 마주치자 동해는 허둥지둥 시선을 돌렸다. 너무 대놓고 소외를 당하니 오히려 그녀가 이 교실의 주인공처럼 보일 정도였다. 스포트라이트를 받는, 하지만 혼자여서 외로운 주인공.

밥도 먹었겠다, 동해는 학교를 천천히 걸었다. 일종의 식후 운동이었다. 운동이 습관이 되어서 그런지 식사를 한 뒤 몸을 움직이지 않으면 소화가 잘되지 않았다. 득달같이 달라붙는 이나를 따돌린 동해는 숨을 돌리며 천천히 학교를 돌았다.

"헤이, 동해."

이때 누군가가 그를 불렀다. 철광이었다. 철광은 전과는 다른 수수해진 미소를 지으며 동해에게 다가왔다.

"밥 먹었냐? 매점 갈래?"

동해는 달콤한 맛 탕의 향수를 느끼며 고개를 저었다. 밥 먹고 소화시킬 겸 걷고 있다는 말에 철광도 거기에 합류했다. 왜 반 애들하고 축구를 안 하느냐고 물으니 철광은 웃으며 '스치기만 해도 애들이 나가떨어지는 바람에 빠지기로 했거든'이라 대답했다. 철광의 힘을 온몸으로 체감했던 동해는 그 이야기에 웃어야 할지 말아야 할지 고민했다.

철광을 첫 타깃으로 잡은 것은 매우 적절한 조치였다. 싸움이라는 행위 자체는 옳지 않다. 하지만 결과적으로 철광을 바꾸는 데 성공했고, 현재 그는 학생들과 잘 어울리며 지내고 있다. 전처럼 힘으로 누군가를 압도하고 짓누르지 않았다.

철광의 변화에 패거리들은 거북함을 느꼈지만 누구도 그의 변화에 직접적으로 뭐라 하지 못했다. 패거리 중에서도 가장 파괴적인 힘을 갖고 있는 그였다. 어느 누구도 심지어 만수마저도 철광을 터치하지 못했다. 가장 강력한 존재를 변화시킴으로 인해 나머지는 동해가 군이 손댈 필요를 느끼지 못했다.

동해가 가장 아쉬운 건 분노의 중심에 있던 만수를 건드릴 수 없다는 것이다. 물론 마음만 먹으면 나이트 후드로 변신해서 신 나게 밟아 줄 수 있겠지만. 지금 와서 보면 딱히 그럴 필요성을 느낄 수 없었다. 역시 철광의 힘이 컸다. 철광이 변화하면서 만수 패거리가 학생들에게 미치는 영향은 대폭 줄었기 때문이다. 철광을 보며 희미하게 미소 짓던 동해는 아차 하며 말을 꺼냈다. 조금 전에 눈여겨보았던 여학생과 철광은 같은 반이었다.

"맞다. 철광아, 너네 반에 그 여자애 있잖아."

"무슨 여자애?"

이름은 모른다.

"그, 눈이 되게 크고…… 소 같았는데, 체구는 작고."

"송아현이네. 근데 걔가 왜."

철광은 동해에게 대답해 주며 은근한 표정을 지었다. 과거엔 절대 짓지 않던 표정이었기에 동해는 그 얼굴이 뭘 뜻하는지 한참을 생각해야 했다. 뒤늦게 그 속내를 알 수 있었다.

"아니, 좋아하는 게 아니라 그냥 좀 궁금해서. 걔는 친구 같은 거 없어?"

"글쎄?"

철광은 자신의 갈라진 턱을 긁적이며 잠시 생각에 잠겼다.

"별로 눈여겨보질 않아서 잘 모르겠는데. 왜, 관심 있어?"

"아니, 그런 건 아니고."

"그런데 왜? 걔한테 진짜 관심 있는 거 아냐? 소개시켜 줄까?"

"그런 문제가 아니라니까."

의외로 집요한 구석이 있는 철광이었다. 동해가 퉁명스럽게 대답하자 철광은 대화 주제를 바꾸었다.

"그런데 너 이나랑은 대체 무슨 사이야? 둘이 사귄다고 소문이 쫙 돌던데. 그 말이 사실이야?"

이나 얘기에 동해는 빽 소리를 질렀다. 예전이었다면 절대 못 했을 행동을 지금은 원 없이 할 수 있었다.

"무, 무슨 소릴 하는 거야. 아니야, 누가 그래?"

"이나가."

"큭, 걔 말 믿지 마. 우린 절대 사귀지 않아. 그냥 걔가 나좋다고 따라다니는 거야. 잘난 척이 아니라 진짜로 그래."

"오올, 전에는 몰랐는데 의외로 인기인이었군."

"아니야. 이나는 그냥 내가 만만해 보이니까 따라다니는 거야. 솔직히 나도 많이 당황스럽고 혼란스럽다고."

"뭘 그렇게 경계하고 그러냐? 걔가 제멋대로인 건 인정하지만 그렇게 나쁜 애도 아니야. 날라리처럼 보이지만 담배도 안 피운다고. 술은 마시지만."

"그 정도면 충분히 나쁜 애인 거 같은데."

"아니라니까. 다른 여자애들에 비해 당돌한 건 사실이지만 그게 딱히 나쁘다고 할 순 없잖아? 이나는 남들보다 적극적이고, 뭐랄까…… 조금 외로움을 잘 탈 뿐이야. 잘해 봐. 솔까말 걔가 남들보다 떨어지는 건 없잖아? 돈 많지 성격 쿨 하지, 예쁘지, 몸매 좋지. 네가 나중에 저런 여자를 만날 수 있을 것 같아? 네 인생에서 다시는 찾아오지 않을 순간일 수도 있어."

"으음."

"잘 한 번 생각해 봐. 사람은 소문이나 겉으로만 봐서는 판단할 수 없는 거라고."

"그런가? 듣고 보니 그런 것 같기도 하네."

계속 걸으며 대화를 하다 두 사람은 헤어졌다. 철광은 멀어져 가는 동해의 뒷모습을 보며 흐뭇하게 웃었다.

"녀석."

그런 그의 뒤로 누군가가 접근했다. 뒤에서 다가오는 인기척을 느낀 철광은 웃으며 인사했다.

"왔어?"

"약속한 건."

"다 했어."

"정말로? 사실이야?"

"그렇다니까."

신이나는 철광의 손에 '만 원'을 쥐여 주었다. 제물에 눈이 멀어 벌인 짓이었지만 철광도 그 나름대로 죄책감을 느끼고 있었다. 손에 돈이 들어오자 죄책감은 지우개로 지우듯이 싹 사라졌지만.

*　　　*　　　*

점심시간이 끝나고 5교시 수업시간.

방금 막 밥을 먹고 온지라 학생들은 다들 노곤노곤한 표정들이다. 어떤 학생은 게슴츠레하게 눈을 뜨고서 고개를 까딱거렸고, 또 누구는 아예 대놓고 책상을 배게 삼아 잠을 청했다. 어떤 학생은 감긴 눈 위로 새로운 눈을 그려 마치 눈을 뜨고 있는 행색을 했다. 입을 헤 벌리고 침을 흘리지 않았다면 좀 더 완벽했으리라.

"……."

교사는 잠시 교실의 학생들을 눈으로 훑으며 억울하다는 생각을 했다. 저것들은 학생이라도 저렇게 졸 수 있지. 자신은 교사라서 그러지도 못하니 말이다.

탁. 탁.

교사는 들고 있던 회초리로 교탁을 때리며 학생들을 깨웠
다.

"자자, 너희만 피곤한 거 아니니까 다들 어서 일어나."

그러나 학생들은 제 몸이 제 것이 아닌 것마냥 움직이지 못
했다. 그러는 꼴이 마른 양지에서 흐느적거리는 낙지 같았다.

"얼른 일어나!"

교사의 일침에 그때야 학생들은 스르륵 몸을 일으키며 자
세를 바로잡았다. 그래도 끝까지 말을 안 듣는 학생들도 있
긴 있었다. 신이나는 책상 밑에 넣은 손을 꼼지락거리며 열심
히 '누군가'에게 문자를 보내는 중이었고, 철광은 눈을 뜬 채
로 잠들어 있었다.

"오늘이 며칠이지? 24일이구나. 24번 일어난다, 실시."

교사도 식곤증에 정신을 못 차리고 있었다. 대충 학생에게
교과서를 읽게 해서 잠시나마 쉬려는 심산이었다. 그리고 그
것이 실수였다. 학생들은 숨을 죽이며 교사를 바라봤다. 교
사는 이 녀석들이 단체로 뭘 잘못 먹었나 하는 표정을 지었
다. 오래 지나지 않아 자신이 무엇을 실수한 건지 알게 되었
다.

24번은 송아현의 번호였다. 그리고 송아현은 절대 무슨 일
이 있어도 말을 못 하는 아이였다. 실어증 환자인 것은 아니
다. 말을 아예 못 하는 것도 아니었다. 하지만 어떤 병에 걸린

것처럼, 그녀는 말을 해야 될 때가 오면 심하게 더듬으며 제대로 문장을 완성하지 못했다. 그것은 교사가 매를 들어도 마찬가지였다.

아현은 겁먹은 강아지 같은 눈으로 교사를 바라봤다. 제발 철회해 달라는 부탁의 눈이었다. 그것은 학생들 역시 마찬가지였고, 개중에는 답답함을 토로하는 친구들도 있었다.

말을 못할 것이 무엇이란 말인가. 어려운 과제를 내준 것도 아니고 그냥 교과서에 쓰인 글을 읽으면 그만이었다. 고등학교 1학년이면서 설마 글자를 모를 리는 없겠지. 실제로 그녀가 말을 잘할 수 있다는 걸 반 아이들은, 그리고 교사는 알고 있었다. 아현의 눈에 눈물이 그렁그렁 맺혀서 넘쳐흐르려는 찰나 교사가 짧게 말했다.

"됐다, 25번."

결국 그녀는 아무 말도 하지 못했다.

수업이 끝나고 쉬는 시간.

아현은 책상 밑에서 소설책을 꺼냈다. 이쯤이면 엉덩이가 아플 만도 했지만 그녀는 일어나지 않았다. 아현은 가만히 소설의 책장을 넘겼다.

그녀의 뒤에는 여학생들이 몇 명 무리 지어 있었다. 수다를 떨기 위해 모여서는 부리부리한 눈으로 그녀를 노려봤다. 가깝다고도, 멀다고도 할 수 없는 애매한 거리였다.

"쟤 짜증나지 않냐? 아니 왜 말을 못 해? 벙어리야?"

"몰라, 맨날 소설책이나 보더니 머리가 어떻게 됐나 봐."

"저러고도 용케 왕따 안 당하는 게 참 용하다니까."

엄밀히 따지면 왕따는 아니다. 다만 그녀가 그것을 원하는 것처럼 보였다. 적어도 소녀들의 눈에는 그리 보였다.

아현은 책에 집중하려 애썼다. 소녀들의 말은 날카로운 바늘이 되어 그녀의 귓속으로 파고들었다. 귀로 들어간 바늘은 그녀의 심장을 콕콕 찔렀다.

'들리지 않아. 들리지 않아.'

아현은 부득부득 외면하며 제대로 읽히지도 않은 책에 집중했다. 어제까지만 해도 가슴이 두근거릴 정도로 재밌게 봤던 책인데 어째 지금은 무슨 내용인지 하나도 모르겠다.

*　　　　*　　　　*

동해는 조만간 민철의 도장에 찾아갈 생각이었다. 저번에 화를 주체하지 못하고 행동했지만 돌이켜 보면 그것은 옳지 못한 행동이었다. 동해는 그리 생각했다. 그가 아니었으면 나이트 후드도 없었을 것이고 지금처럼 좋은 결과를 만들지 못했을 것이다. 동해는 다시 찾아가 그에게 사과하고 다시 좋은 관계를 만드리라 다짐했다. 날짜는 토요일로 잡았다. 해가 정수리쯤에 올랐을 때 만나야 사과도 가벼운 마음으로 할 수 있을 것 같았다. 이틀이 지나고 토요일이 찾아왔다. 동해는 어색함을 뒤로 감추고 민철의 도장을 향했다.

*   *   *

"캬캬캬. 그러니까 어제 내가 그 녀석을 발라 버렸지."

토요일 오후.

하늘과 바람에서는 더 이상 겨울의 스산함을 찾아볼 수 없었다. 학교가 끝난 학생들, 그리고 그 외에 다양한 사람들은 너도 나도 거리로 몰려 나왔다. 거리로 나온 사람들은 강길을 따라 흐르는 물살과도 같았다. 어떤 곳은 사람이 너무 많아서 제대로 걷기가 힘들 정도였다.

"별거 아니더라고."

세 명의 학생들이 길을 걷고 있었다. 일출고와 가까운 청명고 학생들이었다. 녹색 바탕의 교복은 그리 세련됐다고 하기 힘들었지만, 적어도 눈에 띈다는 점에서 몇몇 학생들은 그 점을 선호하기도 했다. 길을 걷는 세 학생들은 자신들이 보통의 학생이 아니라는 걸 강조라도 하듯 저마다 교복을 이리저리 풀어헤치고 있었다. 누구는 넥타이를 매지 않고, 누구는 바지를 대폭 줄여 입었고, 또 누구는 셔츠를 바지 밖으로 빼 입었다. 그 외에는 귀걸이나 가짜 피어싱 등 온몸으로 자신들이 불량하다는 걸 알리려 애썼다.

그중 한 학생은 어제 있었던 무용담을 친구들에게 열심히 설파 중이었다. 그렇게 앞을 제대로 확인 안 하며 걷다가 기어이 누군가와 어깨를 부딪쳤다.

"우씨, 뭐야. 부딪쳤으면 사과를 해야지."

그는 대놓고 눈살을 찌푸리며 어깨를 부딪친 소년을 위협했다. 처음 부딪칠 때부터 상대가 키가 작고 왜소한 소년이라는 걸 알았다. 상대가 신체적으로 자기보다 아래라는 걸 파악한 학생은 허세를 부렸다.

소년은 위아래 검정 트레이닝복을 입고 있었다. 키가 매우 작았고, 머리에는 검은 모자를 쓰고 있었다. 모자 아래에 가려진 인상은 주근깨가 박힌 중성적인 외모였다. 상대가 겁먹었다 생각한 피어싱 소년은 쯧 혀를 차며 무시했다.

"어디까지 얘기 했더라? 암튼 그 새끼를 실컷 밟아 줬다는 거지. 내가 누구야, 청명고 돌아이 아니냐. 키키."

열심히 떠들던 피어싱 소년은 순간 뒤에서 누군가가 다가오고 있다는 걸 깨달았다. 상대가 발소리를 숨기지 않고 달려오고 있었기에 그 정도는 알 수 있었다.

"뭐야?"

소년이 뒤로 돌기 무섭게 하얀 손은 들고 있던 돌로 그의 머리를 찍었다. 빨간색 보도블록이었다.

"카악!"

조금 전 피어싱 소년과 어깨를 부딪친 검은 소년이었다. 예사 행동이 아니었다. 자기가 상대보다 키가 작다는 걸 인지했는지 힘껏 점프하여 전력을 다해 찍었다. 피어싱 소년은 정수리를 부여잡으며 나동그라졌다.

"뭐, 뭐야!"

검은 소년은 지체할 거 없이 피 묻은 돌로 옆에 있던 학생의 어깨를 찍었다. 상대가 죽건 말건 개의치 않겠다는 듯 온힘을 다한 공격이었다.

"이 미친 새끼가!"

마지막으로 남은 소년은 셋 중에서도 가장 덩치가 컸다. 키는 검은 소년보다 머리 두 개 정도나 더 컸다. 하지만 이 압도적인 체격 차에도 검은 소년은 신경 쓰지 않았다. 그리고 검은 소년은 지면을 차고 올라 덩치의 몸에 매달렸다.

"떨어져!"

그것은 어린이가 어른에게 애교를 부리기 위해 매달리는 포즈와 비슷했다. 두 다리는 상대의 허리를 휘감고, 두 팔로 상대의 목을 감싼다.

"끄아악!"

거리를 거니는 사람들은 난데없는 폭력사태에 당황했다. 작은 소년이 벌이는 무시무시한 폭력에 당황하였고, 현재 두 사람이 벌이고 있는 포즈에 당황했다. 검은 소년이 마치 어린애처럼 달라붙어 상대의 뺨에 키스하는 것처럼 보였기 때문이다. 하지만 실상은 그게 아니었다. 검은 소년은 상대의 뺨을 물어뜯고 있었다.

"아악!"

살점 한 덩이를 뜯고 나서야 검은 소년은 덩치의 품에서 내려왔다.

"퉤."

그는 껌을 뱉듯 상대의 살점을 바닥에 뱉었다. 그야말로 순식간에 벌어진 일이었다. 그에 어느 누구도 경찰에 신고하지 못했다. 뺨을 뜯긴 소년은 울먹이며 상대를 자세히 살폈다.

'설마, 미친개!?'

처음에는 못 알아봤지만 이제는 알 수 있었다. 잔혹한 수법하며 자그마한 체구, 그리고 잔인함과는 거리가 먼 외모, 빼도 박도 못하는 미친개였다. 소년은 피 묻은 입가를 닦으며 어깨를 털었다.

"미안."

쓰러진 학생들에게 비릿한 미소를 흘리곤 소년은 측면의 골목으로 들어갔다. 뺨을 뜯긴 소년은 무시무시함에 눈을 감았다. 어린 소녀처럼 하얀 미소를 짓고 있었지만 그 치아에는 자신의 피가 눅눅하게 들러붙어 있었다.

'정학당한 걸로 알고 있었는데. 기간이 끝난 건가?'

미친개는 정학당한 이후로 집구석에 틀어박혀 나오지 않았다. 그 사실은 학교의 일진들 사이에 공공연한 사실처럼 돌아

다녔다. 그런데 놈과 거리에서 마주쳤다는 건 정학 기간이 끝
났다는 걸 이야기했다. 소년은 아픔보다도 그 사실에 놀라
식은땀을 흘렸다.

Battle 08

들리지 않는 귀

　민철의 도장 앞.

　고개를 들어 보니 오늘따라 건물의 꼭대기가 괜히 높아 보였다. 후읍, 동해는 심호흡을 하며 계단을 밟았다. 계단을 오르는 동안 어린 친구들의 얍얍 하는 소리가 울렸다. 주말에는 초등반을 운영한다더니 사실인가 보다. 계단을 타고 2층으로 올라간 동해는 문을 열고 빼꼼히 고개를 내밀었다.

　동해보다도 한참은 작은 아이들이 태권도 복을 입고 있었다. 숫자도 그가 생각했던 것을 훨씬 웃돌 만큼 많았다. 민철은 어디에 있는지 보이지 않았고, 아이들은 자기네들끼리 대련 중이었다. 아이들이 덜 자란 팔과 다리를 어설프게 휘두르는 모습에 동해는 푸훗, 엄마 같은 미소를 지었다. 민철도 다 생각이 있겠거니 하고 넘어가려는 그때였다. 대련 중이던 한 아이가 바닥에 엉덩방아를 찧었다.

'어이쿠, 아프겠다.'

쓰러진 건 소녀였다. 소녀는 엉덩이를 문지르며 아픔을 호소했다. 같이 대련 중이던 소년이 급히 다가갔다.

"괜찮나?"

"너, 씨이."

엉덩이를 찧은 소녀는 쪼르르 어디론가 걸어갔다. 상황을 지켜보던 동해의 눈이 왕방울이 되었다. 그리고 입을 쩍 벌렸다. 소녀가 구석에 있던 철재 의자를 들고 온 것이다. 난데없는 하드코어 매치에 보다 못한 동해가 문을 열고 들어갔다.

"그, 그만둬!"

동해는 소녀와 소년 사이를 가로막았다.

"오빠 뭐예요? 비키세요."

동해의 뒤에 있던 소년도 소녀의 의견을 거들었다.

"맞아요. 애들 싸움에 어른이 끼어드는 거 아니랬어요."

그렇게 말하며 소년은 품 안에 손을 넣었다.

'히익!'

그리고 뒤적뒤적 그 안에서 꺼낸 것은 사시미였다.

동해는 등골에 소름이 돋는 것을 느끼며 우왕좌왕 아이들을 향해 손을 저었다.

"얘들아, 이러면 안 돼! 다친다고! 다, 다, 당장 그것들 내려놔. 썩! 이놈들! 어디서 어른 행세야!"

어처구니없다고 해야 할지, 아니면 섬뜩하다고 해야 할지. 동해는 방방 뛰며 패닉 상태에 다다랐다. 동해가 거의 이성을 상실할 때쯤 도장의 문이 열리며 누군가가 들어왔다.

겨드랑이에는 한 보루 담배를 끼고 있는 민철이었다. 동해는 새파랗게 질린 얼굴로 민철을 바라봤다. 민철의 얼굴을, 그리고 그가 들고 있는 한 보루의 담배를 바라봤다.

"동해?"

"민철 형?"

민철은 어색한 걸음걸이로 도장 안으로 들어왔다. 그의 눈은 네가 왜 여기에 왔냐고 물어보는 듯 했다. 민철이 무어라 입을 때려는 찰나, 다시 문이 열리며 누군가가 들어왔다.

"얘들아, 과자 먹으면서 하렴."

도장에 다니는 한 아이의 학부모였다. 그녀는 저번에 민철이 사시미 갖고 장난을 칠 때 들어왔던 그 여성이었다. 그녀는 굳어버린 눈동자로 잠시 도장을 둘러봤다. 교복을 입고 있는 새파랗게 질린 얼굴의 소년, 겨드랑이에는 담배 한 보루를 끼우고 있는 민철, 그리고 철재 의자를 치켜들고 있는 소녀, 마지막으로 사시미를 들고 있는 자신의 아들. 당황한 민철이 외쳤다.

"보, 봉식이 어머님!"

"애들에게 이게 무슨 짓이야아아!"

그녀는 독수리처럼 날아서 민철의 가슴에 드롭킥을 먹였다.

퍼억!

"꿻!?"

불시에 기습당한 민철은 데굴데굴 바닥을 굴렀다. 그 번개 같은 몸놀림에 아이들은 눈을 휘둥그레 떴다.

"가, 강하다!"

"누구 엄마지?"

"앗! 우리 엄마다!"

제법 시간이 지나고.

철재 의자를 들었던 여자아이는 사실 어제 TV에서 레슬링을 봐서 따라해 봤다고 했다. 그리고 꼬맹이 봉식이가 꺼냈던 사시미는 플라스틱으로 만들어진 가짜 칼이라는 것도 밝혀졌다. 요즘 문구점에서는 그런 것도 팔아먹는다나 뭐라나. 민철이 수업 도중 담배를 사러 나간 것은 명백한 잘못이었지만, 꼬맹이들이 벌인 짓은 딱히 민철의 잘못이라고도 할 수 없는 것이었다.

"아무래도 도장을 때려 치고 그 여편네가 여기 관장을 해야 할 거 같아. 훌쩍 날았을 땐 무슨 동방불패라도 나타난 줄 알았다니까."

민철은 가슴을 문지르며 자리에 앉았다. 이곳은 도장의 관장실, 관장 책상을 사이에 두고 민철과 동해는 서로 마주 앉았다. 동해는 그래도 다행이라고 생각했다. 긴장했던 마음이 조금 전의 일로 한결 풀어진 기분이었다. 동해는 슬쩍 민철의 눈치를 살폈다. 그는 눈이 마주치자 흥 코웃음 치며 딴청을 피웠다.

"형, 할 말이 있어요."

"난 들을 말 없다."

"자꾸 딴청 피우지 말고요! 저번 일은 제가 잘못했어요. 그땐 제가 너무 감정적으로 대처한 거 같아요. 그래서 사과하려고 해요. 정말 죄송해요. 앞으로 안 그럴게요."

"동해야."

"에, 예?"

"잠깐 나 좀 보자."

민철은 사뭇 진지한 어투로 말했다. 조금 전까지 안 들리는 척 딴청을 부리던 것과 완전히 다른 눈이었다.

"왜 그래요?"

"잠깐 가만히 있어 봐."

민철은 동해를 세워 놓고는 자신의 검지를 그의 배에 찔러봤다. 배꼽보다 약간 아래쪽이었다. 푹, 손가락을 찔러 본 민철은 고개를 갸웃했다.

'이상하군. 기가 전혀 느껴지지 않아.'

분명 저번에 철광과 싸울 때 잠깐이긴 했지만 동해는 기를 발산했다. 기를 오른손에 응축하여 펀치를 날렸다. 기라는 것은 사람의 몸속에 잠재돼 있는 또 다른 힘이다. 몸을 이용해 다른 것에 영향을 끼치는 직접적인 힘이 아니라 보이지 않는 힘. 누구나 몸에 기를 가지고 있지만 그렇다고 해서 누구나 그 힘을 다룰 수 있는 것은 아니다. 또한 가르친다고 해서 아무나 사용할 수 있는 것도 아니다. 스스로 깨우침을 얻지 못하면 사용할 수 없다.

하지만 노력 끝에 기를 자유자재로 사용할 수 있다면 인간을 초월한 막강한 능력을 갖게 된다. 기를 불어넣어 물건을 밀치거나 당길 수 있다. 또한 응집시켜 한 곳에 불어넣으면 내부에서부터 파괴적인 힘을 폭발시킬 수도 있는 힘이다. 이렇듯 쓰는 이의 능력에 따라 무궁무진한 활용이 가능한 것이 바로 기다.

'그런데 왜 이번에는 느껴지지 않는 거지?'

민철은 손가락에서 손으로 바꾸어 동해의 배를 만지작거렸다. 그 모습은 마치 산부인과 의사가 임산부의 배를 만지는 것과 비슷해 보였다.

"혀, 형? 왜 이러세요?"

동해는 이상한 기분이 들었는지 엉덩이를 뒤로 빼며 민철의 손을 제지했다. 동해가 얼굴을 붉히며 부끄러워하자 민철은 인상을 찌푸렸다.

"이 새끼가 지금 무슨 생각을, 그런 거 아니거든? 내가 미쳤다고 너 같은 놈에게 흑심을 품냐. 잠깐이면 되니까 가만히 좀 있어 봐. 앙?"

"예……."

동해는 민망함에 아예 시선을 다른 곳으로 돌렸다. 외간 남자에게 배를 맡겨야 한다니, 아버지에게도 만져진 적이 없는데.

'저번 일은 역시 우연인가? 보통 사람 정도밖에 안 느껴지는 걸.'

그렇게 한참 동해의 배를 주무를 때 관장실의 문이 열리며 누군가가 들어왔다.

"호호호 관장님, 아까는 죄송했어요. 애들끼리 장난치는 것도 모르고 저는."

봉식이 어머님이다. 그녀는 조금 전에 있었던 일을 사과하기 위해 건강 음료 세트를 손에 들고 있었다. 그리고 민철이 한껏 진지한 표정으로 동해의 아랫배를 탐하는(?) 모습을 봤다. 동해는 부끄럽다는 듯 얼굴을 잔뜩 붉히고 있었다.

"그."

"아니요. 봉식이 어머님. 그게 아닙니다. 절대 그런 게 아닙니다."

"당신 지금."

"봉식이 어머님, 저는 당신이 지금 무슨 생각을 하는지 알고 있습니다. 하지만 그게 아닙니다. 절대로 저는."

"꺄아아악!"

그녀는 들고 있던 음료 세트를 집어던졌다. 부웅 날아간 묵직한 음료 세트는 민철의 이마에 명중했다.

'아놔, 오늘 일진 사납네.'

민철은 억울하다는 표정을 지으며 발라당 뒤로 넘어갔다.

잠시 시간이 흐르고 민철은 이마를 주무르며 투덜거렸다. 반면 동해는 재미있다는 듯 쿡쿡거리며 웃음을 참기에 바빴다. 그가 자꾸 웃자 민철은 한마디 쏘아붙이려 했지만 결국 그도 웃어 버리고 말았다. 분위기가 이렇게 된 이상 딴청을 피울 수도, 진지한 척할 수도 없었다. 민철은 손을 휘휘 저었다.

"그래. 이 형아도 잘못했다. 살다 보면 어쩔 수 없는 상황에 당면하기도 하는 거니까. 하지만 다음부터는 좀 더 영리하게 대처했으면 하는구나."

"예."

동해는 머리를 긁적이며 헤헤 웃었다.

"덕분에 우리 도장에 수강생들이 늘었으니 나도 네 덕을 본 셈이구나. 아까 그 초딩들 있지? 다들 나이트 후드에 정신이 팔려서 몰려온 거야. 여기 말고도 전국적으로 도장에 무술이나 격투기를 배우러 오는 사람들이 늘었어."

민철은 지그시 동해의 눈을 바라봤다.

"너의 그 멍청한 짓거리가 나름대로 사람들에게 잔잔한 반향을 이끌어내고 있다는 증거지."

"헤헤."

동해는 칭찬에 머쓱한지 얼굴을 붉혔다. 그런 동해를 보며 민철은 생각했다. 이 정도면 충분하다고. 충분 했다고. 여기서 그친다면 동해에게나 주변 사람들에게도 좋은 영향을 끼쳤으리라, 그는 생각했다. 여기가 끝이라면 말이다. 민철이 말했다.

"짜식, 오랜만에 봤으니 밥이나 먹으러 가자."

*   *   *

똑똑똑. 이곳은 송아현의 집. 그녀의 방이다. 아현은 막 샤워를 마치고 보송보송한 모습이었다. 큼지막한 셔츠를 하나 걸치고서 침대 위에 앉아 있었다.

♪~♬

그녀는 헤드폰을 끼고서 노래를 듣고 있었다. 무릎을 가슴까지 끌어 올리고서, 웅크린 자세로 고개를 까딱거렸다. 눈은 살포시 감겨 있다.

똑똑.

"아현아, 밥 먹으렴."

방문 너머에서는 몇 번이고 노크가 있었지만 그녀는 신경 쓰지 않았다. 아니, 애초에 헤드폰의 볼륨을 크게 높여 놓은 지라 노크 소리가 들릴 리가 없었다. 노크 소리도, 여성의 목소리도 아현의 세계에는 조금도 침범할 수 없었다.

"……."

아현은 눈을 뜨고는 휴대폰을 만지작거렸다. 인터넷에 들어가 나이트 후드를 검색했다. 그녀는 나이트 후드가 싸웠던 동영상을 감상했다.

'멋있다.'

그녀는 나이트 후드를 보며 희미하게 미소 지었다. 그 미소는 얼핏 수줍어 보였으나 보기에 따라 슬프기도 한 미소였다. 이미 수십 번이고 돌려본 영상이었지만, 봐도 봐도 질리지가 않았다. 그 어떤 블록버스터 영화보다도 흥분되었고 그 어떤 로맨스 소설보다 가슴 뛰었다. 아현은 '그때도 저런 사람이 있었다면 참 좋았을 텐데'라고 생각했다.

동영상을 감상하던 중 아현은 눈을 크게 떴다. 그 영상은 나이트 후드가 첫 활약을 펼치던 포장마차 사건을 담은 영상이었다. 전부터 왠지 낯익다는 생각이 들었는데 그곳이 어디인지 마침내 떠올랐다. 저곳에 한 번 가보고 싶었다. 어차피 가 봤자 거기서 나이트 후드를 볼 수는 없겠지만 그래도 가고 싶었다.

아현은 헤드폰을 벗고 자리에서 일어났다. 그리고 문을 열고 나가려다가 그때서야 자신이 하의를 입고 있지 않다는 것을 깨달았다.

"이크."

후다닥 치마를 챙겨 입고는 방 밖으로 나갔다. 갓 샤워를 마치고 제대로 빗질을 안 한 탓에 그녀의 머리칼은 부스스했다. 아현은 머리에 후드를 써서 부스스함을 가렸다. 자그마한 귀에는 이어폰을 꽂고서 음악을 크게 틀어 놓았다. 그렇게 아현은 음악 소리에 집중하며 영상 속의 포장마차를 향해 걸었다. 두근두근하는 것이 가슴이 부풀어 오르는 느낌이다.

한편, 민철과 동해는 민서가 운영하는 가게에 와 있었다. 민철은 언제 무슨 일 있었냐는 듯이 밝게 인사했고 동해는 고개를 숙이며 예의바르게 인사했다.

"와, 왔어요?"

민서는 약간 어색하게 그들의 인사를 받았다. 민철은 두루 뭉술하게 넘어가려 했지만 민서에게는 아직 저번의 기억이 생생하게 박혀 있었다. 그가 조폭들을 1 대 25로 상대한 기억이 말이다.

하지만 그때와 지금의 이미지의 차이는 이루 말할 수 없는 것이었다. 특유의 파란 트레이닝복을 입고 머리는 또 부스스하고 국민 백수라고 불러도 좋을 외견이다. 하지만 속은 건장한 성인 남자 스물다섯 명을 제압하는 고수 중의 고수라니. 민서는 둘 사이에서 오는 차이에 혼란스러움을 느꼈다.

"이 여편네가 뭘 그렇게 뚫어져라 쳐다보는 겨? 우리 동해 밥 먹게 우동 한 그릇 주쇼. 떡볶이랑 튀김도 한 열 개 정도

주고, 나는 오징어 무친 거에 소주 한 잔."

동해가 손을 저었다.

"아침부터 무슨 술이에요? 그리고 저 그렇게 많이 못 먹어요."

"어른이 사 주는데 어딜 빼? 닥치고 먹어. 네 나이 때는 굴러가는 낙엽도 씹어 먹을 때야."

어딘가 표현이 이상하다고 느꼈지만 동해는 정확히 어느 부분이 잘못된 건지는 알지 못했다.

민서는 익숙한 동작으로 우동과 떡볶이를 준비했다. 그러면서도 눈으로는 힐끔힐끔 민철을 훔쳐봤다.

"그쪽 양반은 몸은 좀 괘, 괜찮으시데요?"

"뭐가 또."

"아니, 저번에 그 검은 양복."

민서는 말을 하다가 입을 다물었다. 민철이 턱으로 옆에 있는 동해를 가리키며 눈치를 주었기 때문이다. 동해는 떡볶이를 우물거리며 민서를 보았고, 민서는 급히 고개를 숙이며 시선을 회피했다.

"왜요? 민철 형 저번에 무슨 일 있었어요?"

"저번에? 글쎄다. 그 동방불패 여자가 애들한테 비속어 가르친다고 때리기는 했었지. 별거 아냐."

민철 나름대론 그것이 변명이라고 한 거였지만, 그 말은 또 다른 오해를 낳았다. 민서가 끼어들었다.

"여자?"

"하하. 아무것도 아니랍니다아."

민철은 웃음 지으며 넘어갔지만 민서는 넘어갈 수 없었다. 그렇다고 또 대놓고 물어볼 수는 없는지라 속으로만 애를 태워야 했다. 우물우물 우동을 먹던 동해는 마침 떠오른 것이 있다는 듯 입을 열었다.

"맞다. 그러고 보니 형 몇 살이에요?"

그 이야기에 민철은 눈썹을 꿈틀거렸고 민서는 귀를 뾰족하게 세웠다. 민서가 전에 물어보았던 질문이다. 당시 동해는 자기도 잘 모른다고 대답하였고 마침 궁금해진 모양이다. 민철은 빨갛게 초고추장이 묻은 오징어를 씹으며 먼 산을 바라봤다.

"남자의 나이는 비밀이건만."

"에이, 형 몇 살인데요. 네?"

보다 못한 민서도 옆에서 거들었다.

"보아하니 한 서른 살 정도 먹은 것 같고만."

"서른 살? 하하."

민철은 뒤통수를 긁적이며 눈에 띄게 좋아했다. 그에 민서는 속으로 앗싸를 외쳤다. 일단 서른 살 이상이라면 최소 서른한 살, 많아도 서른넷일 것이다. 자신의 나이가 서른다섯이니 아무리 많아도 4살 차이밖에 안 나지 않은가. 그리고 4살 차이는 궁합도 안 본다는 속설이 있다. 민서는 속설 따윈 믿지 않았지만 이번만큼은 믿어 보고 싶었다.

"에이, 표정을 보아하니 서른 넷 정도 되려나?"

"그을쎄에요오."

민철은 말은 얼버무렸지만 이번에도 표정은 감출 수 없었다. 그 표정은 '데헷, 어려 보인다'라고 대놓고 말하는 듯했다. 민서는 궁금해서 견딜 수가 없었다. 대체 몇 살일까? 나이가 몇이기에 서른네 살 소리를 들어도 기뻐하는 걸까. 옆에서 동해가 자꾸 보채니 민철은 짜증을 부리며 외쳤다.

"아놔, 서른여덟이다. 됐냐?"

민철이 사실을 실토하자 동해는 눈을 크게 떴다. 입에 머금고 있던 우동 가락이 우수수 쏟아질 만큼 입을 쩌억 벌렸다.

"진짜로요? 진짜 서른여덟?"

"그렇다니까."

말도 안 되는 소리였다. 민철은 얼핏 봐도 이십 대 후반으로밖에 보이지 않았다. 사람마다 약간의 개인차는 있겠지만 절대 삼십 대 후반으로 보일 외모는 아니었다. 전혀 꾸미지 않은 현재도 그러한데 만약 머리를 정돈하고 옷까지 꾸며 입으면 어찌 보일지 동해는 상상도 할 수 없었다. 동해만큼이나 민서 역시 놀라서 입을 다물 수가 없었다.

"진짜? 진짜 서른여덟?"

"그렇다니까 그러네. 물론 이 오빠가 겁나게 동안인 건 나도 인정해. 하지만 그렇게 놀랄 것까지는 없잖아."

그렇게 세 사람이 대화를 나누는 사이, 누군가가 포장마차 안으로 들어왔다. 동해는 고개를 돌려 확인했고, 또 놀라서 움찔했다.

'어라? 저 아이.'

철광과 이나와 같은 교실을 쓰는 송아현이었다. 그녀도 동해와 눈이 마주치자 당황했는지 들어오는 것도 나가는 것도 아닌 애매한 자세를 취했다. 그녀가 허둥대며 나가려 하자 동해가 붙잡았다.

"아, 안녕? 또 보네."

동해는 자기가 왜 그녀를 붙잡는 건지 이유를 알지 못했다. 왠지 그래야 할 것 같다고 생각했을 뿐.

"누구……?"

아현은 기어들어가는 목소리로 대답했다.

"저번에 봤잖아. 뭐 사먹으러 온 거야? 마침 잘 왔어. 여기 누나 요리 잘하거든. 앉아, 앉아."

아현의 얼굴에는 불편함이 가득했다. 타인의 친절이 몸에 배지 않은 탓이다.

'왜 이렇게 친절하게 구는 거지?'

동해에게는 특별한 이유가 없었다. 단지 저번에 보았던 그녀의 등이 외로워 보였고 친해지고 싶었을 뿐이다. 세 글자로 말하면 오지랖되시겠다.

"학생 뭐 먹을래?"

민서가 친절한 미소로 묻자 아현은 얼굴을 붉혔다. 사실 뭘 먹으러 온 것은 아니었다. 단지 나이트 후드가 이곳에서 싸웠기 때문에 그의 체취를 느껴보기 위해 왔다. 아현이 별거 아닌 질문에 당황해하자 이번에는 민철이 말을 걸어 왔다.

"뭐야, 동해 친구야? 그럼 역시 이 형님이 나서야겠군. 먹고 싶은 거 있으면 말만 해. 이 오빠가 다 사 줄게. 참고로 이 오빠는 동해가 다니는 도장의 사범님이란다."

'안 물어봤는데.'

그 말을 해 주고 싶었지만 아현은 꾹 참았다. 타인의 친절이 어색했다. 타인이 자신을 향해 거짓 없이 미소 짓는 것이 불편했다. 하지만 그녀가 빠져나갈 틈도 없이 세 사람은 거침없이 그녀를 끌어당겼다.

"난 동해라고 해. 넌 송아현이지? 이름 들었어."

"어디서?"

"그냥 어쩌다 보니 어깨 너머로 들었어. 눈이 송아지 같다고 말이야. 근데 너 진짜 눈 크다."

아현은 오글거림과 동시에 손발이 뒤틀리는 감각을 느꼈다. 뭐지 이 아이는? 어쩜 저리도 유치한 말을 서슴없이 내뱉을 수 있는 거지? 하지만 나쁘지 않았다.

아현도 동해에 대해서는 조금이나마 알고 있었다. 그리 나쁜 이야기는 없었고 동정하는 이야기가 많았다. 아무 잘못도 안 했는데 괴롭힘 당한다고, 남의 과제를 대신하고, 심부름을 하고, 심지어 맞기까지 한다고…… 그래도 잘 웃는 녀석이라고 말이다. 어렴풋이 어깨 너머로 들었던 이야기지만 아현은 그 이야기에 조금은 호감이 들었다. 이렇게 실제로 보니 그때 들었던 이야기만큼이나 첫인상이 좋았다. 아현은 '동해라면 조금 마음을 열어도 좋지 않을까?'란 생각을 해 봤다. 비슷한 사람끼리 어울리는 게 보통이니까.

자신과 차이점이라면 그래도 동해는 웃는다는 것이다. 웃음과 말을 잃어버린 자신과는 달랐다. 동해에겐 자신에게는 없는 빛이 보였다. 그것이 조금은 부럽기도 하거니와 질투가 났다.

*　　　*　　　*

소년은 손목의 옷깃으로 입가를 닦았다. 피가 제법 묻어 있었다. 한서림이라는 이름이 있었지만 소년에게는 이름보다 더 많이 불리는 별칭이 있었다. 미친개. 소년은 이름보다 미친개라는 별명으로 자주 불렸다. 그렇다고 해서 그의 앞에서 그 이름을 언급하는 사람은 없다. 그랬다간 당장 미친개에게 물어뜯길 테니까.

무시무시한 별칭과는 달리 서림의 겉모습은 전혀 딴판이었다. 그의 겉모습에서는 미쳤다, 혹은 개를 연상할 수 없었다. 키는 160 정도로 또래보다 한참은 작았고 외모 역시 여리게 생겼다. 동해가 순진하다는 인상이라면 서림은 중성적인 인상이었다. 하지만 그게 바로 함정이다. 자칫 약해 보이는 첫 인상에 함부로 대했다가 피를 본 학생들이 적지 않았다.

서림은 상대가 몇 명이건 덩치가 크건 작건, 심지어 여자라도 개의치 않고 물어뜯었다. 다른 학생들이 으스대기 위해 주먹을 휘두른다면 서림은 상황이 자신의 마음에 들지 않을 경우 주먹을 휘둘렀다. 가차 없었다.

조폭이 아닌 바에야 보통은 자신의 미래를 걱정하여 몸을 사린다. 그러나 그런 사람들과 달리 서림은 아무것도 개의치 않았다. 마치 인생을 포기한 사람처럼 말이다. 상대가 죽든지 말든지 신경 쓰지 않고 짓밟는 행위 때문에 미친개라는 별명이 붙었다. 그가 정학을 당한 것도 그 이유 때문이다. 워낙에 다혈질이고 성격이 괴팍하다 보니 그런 식으로 이미지가 굳었지만 누구도 궁금해 하지 않았다. 서림이 과연 날 때부터 저런 성격이었는지를 말이다.

♪~♫

누군가의 전화다. 서림은 번호를 확인하지 않고 바로 전화를 받았다.

"누구야."

〈요, 서림. 잘 지냈어?〉

통화를 건 상대는 다름 아닌 만수였다.

〈그간 잘 지냈어? 목소리 들어 보니 괜찮아 보이네.〉

"무슨 일이야."

서림의 목소리는 서로 친구라 하기엔 무리가 따를 정도로 퉁명스러웠다. 사실, 친구라 하기에 둘 사이엔 미묘한 차이가 있었다. 서림은 분명 패거리 5인방 중 하나이지만 동시에 개별적인 존재였다.

누구와도 친하지 않고 말을 섞지 않는 그에게 만수 패거리는 특별했지만, 그렇다고 해서 그것이 보통의 친구 사이란 말은 아니었다. 어찌 보면 만수가 서림의 아래라고도 볼 수 있었다. 친구이되 친구는 아니고, 동등하되 동등하지 않은 사이인 것이다.

"용건이 뭐냐고."

〈하하. 짜식, 어떻게 변한 게 하나도 없냐. 너 혹시 철광이 자식이 대판 깨진 거 들었어?〉

"관심 없는데?"

〈하하, 그러지 말고 들어 봐. 요즘 그놈 때문에 아주 그냥 난리도 아니라고. 혹시 나이트 후드라고 들어 봤냐?〉

"난 그런 거 몰라."

〈정말 몰라? 거참. 마스크 끼고 후드 쓰고 다니는 어떤 미친놈이 있어. 그 새끼는 지가 정의라고 지 눈에 나쁜 놈들을 잡아 패는데 하필 철광이가 당한 거야. 근데 거기서 끝이 아니라 철광이 놈이 얻어맞고 우리랑 절교를 선언한 거지, 웃기지 않냐?〉

"응. 웃기지 않아. 난 그딴 덩치가 뭐 하든 상관없어. 관심도 없고."

만수는 최대한 침착하게 받아들였다. 서림의 이런 태도는 전화를 걸기 전부터 예상하고 있었다. 미친개를 마음대로 다루려 한다니, 쉽지 않을 것이다. 하지만 그렇다고 해서 지닌 패가 하나도 없는 것은 아니었다. 만수는 소리를 내지 않고 웃으며 자신이 지닌 조커를 꺼내들었다.

〈송아현.〉

그 한 마디에 서림의 걸음이 멈추었다. 마치 그대로 굳어버린 듯 꼼짝도 하지 않았다. 휴대폰을 귀에 붙인 채 서림은 아랫입술을 잘근거렸다.

"송아현이 뭐 어쨌는데."

〈후후, 이거 왜 이러시나. 너 학교 돌아가면 송아현이 노릴 거잖아. 어떻게 하려고? 그냥 잡아 패려고? 죽이게?〉

"네가 알 거 없잖아."

〈난 알아. 네가 송아현에게 엄청나게 분노하고 있다는 걸 말이야. 결국 넌 학교로 돌아가면 모두가 보는 앞에서 걔를 팰 거야. 뼈 정도는 쉽게 부러트리겠지? 아니면 평생 고개를 못 들고 다니게 얼굴을 뭉갤 수도 있고. 너라면 충분히 가능하다고 봐.〉

"그래서. 지금 날 뜯어말리겠다는 거야?"

〈하하, 그럴 리가 있냐? 우리는 친구잖아. 동지! 우린 널 도와줄 거야. 네가 당한 것도 있는데 복수는 당연한 거지. 정당하다고 봐. 하지만 그냥 때리는 것만으로는 복수라고 할수 없지. 어때. 우리가 널 도와줄게. 진짜 제대로 된 복수극을 한번 찍어 보자고.〉

서림의 눈매가 날카로워졌다.

"네 생각을 말해 봐."

〈히히. 뭐냐면 말이지.〉

만수는 킬킬거리며 신 나게 자신의 작전을 설명했다. 그렇게 열심히 설명하는 이유는 다름이 아니었다. 서림이 자신의 목적에 부합하는 행동을 하도록 만들기 위함이다. 만수의 목적은 나이트 후드를 쓰러트리는 것이다.

나이트 후드가 활약하며 만수 패거리의 결속력이 많이 약해졌다. 우두머리 다섯 명의 결속은 처음부터 희미했지만, 중요한 건 다른 학교와의 연계도 약해졌다는 것이다. 만수 패거리가 이름이 드높은 이유는 타 학교와의 연합에 있었다.

그래서 패거리 중 하나가 공격당하면 다 함께 몰려가서 쓰러트리는 것이다. 그것은 거대한 힘이었고 누구도 넘보지 못할 권력이었다. 만수로서는 패거리의 결속이 약해지는 것을 무슨 수를 써서라도 막아야 했다. 이대로 있다가는 그대로 와해될 것이다. 필사적일 수밖에 없었다.

"좋아. 자세한 이야기는 일단 만나서 하자."

서림의 만나자는 말에 만수는 움찔했지만 티 내지 않았다.

미친개와 일대일로 대면하는 건 꺼림칙했지만 지금은 그것이 최선이었다. 만수는 약속 장소를 정하며 휴대폰을 닫았다.

전화를 끝낸 서림은 걸음을 서둘렀다. 서림의 어깨 너머로 한 포장마차가 멀어지고 있었다.

*　　　*　　　*

"미, 미안."

아현은 머뭇대며 시선을 고정하지 못했다. 금단 증상이 온 것처럼 두 손을 가만 놔두지 못했다.

"나 이만 가 볼게."

몸과 마음이 따로 놀았다. 스스럼없이 다가오는 동해가 고마웠지만 몸이 그것을 거부했다. 타인이 다가온다는 사실에 근육이 경련을 일으킬 지경이었다.

"아현아, 왜 그래? 어디 안 좋아?"

"그게…… 그, 미안. 나 먼저 가 볼게."

"아현아?"

동해가 손을 잡자 아현은 빽 소리를 지르며 그 손을 뿌리쳤다. 마치 치한을 대하는 것 같았다. 동해는 잔뜩 어색해져서는 굳은 표정이 되었다. 옆에 있던 민철과 민서 역시 마찬가지였다. 아현의 행동을 누구도 이해하지 못했다.

"미안해. 미, 미안. 죄송합니다. 저 가야 해요. 가 봐야 해요."

아현은 도망치듯 포장마차를 벗어났다. 예기치 못한 폭풍이라도 맞은 것처럼, 세 사람은 멍한 표정으로 눈만 끔뻑거렸다. 동해는 '내가 뭘 잘못한 건가' 하고 생각하며 머리카락을 비비 꼬았다.

Battle 09

보이지 않는 눈

동해는 고민에 휩싸였다. 왠지 머릿속에서 아현이 떠나지 않았다. 이것은 사랑일까? 동해는 부정하듯 고개를 저었다.

'그럴 리가.'

자신의 마음을 자신이 어찌 알겠느냐만, 동해는 이성적인 감정이 아니라고 못 박았다. 아직 짝사랑도 해 보지 않았지만, 누군가를 좋아하는 감정 같지는 않았다. 그보다는 더 복잡한 감정이라는 생각이 들었다.

인간적인 호감이라고 하기에도 뭔가 좀 모자랐다. 부정적인 이야기를 하는 건 아니지만, 아현에게는 인간적인 호감을 느끼기에는 어딘가 어두운 구석이 많았다. 어둡고, 음습하고,

우중충하고, 우울하다. 작은 체구에 그런 어두운 이미지가 취향이라면 모를까, 동해는 그런 타입은 좋아하지 않았다. 그렇다면 결론은 뭘까?

'모르겠다.'

결국 결론은 나지 않았다. 어쨌든 사랑은 아니니까, 너무 이유에 맹목적으로 집착할 필요는 없었다. 누군가를 돕고 싶은 마음이 나쁠 것도 없었으니까.

하지만 그것을 다른 이들이 곱게 봐 줄 리가 없었다. 첫째로 철광은 자꾸 동해의 옆구리를 찌르며 '좋아하냐? 걔 좋아하는 거지? 그치? 그렇지?'라며 추궁했고, 이나는 동해의 멱살을 휘어잡으며 폭풍 같은 질투를 보였다.

"너 뭐야, 쟤한테 마음 있어? 쟤랑 사귀고 싶냐고! 그럼 난 뭔데, 지금까지 날 가지고 논 거야? 그런 거야?"

"큭, 켁. 아니, 그런 건 아닌데. 그러니까 이것 좀 큭! 놓고 얘기하면 안 될까."

"날 갖고 논거냐고!"

"큭, 근데 케켁! 그 반대가 아닐까 싶기도 한데."

"뭘 잘했다고 말대꾸야!"

불처럼 달아오른 이나를 달래느라 동해는 진땀을 빼야 했다.

아현과 동해는 같은 반도 아니고 다른 반인지라 친해지는 건 쉽지 않았다. 그리고 아현이 내뿜는 특유의 거리감과 경계심은 쉽게 무너지지 않았다.

하늘이 도운 걸까?

고민으로 끙끙대는 동해에게 어느 날 기회가 찾아왔다. 2학기가 시작되면서 동아리를 바꿀 수 있는 기회가 찾아온 것이다. 동해는 동아리라고 부르기도 민망한 바둑부 일원이었다.

딱히 몸 쓰는 것을 좋아하지 않고 뭔가를 하는 것이 귀찮았던지라 대충 선택했던 것이 바둑부였다. 같은 동아리에 든다면 아현과 친해질 기회가 많아지리라 동해는 생각했다. 그 전에 아현이가 어느 동아리에 들 건지를 알아야 했고, 동해는 철광을 이용하기로 마음먹었다. 일단 이나에게 물어볼 수는 없으니까. 동해는 으슥한 곳으로 철광을 불러 계약을 채결했다. 그의 큼지막한 손 위로 삼천 원을 쥐어 주며.

"알았지? 아현이가 어느 동아리에 들으려 하는지 내게 알려 줘야 해."

"나야 뭐."

철광은 뒤통수를 긁적이며 어색한 표정을 지었다.

"근데 너도 참 징하다. 좋아하는 거 아니라며? 근데 왜 그렇게 집착해?"

동해는 어깨를 으쓱이며 자기도 모른다고 표했다.

"그냥, 외로워 보여서. 나라도 친구가 돼 주면 좋을 거 아니야."

"허 참. 의인 납셨구만. 그렇게까지 할 필요가 있나? 정말로 아현이가 왕따라면 모를까. 걔는 그냥 성격이 그런 거라고. 자기가 거부하는 걸 어떡해?"

"헤헤. 그래도 그냥 왠지 좀 그러네."

철광은 질린다는 표정을 지었다. 이건 무슨 성인군자도 아니고, 동해의 마음을 이해할 수 없는 철광이었다.

"알았다."

"그럼 부탁할게."

동해는 바보처럼 웃으며 돌아갔다. 철광은 멀어져 가는 동해의 등을 바라보며 한숨을 쉬었다. 묵직한 것이 고민이 담긴 한숨이었다. 동해가 보이지 않을 만큼 멀어지자 철광은 휴대폰을 꺼내 들었다.

"나야. 방금 왔다 갔어."

〈그래? 역시 그러면 그렇지. 내 이놈을 당장!〉

휴대폰 너머의 목소리는 이나의 것이었다.

〈흥, 좋아. 좋다고. 그럼 나도 동해가 가는 동아리를 따라가야지. 어디 한번 도망쳐 보라 그래. 지구 끝까지 쫓아가 줄 테니까.〉

철광은 조금 이상하다는 생각이 들었다. 동해가 아현에게 관심을 보이는 것도 그렇고, 이나가 동해에게 관심을 보이는 것도 이해가 되지 않았다. 양쪽의 감정이 동일하다는 이야기는 아니지만 그래도 뭔가 설명이 부족하다는 느낌이었다.

"근데 이나야, 동해의 어디가 그렇게 좋은 거야? 어떤 점이
그렇게 좋은 거야?"

〈무슨 소리야 갑자기.〉

"아니 그냥, 좀 궁금해서."

〈야.〉

이나는 똑 부러지게 자신의 마음을 이야기했다.

〈없어.〉

"으잉!? 뭐라고?"

〈됐어. 이만 전화 끊을 거야.〉

뚝.

통화가 끝나고 철광은 멍한 표정으로 그녀가 한 말을 곰
곰이 곱씹어 봤다. 하지만 아무리 생각해 보아도 이나의 말을
이해할 수 없었다. 좋은 점이 없다니? 그럼 왜 쫓아다닌단 말
인가.

＊　　　＊　　　＊

아현은 소설 보는 것을 좋아했다. 영화나 드라마, 애니메이
션은 귀가 시끄러워서 그리 즐기지 않았다. 소설은 조용하게
즐길 수 있고 감상하는 내내 차분해질 수 있어서 좋아했다.

그래서 부 활동도 독서 감상부에 가입했다. 허나 2학기가
시작되고 부를 변경할 기회가 찾아오자 그녀는 거리낌 없이

부를 탈퇴했다. 다른 문제가 아니라 1학기 동안 같은 부원들끼리 그녀의 험담을 하는 일이 늘어났던 것이다. 아무하고도 말을 섞지 않고 친해지려고도 하지 않자 모두 등을 돌렸다. 그냥 등만 돌렸다면 좋으련만, 그녀들은 괜히 트집 잡아 아현에 대한 안 좋은 소리를 늘어놓았다. 아현은 그냥 가만히 있었을 뿐인데 이미지가 나빠진 경우다. 그녀는 주변에서 쏟아지는 눈총과 험담에 질려 결국 부를 옮기기로 결심했다.

실장에게 동아리 가입 희망서를 제출한 아현은 도로 자리로 들어갔다. 여느 때처럼 곧장 소설책을 꺼내 들고는 독서에 들어갔다. 때문에 철광이 실장에게 접근해 그녀의 가입서를 확인하는 걸 볼 수 없었다. 아현의 가입서를 확인한 철광은 곧장 동해에게 문자를 보냈다.

[봉사 활동부.]

문자를 확인한 동해는 고개를 끄덕이며 가입서에 똑같이 작성했다. 잠시 이런 동아리가 있었나? 하는 생각이 들었지만 크게 개의치 않았다.

'봉사 활동부니까 뭐 봉사를 하겠지.'

결론은 단순했다. 이틀이 지나고 금요일이 찾아왔다.

금요일은 각 학생들이 동아리와 부 활동을 하는 날이다. 동해는 긴장된 마음을 안고 봉사 활동부가 모이는 2학년 5반 교실로 향했다. 교실 문을 열고 들어가니 몇 명의 학생들이 미리 자리에 앉아 있었다. 개중에는 선배들도, 동기들도 있었고 저마다 친한 사람들끼리 모여 있었다. 송아현도 부실에 와서 미리 앉아 있었다. 그녀는 미운 오리 새끼마냥 홀로 동떨어져 있었다. 동해는 옳다구나 싶어 얼른 그 옆으로 가 앉았다.

"아앗! 안녕!"

동해의 갑작스런 등장에 놀랐는지 아현은 놀란 송아지 눈이 되어선 경직되었다.

"우와, 너도 이 동아리 든 거야? 잘됐다. 아는 사람이 없어서 난처하던 참이었거든. 반갑다, 진짜."

옆에서 촐싹대는 동해가 불편한지 아현은 눈썹을 찡그렸다. 특별 활동 시간만큼은 편안하게 지내나 싶었는데 또 만나다니.

"헤헤. 저번에는 왜 그냥 갔어. 민철이 형이 사 준다고 그랬는데. 많이 아쉬워하더라."

"으응, 미안."

"하핫, 넌 맨날 미안하다고 하더라. 뭐가 미안하냐?"

"미, 미안."

동해는 조금 과장되게 친근한 척을 하면서도 머리로는 계속해서 생각했다. 아현은 들었던 대로 타인의 접근을 거부하는 경향이 있었다. 홀로 조용히 있는 친구들은 자신감이 없을 뿐 누군가가 다가와 주길 바란다. 용기가 없다 뿐이지 다른 사람과 친해지는 것을 거부하지는 않는다. 하지만 아현은 그 자체를 거북해하는 것만 같았다.

"이 자리에 앉아도 되지?"

"마음대로 해."

아현은 불쾌해하며 소설을 꺼내들었다. 안 되겠다 싶었는지 소설 속으로 도망치는 것이다. 하지만 여기서 물러날 동해가 아니었다.

"오옷, 뭐 보는 거야? 이거 제목이 뭐야? 재밌나?"

'제발 좀 떨어져!'

아현은 소리라도 대차게 질러주고 싶었지만 이곳에는 온통 모르는 애들뿐이고 더구나 선배들도 있었다. 참는다. 참는 수밖에 없었다. 아현의 화가 머리끝까지 올라서 뚜껑이 펑 하고 터지려는 찰나, 교실 문이 열리며 누군가가 들어왔다.

"어라? 너희?"

철광이었다. 엄청난 거구의 등장에 아현은 어깨를 움츠렸고 동해는 놀라 눈을 동그랗게 떴다.

"어? 너?"

"하핫. 이런 동아리가 있었다면 진작에 가입했을 텐데 말이야. 열심히 갚아야지."

철광이 말하는 갚는다는 것은 전에 지었던 죄를 뜻하는 말이다. 봉사 활동을 통해 조금 더 본격적으로 이미지 쇄신에 나서려는 것이다. 동해는 의미를 알았다는 듯이 고개를 끄덕였다. 철광이 함께한다면 나쁘지 않을 것이다. 혼자서 아현에게 다가가는 건 왠지 모르게 치근거리는 것 같았으니까. 그건 동해도 느끼고 있는 사실이었다. 철광이 함께한다면 더 좋은 효과를 낼 것이라고 생각했다. 하지만 거기에 또 한 명이 난입해 올 줄은 몰랐다.

"안녕?"

신이나가 문을 열고 들어왔다. 그녀의 등장에 교실의 학생들, 심지어 선배들마저도 놀란 표정을 지었다. 철광은 놀라는 척했지만 그녀가 오리라는 사실을 이미 알고 있었다.

"신이나?"

당연하게도 그중에서 가장 놀란 이는 동해였다. 그녀가 이곳에 왔다는 사실이 놀랍다기보다는 왜 하필! 네가 왜! 맙소사! Jesus! 같은 느낌이었다. 이나는 비식비식 웃으며 동해가 앉은 책상에 엉덩이를 대고 걸터앉았다. 요염하게 다리를 꼬며 동해의 뺨을 쓰다듬었다.

"어머. 동해야, 여기서 또 보네? 정말 기가 막힌 우연이야. 우리는 정말 천생연분인가 봐. 그렇게 생각하지? 나도 그렇게 생각해."

"크윽."

끈적끈적한 유혹의 눈빛으로 동해를 바라보던 이나는 휙 아현을 째려봤다. 이나의 칼날 같은 눈빛에 아현은 뜨헉 놀라며 어색하게 웃었다.

"안녕, 이나야. 같은 동아리네."

"잘됐네. 철광이 동해, 아현이 이렇게 아는 사람이 셋이나 있으니까."

이나의 말에 동해가 물었다.

"어라? 너희 아는 사이였어?"

"몰랐니? 나랑 아현이는 둘도 없는 단짝이야."

이나는 그리 말하며 아현이의 어깨에 팔을 둘렀다. 입으로는 친구라고 말했지만, 동해가 보기에는 별로 자연스러워 보이지가 않았다. 무엇보다 아현이의 표정이 친구를 대하는 거 같지가 않았다.

동해는 이러지도 못하고 저러지도 못한 채 안절부절 했다. 이나는 겉으로는 웃고 있었지만 그 속은 이글이글 불타오르고 있을 것이다. 동해는 그리 판단했다. 현재 그녀의 상태는 질투의 화신 그 자체였다. 그녀가 내뿜는 질투의 불꽃에 철광마저 고개를 돌리며 못 본 척했다.

"어디 보자."

이나는 작게 중얼거리며 입술을 만지작거렸다. 동해와 아현은 서로 짝꿍인 것처럼 앉아 있었다. 동해의 앞에는 철광이 앉아 있다. 그렇다면 남은 자리는 철광의 옆자리 뿐. 하지만 이나가 곱게 그 자리에 앉을 리 없었다. 그녀는 아현을 향해 웃으며 손가락을 까딱였다.

"아현아, 미안한데 내가 그 자리에 앉으면 안 될까? 정말 정말 정말 그 자리에 앉고 싶거든. 네가 좀 비켜주면 정말 정말 고마울 거야. 간단히 말하자면 비켜."

"응? 으응. 알았어."

아현은 죄인처럼 고개를 푹 수그리고서 자리를 비켜주었다. 그에 동해가 땍 소리를 질렀다.

"이게 무슨 짓이야! 왜 멀쩡히 앉아 있는 사람더러 비키라 그래?"

"이거 왜 이래? 친구한테 부탁도 못 하니?"

"이이, 이런 법이 어디 있어. 철광아! 그 자리 내가 앉을게. 자리 바꾸자!"

철광은 잠시 고민하다가 이나의 눈치를 살폈다. 이나가 먹이를 발견한 독사처럼 째려보자 철광은 훈훈하게 웃으며 동해의 부탁을 거절했다.

'아오, 젠장!'

옆자리를 차지한 이나는 동해의 팔에 한 마리의 뱀처럼 몸을 휘감아 왔다.

"야아, 겨우 동해의 옆자리를 차지했네? 이제 우리 짝꿍이야. 우후후."

"……."

동해는 반대 손으로 이마를 덮으며 고개를 푹 수그렸다. 철광은 그런 두 사람을 훈훈하게 바라보며 생각했다.

'미안하다, 동해야.'

짜증이 솟구친 동해는 아현에게 물었다.

"아현아, 너 정말 이나랑 친구야? 진짜 친구 사이야?"

그의 물음에 아현은 작게 고개를 끄덕였다.

"정말로 친구야."

"진짜?"

"응."

"사실로?"

"으응……."

몇 번을 물어봐도 대답은 같았다. 동해는 믿을 수 없다는 눈치로 이나를 흘겨봤다. 그에 이나는 승리의 미소를 지으며 거드름을 피웠다.

"호호, 이거 왜 이러시나. 이런 말 하긴 좀 그렇지만은, 우리 반에서 아현이의 유일한 친구라고 부를 수 있는 사람은 나밖에 없다고. 다른 애들은 이상한 편견을 가지고 아현이를 멀리하지만 난 아니야. 난 사람 대하는데 편견 같은 거 없다고. 그거라면 동해 네가 더욱 잘 알 거라고 생각하는데?"

왠지 그럴듯하게 들리기도 하였지만 동해는 딴생각이 들었다. 평소 제멋대로인 이나의 행동 원리를 파악하자면, 편견이 없어서라기보다는 '흥미가 당겨서'라는 게 더 그럴싸해 보였다. 친구를 곁에 두지 않고 홀로 고고하게 있는 아현에게 호기심이 생겼다거나, 혹은 '빵 셔틀' 비스무리한 거라거나? 끝까지 의심을 못 버리는 동해에게 아현이 말했다.

"이나 너무 안 좋게 보지 마. 보기보다 착한 친구야."

아현의 나름 적극적인 변호에 동해는 입을 다물어 버렸다. 이 정도까지 오면 거의 확인 사살에 가까웠다. 아현의 말에 이나는 '보기보다 착하다는 건 뭐니. 내가 어떻게 보이는데?'라며 아현에게 핀잔을 주었다.

"……."

핀잔을 주며 꿀밤을 먹이는 이나와, 당황해하다가 수줍게 웃는 아현을 보며 동해는 뺨을 긁적였다.

'내가 잘못 생각한 건가.'

*　　　*　　　*

학교 수업이 전부 끝났다.

아현은 귀에 이어폰을 꽂고서 천천히 가방을 어깨에 걸쳤다. 교실 밖으로 나가려는데 그때 누군가가 그녀의 가방 끈을 붙잡았다. 신이나였다. 아현은 머리 위로 물음표를 띄우며 눈을 동그랗게 떴다. 이나는 여우처럼 웃으며 짧게 말했다.

"같이 가자."

그 웃음 속에서 미묘한 기류를 느낀 아현은 어색하게 웃으며 식은땀을 흘렸다. 두 사람이 친한 것은 사실이다. 다만 지금까지 하교할 때 집까지 같이 간 적이 없는데, 그 이유는 이나가 학교를 끝나면 곧장 대기 중인 차를 타고 학원을 갔기 때문이다. 학원부터 과외까지, 일주일 내내 스케줄이 빡빡한

지라 한 번도 두 사람은 같이 하교한 적이 없었다. 그런데 오늘은 무슨 바람이 불어서 이러는 걸까. 아현은 궁금하기도 하거니와 내심 불안함을 느꼈다. 이나는 전쟁 포로를 끌고 가듯 아현을 붙잡고 학교 건물 뒤편으로 향했다. 그늘지고 습기 많은 땅을 밟으며 아현은 조심스레 물었다.

"이나야, 오늘은 학원 안 가? 너 학원 다니잖아."

"지금까지 매일 갔는데 오늘 하루 안 간다고 뭐 어떻게 되겠니? 그리고 아차 싶으면 네가 꼬드겼다고 넘기면 되지 뭐."

"하, 하하. 얘는 참 농담도."

이나는 밝게 웃으며 말했다.

"후후, 농담 아니야."

그 살벌한 웃음에 아현은 속으로 헉 하며 뒷걸음질을 쳤다. 물론 곧바로 이나에게 머리채를 붙잡혔지만.

이나는 아현에게 구석에 있는 파란색 플라스틱 쓰레기통을 가져오도록 시켰다. 아현은 싫다고 했으나 이나의 도끼눈에 설설 기며 시키는 대로 해야 했다. 쓰레기통을 벽에 붙인 뒤, 이나는 뚜껑을 밟고 위에 올라섰다. 속옷이 보이는 것도 마다하지 않고 담장을 넘는 이나를 보며 아현은 이게 어떻게 돌아가는 상황인지를 깨달았다.

이나의 경우 원래 학교가 끝나면 보디가드들이 차를 몰고 교문 앞에서 기다린다. 즉, 정문으로는 도망칠 수가 없다는 이야기다. 담벼락의 위에 선 이나는 당당하게 허리에 두 손을 엎었다.

"안 올라오고 뭐해?"

"오, 올라갈 게."

이나와 함께 담을 넘은 아현은 속으로 '지금 이게 뭐하는 짓인가'를 생각해 봤다. 사실 그렇게 기분 나쁘다거나 한 것은 아니었다. 조금은 강압적이고 제멋대로기는 해도 이렇게라도 자신에게 관심을 가져 주는 사람은 없었으니까. 이나와의 첫 만남부터가 그랬다.

두 사람은 고등학교에 올라와서 처음 만났다.

"어머, 안녕? 난 신이나라고 해. 우리 친하게 지내자."

홀로 외로이 있는 아현에게 다가와 다짜고짜 친구를 하자고 한 이나였다. 처음에는 아현은 그녀를 경계했다. 상식적으로 말이 안 된다고 생각했다. 자신을 뒤에서 험담하는 다른 녀석들처럼, 그녀 역시 마찬가지 일 거라고 생각했다. 실제로 이나가 아현에게 대하는 것은, 친구라고 하기에는 어딘가 이상한 구석이 있는 건 사실이었다. 매일 같이 심부름을 시킨다거나, 인형처럼 늘 옆에 끼고 다닌다거나, 억지로 약속을 잡아 만난다거나, 심한 장난을 치거나 혹은 놀리거나 하는 일들의 연속이었다. 아현은 그것이 싫기도 했고 귀찮음의 연속이었다. 이건 뭔가 아니지 않나 싶었다.

시간이 지날수록 아현은 이나에 대한 불신감을 키워 갔다. 친구하자고 할 때는 언제고 이래서는 힘 있는 애들이 약한 애들을 끌고 다니는 거랑 다를 것이 없지 않은가. 그래서 어느 날인가 화를 참지 못하고 따졌다.

너 대체 뭐냐고. 내가 우스워 보이냐고. 사람 가지고 장난치지 말고 이제부터는 아는 척도 하지 말라고. 아현이 못 참고 화를 낸 것은 이나의 행동이 싫었기 때문만은 아니었다. 오히려 좋았기 때문에 화를 냈다. 아무것도 아닌 자신에게 관심을 주는 것이 고맙고, 또 시간이 지날수록 자신이 그것을 더 원한다는 것을 깨달았을 때 견딜 수가 없었다. 과거와 같은 일이 또 반복될까 아현은 스스로 이쯤에서 인연을 끊고자 했다. 바락바락 목소리를 키우는 아현의 반응에 이나는 대수롭지 않다는 듯이 반응했다.

"너 왜 그래? 어디 아픈 거야?"

뭘 그런 걸 가지고 화를 내냐는 반응에 아현은 울컥 하는 마음이 들었다. 그래서 더욱 크게 소리쳤다.

"날 내버려 둬. 도대체 나한테 왜 이러는 거야. 솔직히 말해서 나랑 친해질 이유 같은 것도 없잖아."

무슨 억하심정인지, 아현은 따지다 말고 하소연 하

는 말투가 되었다. 이윽고 북받쳐 오르는 감정을 참
지 못하고 눈물을 터트리고야 말았다. 이나는 그런
아현을 위로라도 하듯 머리를 쓰다듬었다. 그녀는 웃
으며 이렇게 답했다.

"……어야 하니?"

담을 넘은 아현은 앞서 가는 이나의 뒷모습을 바라봤다.
늘씬한 키와 찰랑거리는 검은 생머리 아현은 흐뭇하게 웃어
보였다. 더 이상 친구는 원하지 않는다. 누구도 가까이하고
싶지 않다. 왜냐하면 그녀에게는 이나가 있기 때문이다. 아현
은 이나만 있으면 된다고 마음속으로 주문처럼 중얼거렸다.

"뒤에서 뭐해? 얼른 안 따라오고."

"너무 빨라."

아현은 총총거리며 이나의 팔에 팔짱을 꼈다.

동해는 학교가 끝나고 곧장 도장을 향해 뛰었다. 민철과의
사소한 갈등도 끝이 났으니 이제 다시 수련을 하러 가는 것
이다. 민철의 도장에 가기 위해서는 학교의 뒤편으로 돌아가
야 했다. 가뿐하게 발을 놀리던 중 동해는 수상한 광경을 포
착했다. 학교 뒤편의 담벼락을 웬 익숙한 여학생이 낑낑거리며
넘고 있었다.

"어라라?"

신이나였다. 눈 비비고 다시 봐도 신이나가 확실했다.

'쟤가 지금 저기서 뭐 하는 거야?'

이나의 복장은 교복이다. 더군다나 다른 여학생들에 비해 길이도 많이 짧은 편이었다. 담벼락 위에 다리를 올리자 속옷이 다 보일 정도였다.

"풉!"

동해는 얼굴이 빨개져서는 그 자리에서 얼음처럼 굳어 버렸다.

"끙차."

이나가 벽을 넘고, 그 다음으로 아현이 벽을 넘었다. 아현의 등장에 겨우 정신을 차린 동해는 주변을 두리번거리다가 갓길에 세워져 있던 자동차 뒤에 몸을 숨겼다. 왜 자신이 숨어야 하는지 이유는 알지 못했다. 하지만 왠지 그래야만 할 것 같다고 동해는 느꼈다.

동해는 차 뒤에 숨어서 두 사람을 관찰했다. 이나에게 손목을 붙잡힌 아현은 거의 강제로 끌려가다시피 했다. 그는 남몰래 그 뒤를 밟았다. 두 사람은 서로 친구라고 인정한 사이다. 하지만 말로만 그랬지 보지 못했기에 동해는 직접 눈으로 확인하고 싶었다. 만약 두 사람이 친구 사이가 아니라 과거 만수와 자신과 흡사한 처지라면 이나를 불러다가 한 소리해 줄 작정이었다. 동해는 약간의 거리를 두고 조용히 두 사람의 뒤를 따랐다.

"이나야, 어디 가는 거야."

이나보다 한참이나 키가 작은 아현은 그녀가 이끄는 것이 많이 버거워 보였다. 긴 다리를 이용해 성큼성큼 걷는 이나와 달리 아현은 빨빨거리며 짧은 다리를 열심히 놀려야 했다.

"오랜만에 쇼핑이나 해 볼까 해서 말이야."

"쇼핑?"

쇼핑이라는 말에 아현은 혹시 자신의 것도 사주는 것 아닐까 하고 미약한 기대를 품어 봤다. 물론 그것은 헛된 기대였다. 아현은 하나, 둘 늘어가는 종이가방을 대신 들어야 했다. 말하자면, 일종의 짐꾼이었다.

"이나, 너……."

"저것도 예쁘다. 우리 저기로 가 보자."

이나는 대형 쇼핑몰 안을 이 잡듯이 돌아다녔다. 아현은 계속해서 늘어나는 종이가방과, 그 안에 담긴 갖가지 옷들을 보며 한숨을 푹푹 늘어놓았다.

한편, 동해는 어울리지도 않는 모자를 푹 눌러쓰고서 두 사람을 계속 관찰 중이었다. 졸지에 짐꾼이 된 아현을 바라보며 이를 바득바득 갈았다.

'신이나, 저 계집애 지금 뭐하는 거야! 둘이 친구라며! 저 모습이 어떻게 친구라는 거야.'

한껏 쇼핑을 끝낸 두 사람은 쇼핑몰을 나와 다른 곳으로 이동했다. 이번에는 노래방이다. 노래방 안으로 들어서자 아현은 또 한숨을 푹 쉬었다. 워낙에 소극적이고 수줍음이 많은 성격인지라 노래방은 쥐약이었다. 이나는 그래도 상관없다는 듯이 당당하게 마이크를 쥐었다.

"자! 난 노래를 부를 테니까 넌 거기서 탬버린을 흔들어."

"으응?"

"흥을 돋우란 말이야. 신이 나야 노래를 부를 거 아니야."

"아, 알았어."

아현은 잔뜩 붉어진 얼굴을 하고서 탬버린을 찰랑찰랑 흔들었다. 그녀의 어색한 몸짓에 치마 끝이 나풀거렸다.

"하나, 둘, 셋, 넷, 렛츠 고!"

쿵쿵 울리는 빠른 비트의 노래가 시작되었다. 이나는 목청껏 소리를 지르며 들썩들썩 몸을 흔들었다. 마이크를 쥐지 않은 반대 손으로 아현을 붙잡고 마구 흔들기도 했다. 사실 이나의 노래 실력은 그리 빼어난 편이 아니었다. 그냥 빽빽 소리를 지르는 통에 시끄럽기만 했다. 그래도 마냥 신 난다는 듯 이나는 고개를 흔들며 노래에 집중했다.

"……"

그런 광란의 파티를 지켜보는 이가 있었으니. 동해였다. 동해는 가게 주인에게 그녀들의 방 번호를 물어본 뒤 바로 맞은편 방으로 들어갔다. 그 안에서 대충 노래를 부르는 둥 마는 둥 하며 건너편 그녀들의 방을 살폈다. 노래방 방음 시설이 영 시원치 않은 모양인지 건넛방의 노래 소리가 이곳까지 다 들려왔다. 노래 소리라고 해 봐야 까악, 꺅꺅, 스꾸임! 같은 의미 불명의 외침들뿐이었지만 말이다. 노래가 워낙 엉망이다 보니 점수도 45점, 58점 등 기준치 미만이었다.

—이런 좀 더 분발하셔야겠어요.

'진짜 못 들어 주겠네.'

방 안에 들어가 놓고 노래를 안 부르면 수상하게 여길 수도 있으니 동해는 대충 아무 노래나 틀어 놓은 상태였다. 어설프게나마 노래를 흥얼거리며 눈으로는 창 너머의 건넛방을 계속 훔쳐봤다. 아현은 여전히 창피해하며 탬버린을 흔들기에 여념이 없었다.

아무리 봐도 저 모습은 친구라 하기에는 무리가 있었다. 처음에는 긴가민가했던 동해도 슬슬 확신이 들기 시작했다. 30분가량을 실컷 노래를 부른 이나는 이제야 힘에 겨운지 마이크를 아현에게 넘겼다. 아현은 싫다고 고개를 도리도리 저었지만 이나는 억지로 마이크를 떠넘겼다. 아이스크림을 입안에 넣듯 아현의 입에 강제로 물렸다. 상대가 너무 강압적으로 나오니 아현으로서도 별 수가 없었다. 요즘 유행하는 발라드 넘버를 찍은 아현은 조심스레 입술을 뗐다.

"큽."

아현의 속삭이는 듯, 흐느끼는 듯한 노래를 들은 동해는 웃음을 참기 위해 입을 틀어막았다. 그것은 마치 바다가 싫어진 돌고래가 뭍으로 올라와 삐융삐융 우는 것만 같았다. 그런 목소리였다. 노래를 들으며 이나도 배꼽을 잡고 웃었고,

그에 민망해진 아현은 노래를 끄려 했으나 그것을 이나가 제지했다. 결국 아현은 부르기 싫은 노래를 끝까지 완창해야 했고, 놀랍게도 점수는 100점이 나왔다.

"응!?"

—와우! 백 점 만점! 가수해도 되겠네요!

그렇게 이나와 아현, 그리고 동해가 노래방에서 시간을 보내고 있는 동안, 이나의 보디가드인 운은 차 옆에 서서 멀거니 담배를 태우는 중이었다. 이나를 찾기 위해 학교 건물 안으로 들어갔던 쌍둥이가 밖으로 나왔다.

"아가씨는?"

운의 물음에 두 사람은 동시에 고개를 저었다. 그에 운은 어금니를 깨물며 화를 참았다. 몇 번이고 이나에게 전화를 걸어 보았지만 휴대폰은 일찌감치 꺼 놓은 상태였다. 운은 차갑게 가라앉은 눈동자로 쌍둥이들을 바라봤다. 두 사람은 잠시 서로 바라보더니, 운을 향해 어깨를 으쓱였다.

"아우, 젠장! 이 망할…… 아가씨가 대체 어디를 간 거야!?"

운이 폭발하듯 성질을 내자 쌍둥이 형제는 움찔 놀라며 뒷걸음질 쳤다.

실컷 노래를 부른 세 사람은 노래방 밖으로 나왔다. 이나는 나름 만족스럽다는 표정을 지었고 그에 비해 아현은 피곤한 듯 두 눈 밑이 퀭했다. 두 사람의 뒤를 밟는 동해 역시 피곤하기는 마찬가지였다.

'이나, 쟤는 지치지도 않나. 어디를 또 저렇게 가는 거야.'

한편으로는 이 이상 관찰할 필요성을 느끼지 못했다. 이 정도만 봐도 둘이 딱히 동등하다는 느낌을 받지 못했다. 최근 이나에 대해 괜찮다는 감정을 느끼던 차인데 이런 면에서 또 실망하게 되다니. 동해는 혀를 찼다. 두 사람은 편의점으로 들어가 오늘 구매한 물건들을 전부 택배로 붙이고 나왔다. 한결 홀가분해진 아현은 아픈 두 손을 털었다.

"오늘 즐거웠어. 그럼 내일 보자 아현아."

"응? 가는 거야?"

이나는 아현의 코를 꼬집으며 고개를 끄덕였다. 오늘 한 일이라고는 짐을 들어 주고 옆에서 탬버린을 친 거밖에 없었다. 하지만 그럼에도 이대로 헤어지려니 아쉬운 기분이 들었다. 그래도 붙잡을 수가 없어서 택시 타고 떠나는 이나에게 그저 손을 흔들어야 했다.

"잘 가."

"그래, 내일 봐."

헤어지는 두 사람을 보며 동해도 발길을 돌렸다. 이 정도면 충분히 한 거 같다고 생각했다. 하늘을 올려다보니 노을이 진하게 물들어 있었다. 휴대폰을 확인해 보니 민철이 보낸 문자가 한 가득이었다.

"이만 들어가 봐야겠다. 민철이 형이 화내겠네."

문자의 내용들을 보고 있자면 이미 화가 난 것 같다. 걸음을 돌리려는데 동해의 눈썹이 비틀렸다. 모자를 쓴 한 무리의 남자들이 골목으로 들어가는 아현을 뒤따르는 것을 볼 수 있었다.

"뭐지?"

*　　　*　　　*

어느 4층짜리 상가 건물의 옥상.

그곳에 만수가 있었다. 만수는 다른 학교에 다니는 친구들과 함께 담배를 태우고 있었다. 숫자는 만수를 포함해 열 명, 만수가 부른 이들이었다. 미친개 한서림과 만나기로 약속을 했는데, 도저히 혼자서 만날 자신이 없었다. 만약을 대비해 친구들을 부른 것이다.

'그래. 이 정도 숫자면 놈도 함부로 대하지는 못하겠지.'

그렇게 자기최면을 걸어 보지만 만수의 얼굴에는 긴장한 기색이 그득했다. 한서림에게 왜 미친개라는 별명이 붙었는지, 그리고 그를 왜 별명으로 부르면 안 되는지 이유를 알고 있는 만수로서는 어떤 준비를 해도 안심이 되지 않을 것이다.

옥상의 출구 쪽으로 서림이 들어왔다. 자그마한 체구의 등장에 패거리들은 흠칫 놀라며 허리를 곧추세웠다. 그들 중에 서림보다 작은 사람은 없었다. 아니, 동해보다 작은 사람조차 없었다. 전부 175에서 180cm 사이였고 개중엔 180cm 이상 가는 녀석도 있을 정도였다.

하지만 160에 아슬아슬 하게 닿을 것 같은 서림의 등장에 모두 주춤거렸다. 그만큼 서림이 내뿜는 기운은 예사 것이 아니었다. 서림은 가만히 패거리들을 둘러보고는 피식 비소했다.

"누가 잡아먹는다고 했나. 나는 그냥 이야기나 들으러 온 거라고. 할 이야기 있다면서?"

"그렇지."

만수는 애써 담담한 척하며 서림의 앞에 섰다. 둘이 마주서자 서림은 올려다보고 만수는 내려다보는 구도가 되었다. 서림이 말했다.

"할 얘기가 뭔데?"

"서로 서로 좋은 제안이지. 나도 어지간하면 네 앞에서 송아현 이야기는 꺼내고 싶지 않아. 네가 어떤 반응을 보일지 빤히 보이거든. 하지만 네가 송아현에게 복수할 때 우리가 도와주고 싶어서."

"어떻게?"

서림은 물으며 만수의 주머니에서 담뱃갑을 찾아 꺼냈다. 서림이 아무렇지도 않게 자신의 담배를 꺼내 피우는 동안 만수는 계속 말을 이었다.

"그냥 때리고 상처 입히는 거로는 안 돼. 그렇잖아? 송아현은 여자잖아. 여자가 가장 상처 입는 경우가 뭘까?"

만수의 이야기를 곰곰이 곱씹던 서림, 그 의미를 알아채고는 비릿하게 미소 지었다.

"아아, 이제야 알겠다. 근데 그런 걸 내가 직접 하기는 싫은데?"

"너는 이후에 짓밟는 역할이고, 걔 걸레 만드는 건 우리 쪽에서 알아서 할게. 우리가 돌림빵 하고 사진 찍을 거야. 그거 가지고 인터넷에 올릴 거라고 협박하는 거지. 걔가 완전히 정신이 나갔을 때 너는 너대로 걔를 밟으면 되는 거야. 아주 간단하지?"

"나야 좋기는 한데, 괜찮겠어? 감당할 수 있겠냐고."

"뭐, 어때. 까놓고 말해서 우리 애들 중에 왕따당하는 여자애 따먹거나 지 여자친구 임신 시키고 애 땐 놈들도 많아. 이거라고 유별날 것도 없다고. 어차피 걔는 병신이라 제대로 대처도 못 할 거야."

"미친놈."

서림은 담배 연기를 내뿜으며 비열하게 웃었다. 상상만 해도 짜릿했다. 어차피 송아현은 극도로 소심한지라 협박에 저항할 리도 없었다. 서림은 절반 정도 태운 담배를 튕기며 말했다.

"좋아."

*　　　*　　　*

"꺄악!"

아현이 골목 안쪽으로 들어가자 모자를 쓴 남자들은 일제히 입에 마스크를 썼다. 그리곤 빠르게 아현을 둘러쌌다. 아현이 비명을 지르자 그들은 그녀의 입을 막으며 위협했다.

"조용히 해!"

골목의 어귀에서 상황을 지켜보던 동해는 당장 달려 나가려던 걸음을 순간 멈추었다.

'잠깐, 지금 이 모습으로는…….'

지금 동해에게는 후드도, 해골 마스크도 없었다. 날씨가 따스해지기도 했고 더 이상 나이트 후드로 변신할 일도 없어서 미처 준비가 덜 된 상황이었다. 그렇다고 집까지 가서 물건을 가져오자니 시간이 촉박했다.

'어쩌지?'

하지만 고민할 틈이 없었다. 저런 째지는 비명을 지르는 것은 분명 위기에 처했다는 증거일 터. 정 방법이 없으면 동해는 본연의 모습으로 제 실력을 다하리라 다짐했다.

아현은 갑자기 출현한 마스크와 모자를 쓴 남자들의 등장에 놀라고 있었다. 그중 하나가 세게 밀치는 바람에 그녀는 벽에 등을 찧고 쓰러졌다. 몇 명이 달려들어 급히 그녀의 입을 막았다.

"제기랄! 갑자기 소리를 지르고 지랄이야. 귀 터지는 줄 알았네."

"야야, 됐고. 데리고 가자."

그들은 아현을 일으켜 세웠다. 그녀의 눈앞에 커터 칼을 들이밀었다.

"잘 들어. 또 소리 지르거나 저항하면 확 그어 버린다. 얌전히 따라와."

커터 칼이 드르륵 드르륵 소리 내자 아현의 눈에 눈물이 고였다.

골목에서 그리 멀지 않은 곳에 폐건물이 있다. 그들의 목적은 아현을 그리로 끌고 가는 것이다. 그곳에서 일을 치를 심산이었다.

"근데 우리 이래도 되나? 이거 좀 너무한 거 아니야? 진짜 나중에 큰일 날 것 같단 말이야."

개중 한 명이 죄책감에 떨며 말했다. 그러자 옆에 있던 녀석이 큰소리로 외쳤다.

"뭔 소리를 하는 거야 병신아! 하기로 했으면 해야 할 거 아니야. 제대로 일을 저질러야 나중에 선배들 있는 곳에 들어갈 수 있다고. 크게 한 건 해야 선배들도 예뻐해 주잖아."

"그, 그렇지 물론."

"우리도 잘 나가는 선배들처럼 침 좀 뱉고 차도 한 대 뽑아서 제대로 살아볼 거 아니야. 그리고 너 열일곱 살인데 동정인 게 쪽팔리지도 않냐? 이참에 한 번 때 보자고."

"알았어."

자신에게 무슨 짓을 할지 알게 됐지만 그럼에도 아현은 찍소리도 낼 수 없었다. 눈앞에서 움직이는 커터 칼이 너무 무서웠다.

얌전히 끌려가도 몹쓸 짓을 당하겠지만, 함부로 저항했다가 저 칼이 얼굴을 베기라도 한다면? 얼굴이 아니라 눈을 베인다거나? 공포심이 그녀를 휘감았다.

'누구라도 좋으니 제발 도와줘!'

아현이 두 눈을 꾸욱 감았을 때 기다렸다는 듯이 누군가의 외침이 들려왔다.

"무슨 짓이야! 그만해!"

눈을 떠 보니 그곳에는 동해가 있었다. 꽤나 멀리서부터 달려왔는지 숨을 고르며 허리를 숙이고 있었다. 제삼자의 등장에 놈들은 잠시 놀랐다가 동해를 확인하고는 안심했다.

"뭐야. 저 새끼 만수 꼬붕 아니야?"

"아는 애야?"

"아는 건 아닌데. 이름이 동해였던가? 만수가 몇 번 얘기했어. 병신 같은 놈이라고."

동해는 으득 이를 갈았다. 어이없게도 자신을 보자마자 누군지 알아맞힌 것이다. 일이 이렇게 된다면 함부로 싸울 수 없었다.

'아니지, 뭐가 아쉬워서? 지금 그런 걸 따질 때가 아니잖아?'

잘 싸운다고 해서 곧장 정체를 들키진 않을 것이다. 허나 싸움 실력을 숨겨 왔다는 게 알려진다면 누구나 그에 대해 의심을 할 것이다. 그리고 그것이 발단이 되어 어떤 결과를 초래할 지 누구도 모를 일이었다. 고민하던 동해는 휴대폰을 꺼내 들었다.

'일단 신고!'

빠르게 112를 누르고 통화 버튼을 눌렀다. 패거리와 동해와의 거리는 30미터 정도였다. 가깝다고도 할 수 있지만 저들이 다가오기 전에 도망치며 경찰과 연락 한다면 시간은 충분했다.

"저 새끼 신고한다. 잡아!"

한 명이 신호를 보내자 우르르 동해에게 몰려갔다. 한 명은 아영을 붙잡느라 남아 있었다. 휴대폰을 귀에 붙인 동해는 안절부절 못 했다.

'빨리 좀 걸려라. 빨리! 빨리! 왜 이렇게 신호가 오래 걸리는……'

동해는 귀에서 휴대폰을 내리며 멍한 표정을 지었다.

'이런.'

멍청한 짓을 해 버렸다. 휴대폰에 비밀번호 잠금이 걸려 있다는 걸 깜빡한 것이다. 휴대폰 액정에는 '비밀 번호 네 자리를 입력해 주세요'라는 글자만 덩그러니 떠 있었다.

'망했다.'

그 순간 패거리 중 하나의 발이 동해의 복부를 직격했다.

"컥!"

복부를 찔러오는 공격에 동해는 뒤로 넘어갔다. 미처 준비하지 못한 탓에 바닥을 데굴데굴 굴러야 했다. 그 와중에 휴대폰이 손에서 미끄러졌다. 손에서 떠난 휴대폰은 데구르르 바닥을 굴렀다.

동해는 자신의 몸보다 휴대폰의 안위가 먼저 걱정되었다. 어차피 몇 달간 단련을 한 탓에 몸에는 큰 무리가 없었다. 다만 저 고물 휴대폰은 약간만 충격을 받아도 망가지는 약해빠진 애물단지였다.

'칫!'

동해는 얼른 자리에서 일어났다.

"당신들 뭐야! 뭔데 아현이 괴롭혀?"

"네가 알 거 없어."

"왜 죄 없는 사람을 괴롭히냐고!"

마스크를 쓴 소년들은 동해를 포위했다. 숫자는 여섯, 적지 않은 숫자이지만 질 거라는 생각은 들지 않았다. 어차피 제대로 싸워 본 적 없는 입만 산 녀석들이다.

'이길 수 있어!'

하지만 싸움 실력을 보고 정체를 알아챈다면? 물론 안 그럴 수도 있지만 알아챌 확률도 절대 무시 못 했다.

동해는 만약 자신의 정체가 까발려질 경우 어떤 여파가 자신을 찾아올 지 상상도 할 수 없었다. 무엇보다 처음부터 의심을 안 사는 게 제일 좋았다.

"족쳐!"

동해는 고개를 흔들며 생각을 정리했다. 한 명을 제외하고 모두의 집중이 자신에게 쏠려 있다. 잘만 한다면 싸우지 않고도 이길 수 있을 것 같았다.

'도박이다.'

동해는 바닥에 찰싹 엎드렸다. 잔뜩 무릎을 구부린 다음, 있는 힘껏 무릎을 펴고 지면을 박찼다. 지면을 밟고 뛰어오른 동해는 정면에서 달려오는 이의 어깨를 밟고 다시 한 번 뛰어올랐다.

"어엇!"

순식간에 포위망을 벗어난 동해는 정면을 향해 전속력으로 달렸다. 정면에는 아현과 패거리 한 명이 있었다. 한 명 정도는 문제가 되지 않는다. 동해는 달리기의 속도가 최고조에 올랐을 때 바닥을 박차고 뛰어올랐다.

"뭐, 뭐야!"

동해의 드롭킥이 정면에 있는 상대의 얼굴에 직격했다. 이제는 거의 전용 기술이 된 것만 같다. 동해는 공격 후 무너지지 않고 두 발로 지면에 착지했다.

"아현아, 도망치자!"

동해는 가냘픈 아현의 손목을 부여잡았다. 그대로 도망가려는데 손이 무겁다. 고개를 돌려 보니 아현이 엉거주춤한 자세로 움직이지 않았다.

"아현아?"

"다리가 아, 안 움직여."

낭패였다. 혼자 도망쳐 봐야 의미가 없었다. 저들의 목표는 송아현이다. 아현이와 함께 도망쳐야 했다. 아현이 다리를 부들거리며 시간을 지체하는 동안 패거리들이 몰려왔다.

"이 자식이!"

사방에서 주먹과 발길질이 날아왔다. 이렇게 집단으로 공격해 오면 동해도 답이 없었다. 몸을 웅크리고서 최대한 데미지를 감소시키는 게 고작이었다. 동해는 얻어맞으면서도 외쳤다.

"아현아, 도망쳐!"

현재 패거리 중 어느 누구도 아현에게 신경 쓰지 않았다. 지금이라도 내달려서 사람 많은 곳으로 빠진다면 충분히 승산이 있었다.

하지만 아현은 꼼짝도 하지 않았다. 그저 눈가에 눈물을 그렁그렁 달고서 오들오들 떨 뿐이다. 패거리 중 하나가 동해의 왼쪽 발목을 세게 짓밟았다. 동해는 고통에 발목을 부여잡고서 뒹굴었다.

"휘유, 이 새끼는 뭐야? 아무것도 아니잖아."

발목이 부러진 걸까? 동해는 아찔한 고통에 비명조차 지를 수가 없었다. 하지만 포기하지 않았다. 아현에게 다가가려는 녀석의 발목을 부여잡았다.

"하지 마."

"뭐 임마? 이거 안 놔."

"하지 말라고."

그들은 머리와 등을 짓밟았지만 그래도 동해는 손을 놓지 않았다.

"왜 이러는 거야…… 이러지 마."

"씨발, 네가 뭔데 우리더러 하라 마라야?"

"……울고 있잖아. 무섭다고 하잖아. 근데 왜…… 이러는 거야, 이 나쁜 새끼들아."

"이 새끼가 덜 맞았나."

한 녀석의 발이 동해의 뒤통수를 세게 찍었다.

쿵!

바닥에 이마를 찍은 동해는 죽은 사람처럼 몸을 축 늘어뜨렸다. 마치 죽은 사람처럼. 동해의 머리를 짓밟은 녀석은 자기가 해 놓고도 깜짝 놀라 소스라쳤다.

"뭐야, 설마 죽은 건 아니겠지?"

아직 끝이 아니었다. 동해는 손을 꿈틀거리며 다시 놈의 바짓가랑이를 붙잡았다.

"하지 마."

동해의 질긴 맷집에 패거리들은 혀를 찼다. 잠시나마 움직이지 않기에 죽었나 하고 생각했는데, 그 생각이 무색할 만큼 동해의 손아귀에는 힘이 실려 있었다.

"차라리 나랑 싸우자…… 약한 여자애 괴롭히지…… 말고. 나랑, 나랑 싸우자."

패거리의 눈에 동해는 죽지 않는 좀비처럼 보일 지경이었다. 진짜로 죽기 전까지는 포기하지 않을 것처럼 보였다. 아무리 밟아 봐야 소용이 없었다. 동해는 아예 적극적으로 소리를 지르며 시끄럽게 했다.

"아악! 사람 살려요! 강도예요, 강도! 아이고, 나 죽네!"

혹여 목소리를 듣고 누군가 와줄까 하는 것이다. 작정을 하고 비명을 질러대니 패거리들은 당황하며 소극적이 되었다.

"안 되겠다. 일단 철수하자."

"뭐라고? 지금 와서 돌아가자고?"

"일단은 그렇게 하자고. 이러다가 누가 오겠어."

패거리들 사이에서도 의견이 분분했다. 이런저런 대화가 오고가더니 결국 물러가는 쪽으로 대화가 좁혀졌다. 우르르 패거리들이 빠지고, 골목에는 쓰러진 동해와 울먹이는 아현만이 남게 됐다.

"동해야, 괜찮아?"

"으으……."

동해는 부들부들 떨며 고개를 들었다. 헝클어진 앞머리 안쪽으로 피가 흘러나오고 있었다. 조금 전에 밟힌 것 때문에 이마가 찢어진 모양이다. 아현은 가방 안에서 물티슈를 꺼내 동해 이마의 피를 닦아 주었다.

"앗, 따가워!"

"미, 미안!"

"살살, 살살."

"으응."

교복은 온통 먼지투성이에 이마에서는 피가 흐르고 입술도 터져 있었다. 아영은 눈물을 주륵주륵 흘리며 물티슈로 피를 닦아 주었다.

"아프지…… 미안해. 정말 미안해."

"괜찮아, 견딜 만해."

눈물이 뺨을 타고 흐를 정도였다. 흐느끼던 아현은 이내 엉엉 목 놓아 울었다.

"정말로 미안해. 내가 용기가 없어서 그랬어. 그래서 네가 이렇게……."

"난 괜찮다니까. 울지 마."

자리에서 일어나며 동해는 아현에게 손을 건넸다. 아현이 손을 잡고 일어나려는데 그 마저도 버거운지 동해의 몸이 아현 쪽으로 기울었다.

"어라?"

패거리들에게 밟힌 왼쪽 발목이 문제였다. 삔 모양인지 몸을 지탱하지 못하고 무너졌다.

"어엇!"

동해의 몸이 아현의 몸 위로 쓰러졌다. 동해는 혹시나 자신의 몸이 아현의 작은 몸뚱이를 짓누를까 두 팔에 잔뜩 힘을 주었다. 두 팔로 바닥을 지탱하며 팔굽혀펴기 자세로 버텼다.

"끄응. 미안. 괜찮니?"

"으응. 나 괜찮아."

밑에 누워 있는 아현은 두 팔로 가슴을 감싼 채 얼굴을 붉히고 있었다.

"거기 뭐하는 짓이야!"

최악의 타이밍이었다. 길을 지나던 누군가가 그들을 발견한 것이다. 누가 봐도 동해가 아현을 덮치는 포즈였다. 비록 두 팔로 몸을 지탱하고 있었지만 그게 더 변태 같은 자세였다.

"그, 그게 아닌데요!"

"경찰에 신고!"

남자는 얼른 휴대폰을 꺼내 들었다. 아현과 동해는 신고 정신이 투철한 남자에게 상황을 설명하기 위해 한참을 떠들어야 했다.

5분 정도 서로 주거니 받거니 설득을 한 끝에 남자는 고이 물러갔다. 멀어져 가는 남자를 바라보며 동해는 피식 웃었다. 약간은 어이가 없어 하는 웃음이었다. 아현이 물었다.

"왜 웃어?"

"그냥. 그렇게 얻어맞을 땐 안 나타나다가 다 물러나니 그때서야 사람이 나타나잖아. 황당해서. 그나저나 그놈들 정체가 뭘까? 왜 갑자기 그렇게 몰려온 거지?"

"나는 잘 모르겠어."

단서가 아주 없는 것은 아니었다. 놈들은 자신을 알아봤다. 그리고 놈들의 입에서 만수라는 이름이 언급되었다. 이 정도만 봐도 이것이 우발적인 일이 아니라 충분히 계획된 일이라는 걸 알 수 있었다.

대체 정신머리가 어떻게 된 자식들일까. 아무리 천성이 못된 녀석들이라고 해도 이건 정도를 넘어섰다. 인간이 이러면 안 된다. 인간으로 태어났다면 절대 이래서는 안 됐다. 더구나 아직 스무 살도 안 된 녀석들이 여자애를 강간하려 했다니. 절대로 용납할 수 없는 선이었다.

'만수 이 자식을!'

동해는 이를 갈며 얼핏 아현의 얼굴을 바라봤다. 아현이는 호랑이에게 물렸다가 간신히 풀려난 토끼 같은 얼굴을 하고 있었다. 잔뜩 겁에 질려서는 떨고 있는 모습. 그러면서 동시에 죄책감을 가슴에 품고 있었다.

"아현아, 일단은 경찰에 신고하자. 저놈들이 어떤 녀석들인지는 몰라도 또 너를 습격해 올지도 몰라."

"하지 마."

"응?"

"신고. 하, 하지 마."

이해할 수 없는 말이었다. 이렇게 당해 놓고도 경찰에 신고하지 말라니. 동해는 몇 번이고 설득했지만 아현은 울먹이는 얼굴로 부득부득 말렸다.

"우리 그냥 넘어가자. 응? 아무 일도 어, 없었던 것처럼…… 그게, 나 무서워. 그러니까 빨리 집에, 지, 집에 가고 싶어. 제발 같이 가 줘. 응?"

갑자기 정신 연령이 낮아진 사람처럼 아현은 떼를 썼다. 그 흐느끼며 울먹이는 모습에 동해는 얼른 그녀를 데리고 이곳을 벗어나려 했다. 이렇게 애원하는데 달리 방도가 없었다.

"알았어. 집까지 바래다줄 게. 같이 가자."

"고마워 동해야."

길을 걷는 두 사람은 한참이나 말이 없었다. 그런 일을 겪었으니 말이 없을 만도 했다. 가끔 아현이 눈치를 살피면 동해는 그저 씨익 웃어 보였다.

왼 발목이 시큰거렸지만 아현이 신경 쓰여서 아픈 척을 할 수가 없었다. 동해가 웃을 때마다 아현은 얼굴을 붉히며 허둥지둥 시선을 회피했다.

"여기가 우리 집이야."

30분 정도 걸었을까. 자그마한 집이 그들을 맞이했다. 빨간 대문이 특징인 낡은 집이었다.

"그러니까, 그게…… 바래다줘서 고마, 고마워."

"뭘 이런 걸 가지고. 이만 들어가고 푹 쉬어."

"으응."

아현의 손이 대문을 열자 끼이익 하는 듣기 괴로운 소리가 났다. 쇠가 마모되는 소리에 귀가 따가울 정도였다.

"저기 동해야."

"응, 왜?"

아현은 수줍게, 천천히 말을 꺼냈다.

"우리, 친구 맞지? 그렇지?"

"당연하지."

한 치의 고민도 없는 대답에 아현은 후다닥 대문 안으로 들어갔다. 대문 안쪽에서 '바래다줘서 고마워!'라는 아현의 목소리가 들려왔다. 동해는 뒤통수를 긁적이며 멋쩍다는 듯이 웃었다.

아현이 집으로 들어가자 동해는 입가의 웃음기를 싹 지웠다. 동해는 언제 웃었냐는 듯이 입술을 깨물며 살벌한 표정을 지었다.

지금까지 살아오면서 이렇게 분노를 느껴본 적이 없었다. 이유가 뭐든 상관없다. 어떤 이유에서건 약한 여자애를 단체로 괴롭히는 건 있을 수 없는 일이었다.

'만수 자식, 가만 안 두겠어.'

먼저 도를 넘은 건 만수다. 그에 동해는 자기 역시 도를 넘어서지 말라는 법은 없다고 생각했다. 심하게 요동치는 가슴을 부여잡았다. 가슴 한편에서 검은 뭔가가 스멀스멀 올라오는 기분이었지만 이번만큼은 신경 쓰지 않았다. 검은 기운이 올라와 머리끝까지 감싸는 동안에도 동해는 분노를 죽이지 않았다.

Battle 10

침묵의 외면
Part 01

다음 날 아침.

대충 세면을 마친 동해는 발목에 붕대를 감았다. 어제의 일
때문이다. 걷는데 무리가 갈 정도는 아니었지만 조금만 힘이
들어가면 바늘로 찌르듯이 고통이 찾아왔다. 이 상태로 싸우
는 것은 버거울 지도 모르겠다.

"흥."

그래도 동해는 만수에게 복수하고자 하는 마음을 접지 않
았다. 이 정도쯤이야 근성으로 커버할 수 있으리라 생각했다.
붕대를 다 감은 동해는 교복을 챙겨 입었다. 아침을 맞이하
는 동해의 눈빛은 여느 때와 달랐다. 동해는 한껏 심각한 눈

을 하고서 현관문을 열고 나갔다.

*　　　*　　　*

같은 시각.

만수 역시 등교를 하고 있었다. 두툼한 몸매를 씰룩거리며 걷는 만수의 얼굴은 어딘가 불편해 보였다. 어제 저녁에 들은 소식 때문이었다.

'만수야, 아우 그게…… 미안하다. 실패했어.'

명령을 내린 패거리들이 일에 실패한 것이다. 일곱 명이나 몰려 가 놓고는 실패하다니. 거기다가 실패한 이유가 또 가관이었다. 아현의 옆에는 동해가 있었고 그가 끈덕지게 달라붙는 바람에 포기했다는 것이다. 어지간히 패면 말을 들어야 하는데 머리가 깨지도록 포기를 안 했다고.

'동해 그 자식이 맷집이 좀 세기는 하지.'

만수는 자조했다. 동해의 맷집이 강해지는 일에 일조한 사람이 바로 자신이지 않은가. 물론 민철도 큰 역할을 했지만 만수는 아직 민철의 존재를 모르니까.

"이 쓸모없는 자식들!"

만수는 호흡을 정리하며 진정했다. 어차피 이걸로 끝이 아니었다. 기회는 몇 번이고 더 남아 있었다.

'응? 저거?'

30미터 정도 앞에서 일출고 교복을 입은 남학생이 걸어가는 게 보였다. 어딘가 익숙한 뒷모습이었다.

'설마.'

미친개 한서림이다. 눈 비비고 다시 확인해 봤지만 서림이 확실했다. 그 먼 거리에도 만수의 기척을 느낀 건지 서림은 짐짓 뒤를 돌아봤다. 서림과 눈이 마주치자 만수는 살짝 웃어 보였다. 어색하게 미소 짓는 만수의 이마에는 식은땀이 흥건했다.

"만수야, 안녕?"

"어, 응. 오늘부터 다시 학교 나오는 거야?"

서림은 자신의 교복을 훑어보더니 어깨를 으쓱했다.

"그렇게 됐어. 그나저나 계획한 일은 어때? 잘돼 가고 있지?"

서림은 미소를 지으며 물었다. 만수는 새파랗게 질린 얼굴로 더듬더듬 거짓말을 지어냈다. 잘돼 가고 있다고, 며칠 뒤면 실행에 옮길 거라고. 만수의 거짓말을 눈치챈 건지 어쩐 건지 서림은 그냥 웃으며 고개를 끄덕였다.

*　　　*　　　*

만수는 그날 교실에서 내내 동해를 살폈다.

'왠지 저 녀석이 신경 쓰인단 말이지.'

왠지 모를 이상한 낌새가 느껴졌다. 일종의 의심이었다. 패거리들에게 이야기를 들어보니 얻어터지긴 했지만 중간에 깜짝 놀랄 만한 몸놀림을 보여 줬다고 한다.

'세상에 점프해서 상대방의 어깨를 밟고 넘어가다니, 지가 무슨 옹박이야?'

만수는 상식적으로 그건 말이 안 된다고 생각했다. 만수는 동해를 아주 잘 알고 있다고 생각했다. 그런데 만날 쥐어 터지기나 하고 병신처럼 배시시 웃던 녀석이 돌연 영화 같은 액션을 취했다니?

나이트 후드가 지금까지 활약을 펼친 장소가 학교와 그리 멀지 않다는 점도 거슬렸다. 맨 처음 포장마차의 경우 제법 거리가 있었으나 동해의 집과 가깝다면 혹시 또 몰랐다.

'아무리 그래도 저 자식이 나이트 후드라니. 너무 비약이 심하지?'

하루 종일 동해의 일거수일투족을 살폈지만 이렇다 할 단서는 발견할 수 없었다. 결국 아무런 소득도 없이 그날의 일과는 허무하게 끝이 났다. 차라리 동해가 나이트 후드가 아니라고 못을 박아 버릴 사유가 있다면 좋으련만, 그것도 없으니 무작정 의심할 수밖에 없다. 이것은 만수와 나이트 후드의 싸움이었다. 웬일인지 철광과 싸운 후 지금까지 한 번도 나타나지 않았지만 언제 나이트 후드에게 당하더라도 이상할 게 없었다.

반드시 놈의 정체를 알아내야 했다. 그래야 자신이 승리한다. 지지 않기 위해서는 나이트 후드의 정체를 까발려야 했다. 만수는 어두운 밤거리를 걸으며 계속 고민에 고민을 거듭했다. 친구들이랑 술이라도 마실까 했지만 놈들이랑 있으면 시끄러워서 생각에 집중할 수 없을 거다. 그렇다고 집구석에만 처박혀 있자니 그것 또한 숨 막히는 일이었다. 만수는 바람이나 쐬며 정처 없이 거리를 걸었다.

　'제길, 빨리 송아현이 일을 끝내야 서림이 활동을 할 텐데, 일단 둘이 맞붙어야 그래도 좀 숨통이 트일 것 같단 말이지.'

　만수가 아득 손톱을 깨물었다.

　'미치겠네, 정말. 일단 동해 이 자식을 좀 감시해 봐야겠어. 그 머저리 같은 놈이 나이트 후드일리 없지만 만에 하나라도 그럴 확률이 있으니까 말이야.'

　열심히 두 다리를 놀리던 만수는 순간 멈칫했다. 그리고 멍한 표정으로 주변을 둘러봤다. 이제 보니 너무 인적이 드문 곳으로 와 버렸다. 그동안은 혹시라도 나이트 후드가 자신을 노릴 수도 있기 때문에 언제나 넓은 길, 사람이 많은 곳을 걸었던 만수다. 그런데 지금은 딴생각에 사로 잡혀 그걸 미처 염두에 두지 못한 것이다.

　만수는 엄지손톱을 잘근잘근 깨물며 턱밑의 식은땀을 닦았다. 만수는 천천히 자신의 발밑을 내려다봤다. 누군가의 그림자가 길게 이어져 자신의 발목을 적시고 있었다. 만수는 사시나무처럼 떨며 천천히 뒤를 돌아봤다. 그곳에는 빛을 등에 진 누군가가 서 있었다. 그가 말했다.

"왜 그래, 무서워?"

"......"

드디어 나타났다. 만수는 침을 꿀꺽 삼키며 뒷걸음질을 쳤다. 도망치려고 생각하는 사이 나이트 후드는 만수에게 성큼성큼 빠르게 걸어왔다. 만수는 도망치는 것도 아니고 맞서 싸우려는 것도 아닌 어설픈 자세를 취했다.

"가, 가까이 오지……."

퍼억!

나이트 후드의 주먹이 만수의 코를 때렸다. 크억, 비명을 지르며 만수의 몸뚱이가 쓰러졌다. 일격에 만수는 쌍코피를 터트렸다. 만수는 코에서 흘러나오는 피를 만지며 신음했다.

"너 이 자식!"

이번에는 발이 날아와 턱을 직격했다. 기습당한 만수는 비명도 못 지르고 고개가 꺾였다.

"왜 이러는 거야! 내가 뭘 했는데! 나한테 무슨 원한이 있다고 이러는 거냐고!"

나이트 후드의 손이 만수의 멱살을 휘어잡았다. 두 손으로 거구를 잡아 올린 그는 만수를 벽에 몰았다.

"이유? 지금 이유를 몰라서 내게 묻는 거야? 네가 더 잘 알텐데."

"무슨 개소리야! 내가 뭘 했는데!"

나이트 후드는 길게 말하지 않았다. 곧장 주먹을 뻗어 다시 한 번 코를 뭉갰다. 얼굴을 맞은 만수가 머리를 벽에 찧으며 이중으로 충격받았다.

"쿨럭! 나, 나는 아무 짓도 안 했어! 진짜야! 진짜라고!"

"그럼 실토할 때까지 다져야지."

닥치라는 듯 지속적으로 폭력이 이어졌다. 나이트 후드는 어중간한 부분엔 손도 대지 않았다. 최대한 아플만한 급소 위주로 때렸다. 지금까지 사용해 왔던 폭력은 누군가를 지킨다거나, 혹은 자신을 지키기 위해 어쩔 수 없는 부분들이 있었다. 하지만 이번은 달랐다. 나이트 후드는 분노를 가감 없이 분출 했다. 아현이의 일에 이전까지 자신이 겪었던 것들까지 모두 담아 증오로 가득한 주먹을 선사했다.

"끄윽. 그만해! 그만!"

그래도 멈추지 않았다. 이대로 만수의 뼈가 부러지든 어디가 잘못돼 병신이 되든 상관 하지 않을 작정 이었다. 고통을 견디다 못한 만수가 외쳤다.

"아아! 알았어! 알았다고! 다 말할게. 말하면 되잖아. 그러니까 제발 그만 때려!"

그제야 나이트 후드의 손과 다리가 멈췄다. 만수는 뺨과 눈이 퉁퉁 부어서는 천천히 말을 꺼냈다.

"그게…… 그, 그게."

"빨리 말해. 난 참을성이 없어."

"으음. 하, 학교에서 애들을 괴롭혔어. 막 때리고 심부름도 시키고 그랬어."

"그거뿐이야? 더 있을 텐데?"

"그리고 친한 애들 시켜서 한 여자애한테 나쁜 짓을 하, 하려고 했어. 그랬어."

"그 여자애 이름이 뭐지?"

만수는 더듬더듬 말을 이으면서 속으로는 딴생각을 했다.

'이 자식 설마 송아현을 모르는 건가?'

나이트 후드인 동해가 그 사실을 모를 리 없었다. 단지 혹시라도 의심을 사게 될까 함정을 파 놓은 것뿐이었다.

"하지만 그건 우리가 원해서 한 게 아니었어! 나도 그렇게까지는 하고 싶지 않았다고."

"그건 무슨 말이지?"

"너도 알 거야. 우리 학교에 미친개라고 있잖아. 한서림이라고 들어 봤지?"

이번에는 만수가 미끼를 던졌다. 한서림이 미친개로 유명하지만 그것은 어디까지나 학생들 사이에서의 일이다. 즉, 나이트 후드가 그 사실을 알고 있다면 자신의 정체가 학생이라는 걸 실토하는 셈이 된다.

"……모른다."

만수의 함정을 가까스로 피한 동해는 잠시 생각에 잠겼다.

돌이켜 보니 얼핏 들은 기억이 있었다.

'하지만 말이야. 패거리 5인방 중에 사냥개하고 미친개는 건드리지 마.'

예전에 이나가 했던 말이다. 당시에는 의미를 몰라 대충 넘겼지만 또 듣게 되다니.

"미친개? 그게 뭐지?"

"우리 학교에 다니는 애야. 이름이 한서림이라고 정학당했는데 오늘 학교에 복귀했어. 사실 그 녀석이 사주한 일이야. 별명처럼 그 새낀 정말 미친놈이야. 말 그대로 개새끼라고. 그 새끼가 우리에게 부탁했어. 걜 괴롭히는데 손 좀 빌려 달라고. 그럴 만한 이유가 있거든."

"이유가 있으면 그런 짓을 벌이는 게 합당해져? 괴롭힐 이유가 있으면 괴롭혀도 되고, 때릴 이유가 있으면 때려도 되고, 죽일 이유가 있으면 죽여도 돼?"

"무, 무, 물론 그렇진 않지. 하지만 거절했다간 우리부터 박살이 났을 거야. 그놈은 진짜 미친놈이니까! 미안해, 정말 잘못했어! 하지만 우리도 어쩔 수 없었다고."

나이트 후드는 마스크 쓴 뺨을 긁적거렸다. 흠흠, 헛기침을 하며 골똘히 생각에 잠긴 듯 보였다. 만수는 덜덜 떨며 그런 나이트 후드의 눈치를 살폈다. 잠시 뜸을 들이더니 나이트 후드가 짧게 한마디 했다.

"닥쳐."

그리곤 곧장 만수의 복부에 펀치를 먹였다. 만수는 우웩 소리치며 오늘 먹었던 것을 몽땅 토해냈다. 자신의 토사물 위에 무릎을 꿇으며 만수는 흐느껴 울었다.

"크흐흑. 개새끼야…… 개새끼……."

"동정받고 싶기엔 넌 너무 멀리 나갔어. 주제를 알고 지껄이라고."

"개 같은 새끼…… 네가 영웅이냐? 네가 무슨 정의의 사자야?"

나이트 후드는 대답할 가치가 없다는 듯 대꾸 하지 않았다. 그래도 만수는 혼자서 열심히 떠들었다.

"어차피 우리나 너나 똑같아. 결국 주먹으로 해결하잖아! 다를 게 뭐냐? 너도 똑같은 놈이야. 너도 네가 하는 짓에 자신이 없으니까 그딴 후드랑 마스크를 쓰고 다니는 거잖아. 당당하면 마스크를 벗으라고!"

비틀거리며 자리에서 일어나는 만수. 그는 두 손을 나이트 후드의 어깨 위에 올렸다.

"너도 이유가 있으니까 철광이와 싸웠던 거고 지금도 이러고 있는 거잖아. 이유, 이유가 있잖아? 이유가 있으니까! 그건 나도, 미친개도 마찬가지야. 다 이유가 있어. 너만 이유가 있는 게 아니라고! 그럼 우린 같은 거네? 그러네? 낄낄."

"이유? 그 한서럼이라는 녀석이 그 여자애에게 원한이라도 가졌다는 건가?"

"말해 줄까? 키킥. 근데 이거 하나만 약속해. 절대 내가 말했다고 하지 마. 그랬다간 진짜 살인 일어날 지도 몰라. 너는 정의를 지키잖아? 그럼 미친개가 날 물어뜯도록 내버려 둬서는 안 되지."

"말해."

비틀거리던 만수는 벽에 등을 기대고 앉았다.

"하아, 하아. 그러니까 말이지."

시간을 거슬러 아침으로 돌아간다.

작은 체구의 서림은 일출고 운동장의 갓길을 걸었다. 같이 길을 가던 학생들은 서림이 가까이 오자 우르르 옆으로 빠졌다. 모세가 바다를 가르는 것 같았다. 서림은 방긋방긋 웃으며 걸었고 오랜만의 등교가 무척이나 즐거운 듯 보였다. 서림이 즐거워하는 것과 달리 주변의 학생들은 악마라도 본 듯한 얼굴이었다. 본관 앞에는 완장을 찬 선도부가 학생들의 복장 상태를 점검 중이었다. 그 앞에서 서림은 잠시 멈칫했다.

"흐음."

현재 서림의 복장 상태는 매우 양호했다. 머리카락이 조금 긴 편에 속했지만 일출고는 두발 자유다. 아무것도 걸릴 게 없는 상황인데 서림은 그들이 보는 앞에서 교복을 풀어 헤쳤다. 단추도 몇 개 풀고 셔츠도 바지 밖으로 빼 입었다. 심지어 주머니에서 귀걸이를 꺼내 귀에 걸었다. 그 모습에 선도부원들의 안색이 파리해졌다. 서림은 대놓고 자신을 지적하길 바라는 것이다. 서림은 선도부원들 앞에 서서 씨익 웃었다.

"저 복장이 좀 불량한 거 같지 않아요? 지적해 주세요."

물론 선도부원들은 서림에게 단 한 마디도 꺼내지 못했다. 그러는 동안 복장 규정을 어긴 학생들은 재빨리 선도부를 지나쳐 본관 안으로 들어갔다. 교실로 들어간 서림은 잠시 머뭇거렸다. 오랜만의 등교인지라 자신의 자리가 어디였는지 까먹었던 것이다. 두리번거리다가 한 여학생을 불렀다.

"내 자리가 어디지?"

여학생은 온몸의 털을 곤두세우며 말을 더듬었다. 그리고 허둥지둥 서림의 자리를 알려 주었다.

"여기구나, 고마워. 넌 참 친절하구나?"

"아니, 아니야."

서림이 눈을 가늘게 뜨며 웃자 여학생은 두려운 와중에도 발갛게 얼굴을 붉혔다. 소녀의 마음을 설레게 할 만큼 서림의 미모가 빛을 발하는 이유도 있었지만, 여자인 자신보다 더 예쁘게 생겼기에 거기에서 오는 부끄러움도 함께였다.

'여장시켜 보고 싶어.'

물론 그랬다간 앞으론 두 발로 걸어 다니지 못할 것이다.

책상에 가방을 내려놓은 서림은 곧장 교실 밖으로 나갔다. 그리고 콧노래를 흥얼거리며 복도를 지나 다른 교실 안으로 들어갔다. 1학년 4반 교실이다. 서림은 거침없이 누군가의 자리로 갔다.

"응?"

송아현의 앞자리였다. 서림은 그 자리의 의자를 돌려서 그녀와 마주 앉았다. 책을 보고 있던 아현은 눈앞에 서림의 얼굴이 떡하니 등장하자 깜짝 놀라 허리를 바짝 세웠다.

"서, 서림아."

"아현아, 안녕? 오랜만이지? 그렇지?"

아현은 호랑이를 마주한 토끼처럼 오들오들 떨었다.

"왜 그렇게 떨어? 내가 무서워? 우리 친구잖아. 사이좋은 친구."

"그."

"아니야? 우린 친구가 아닌 거야? 아무 사이도 아니었나?"

"아, 아니야."

"근데 왜 그렇게 무서워해?"

서림은 긁적긁적 머리를 주물렀다.

"이상하네. 네가 왜 나를 무서워할까? 나는 '아직' 너한테 아무 짓도 안 했잖아. 그렇지?"

"서림아."

"아현아, 나는 말이야."

서림의 얼굴이 서서히 일그러지기 시작했다. 예쁘장한 얼굴이 서서히 무너지더니 잔인하게 변했다.

"나는 말이야 네가 다쳤으면 좋겠어. 다리를 못 쓸 정도로.

휠체어가 없으면 움직이지 못했으면 좋겠어. 너에게 친구가 한 명도 없었으면 좋겠어. 너희 부모가 너를 버렸으면 좋겠어. 네가 혼자가 됐으면 좋겠어. 그래서 네가 자살했으면 좋겠어. 네가 자살한 뒤에 누구도 그 사실에 슬퍼하지 않았으면 좋겠어. 나는 진심으로 네가 그렇게 됐으면 좋겠어."

"……"

"그러니까 기운 내, 아현아. 아직 시작도 안 했어."

서림은 친한 친구, 혹은 애인을 대하는 것처럼 아현의 뺨을 살짝 꼬집었다. 그런 두 사람의 위로 거대한 그림자가 드리워졌다. 아현과 서림은 동시에 고개를 돌렸고, 누군가의 하체를 볼 수 있었다. 고개를 올려 위를 바라보니 철광의 얼굴이 보였다.

철광은 한껏 심각한 얼굴로 서림을 노려보고 있었다.

"지금 뭐해?"

"아하, 안녕, 철광아."

철광의 등장에 서림이 자리에서 일어났다. 괴물 박철광과 미친개 한서림의 만남이다. 교실의 학생들은 잔뜩 식은땀을 흘리며 조마조마한 표정으로 둘을 관찰했다. 두 사람이 싸운다면 그거로도 충분한 눈요기가 되겠지만, 교실이 먼저 박살 날지도 모르겠다.

"경고하는데 아현이 건드리지 마."

"우와. 철광이 너 아현이랑 친구였어?"

철광은 힐끔 아현이를 내려다봤다.

'우, 우리가 친구였나? 동해 친구니까. 동해는 내 친구니까. 친구의 친구는 친구라고 할 수 있으려나.'

쓸데없이 진지한 철광이었다.

"치, 친구의 친구다."

"음, 뭔가 미묘한 사이인걸?"

서림이 지휘하듯 손가락을 이리저리 놀렸다.

"걱정하지 마. 아직 안 건드릴 테니까. 그나저나 너 나이트…… 뭔가한테 깨졌다며? 축하해."

"최소한 너한테는 안 깨질 자신이 있어. 넌 약골이니까."

철광의 도발에 교실의 학생들은 히익! 하며 놀람을 감추지 못했다. 그들의 표정은 심지가 거의 타들어 간 폭탄을 보는 듯했다.

"에휴, 너무 그렇게 심각한 표정 짓지 마, 무섭잖아. 난 너와 싸우고 싶지 않아."

"그럼 우리 반에서 나가. 괜히 애들한테 겁주지 말고."

"알았어, 알았다고."

서림은 마지막으로 아현의 귓가에 작게 속삭였다.

"좋겠네, 친구도 생기고. 나는 이렇게 아프고 슬픈데."

철광이 으르렁거리자 서림은 항복의 표시로 두 손을 들어 올렸다. 그대로 뒷걸음질 치며 교실을 나갔다. 서림이 나가자 학생들은 안도의 한숨을 내쉬었다. 아현, 그리고 철광도 예외는 아니었다. 철광 역시 저 녀석과는 싸우고 싶지 않았다. 나이트 후드가 단순히 싸움을 잘한다면, 서림은 그야말로 독종 그 자체다. 지지 않기 위해, 이기기 위해 수단과 방법을 가리지 않았으니까.

보통 싸움에는 정도라는 것이 존재한다. 상대가 어느 정도 무너졌을 때, 아니면 자신이 더 이상 싸움을 할 수 없으면 그때 싸움은 끝이 난다. 하지만 상대 쪽이 자신이 무너지건 상대가 포기했건 말건 멈추지 않는다면 더 이상 싸움이 아니게된다. 서림이 그랬다. 그리고 나이트 후드에게 당한 이후로 몸이 예전 같지 않다는 걸 철광은 느끼고 있었다. 그냥 넘어간 것이 다행이라고 철광은 안심했다. 그는 부들부들 떨고 있는 아현에게 다가갔다.

"아현아, 괜찮아?"

"으응. 괘, 괜찮, 괜찮아."

"걱정하지 마. 내가 있는 이상 저 녀석도 너한테 함부로 못할 거야. 있다가 집에 갈 때도 내게 말해. 오늘 동해가 내게 부탁했거든. 너 집에 갈 때 바래다 달라고."

"동해는?"

"동해는 갈 곳이 있어서 바래다줄 수가 없대. 미안하다고 전해 달라는데?"

그에 아현은 도리도리 고개를 저었다. 지금만해도 충분히 고마운데 더 받는 건 욕심이리라. 아현은 서림이 나간 교실 앞문을 지긋이 바라봤다.

　잠시, 그때를 떠올려 봤다. 서림과 자신이 완전히 틀어져버린 그날의 그 사건을 말이다. 시간은 그보다 훨씬 더 오래 전이었다.

〈다음 권에 계속〉

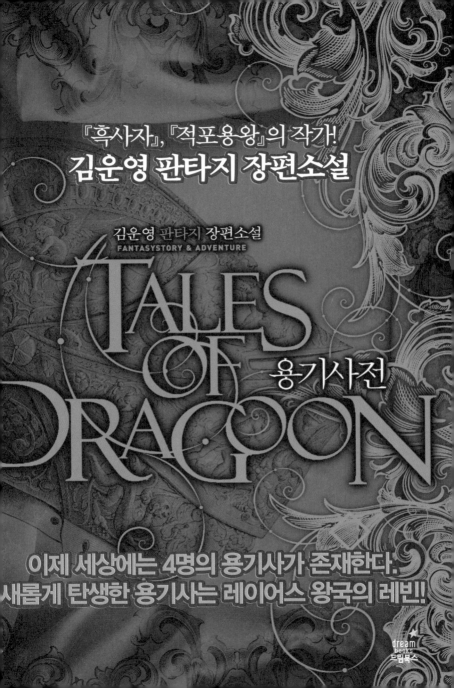

Noblesse

노블레스

손제호 장편소설

Son Je ho popular literature

극화 사상 최대 조회수를 자랑하는
네이버 화요웹툰 노블레스의 소설판!

손제호 장편소설 『노블레스』

사립 예란 고교에 온 의문의 전학생.
그 정체는 820년 만에 깨어난 노블레스!

dream
books
드림북스

정령왕

엘퀴네스

개정판

이환 판타지 장편소설

『숲의 종족 클로네』, 『은빛마계왕』의 작가,
이환 대표작 『정령왕 엘퀴네스』 완전 개정판!

어설픈 정령왕의 좌충우돌 모험기를 다시 만난다!

컬러 일러스트 · 네 칸 만화 · 캐릭터 프로필 & QnA
매권 미공개 외전 수록!

dream
books
드림북스

Swallow Knights Tales

"스왈로우 나이츠 신입 기사 엔디미온 키리안,
『SKT 개정판』으로 다시 돌아왔습니다!
미온이라고 불러 주세요."

매권 호화 부록
미공개 외전,
컬러 일러스트 등 수록!

dream
books
드림북스